dtv

Neben den berühmten Novellen und Romanen Guy de Maupassants gibt es eine hierzulande noch weitgehend unbekannte Seite seines Schaffens: Maupassant als *chroniqueur*, als geistreicher Plauderer. *Chroniques*, das sind zwischen Essay und Feuilleton angesiedelte Zeitungsbeiträge, in denen aktuelle Ereignisse und zeitübergreifende Phänomene einer satirischen oder polemischen, ernsten oder heiteren, immer aber ironisch-distanzierten Betrachtung unterzogen werden. Die Artikel erschienen in renommierten Zeitungen und spannen einen weiten Bogen vom Reisebericht über die mitreißende Schilderung eigener Erlebnisse bis hin zur Verspottung typischer Zeitgeisterscheinungen oder überholter Konventionen; politische Stellungnahmen wechseln ab mit Reflexionen über Kunst und Literatur. Jede einzelne dieser *chroniques* legt dabei ein eindrucksvolles Zeugnis von der sprachlichen Brillanz Maupassants ab, die in dieser ersten deutschen Übersetzung ungeschmälert erhalten bleibt.

Guy de Maupassant wurde 1850 auf Schloß Miromesnil in der Normandie geboren und stammt aus einer alten lothringischen Adelsfamilie. 1870/71 nahm er am Deutsch-Französischen Krieg teil. Mit dreißig Jahren begann er zu schreiben und avancierte schnell zu einem Meister der Erzählkunst. Seine Novelle ›Boule de Suif‹ (1880) und sein Roman ›Bel-Ami‹ (1885) begründeten seinen Ruhm. Maupassant starb 1893 nach zweijähriger geistiger Umnachtung in Passy bei Paris.

Guy de Maupassant

Die Liebe zu dritt

Über das Leben und die Kunst

Auswahl, Übersetzung und Nachwort von
Hermann Lindner

Deutscher Taschenbuch Verlag

Von Guy de Maupassant ist im
Deutschen Taschenbuch Verlag erschienen:

Die vertane Schönheit (12801)

Deutsche Erstausgabe
Juni 1993
2. Auflage Juli 2000
Deutscher Taschenbuch Verlag GmbH & Co. KG,
München
www.dtv.de

Umschlagkonzept: Balk & Brumshagen
Umschlagbild: Ausschnitt des Gemäldes ›Dans la serre‹
von Édouard Manet
Gesamtherstellung: C. H. Beck'sche Buchdruckerei,
Nördlingen
Gedruckt auf säurefreiem, chlorfrei gebleichtem Papier
Printed in Germany · ISBN 3-423-12802-X

INHALT

ANHANG

Die Liebe zu dritt

In diesen lebendigen und köstlichen Novellen rühren Sie, mein lieber Freund, an das größte Moralproblem unserer Epoche oder vielleicht sogar an das größte Problem aller Zeiten.

Seit dem Bestehen der Welt und der Ehe haben sich die Religion, die Literatur und das Gesetz an dieser Klippe, die das Dreiecksverhältnis darstellt, eine blutige Nase geholt. Diese drei Köpfe auf demselben Kopfkissen haben die einen zum Lachen gebracht und die anderen in Harnisch versetzt, sie sind der häufigste Grund von Prozessen, Verbrechen oder auch von Glück, den die Welt bislang gekannt hat.

Sich darüber zu erregen hilft gar nichts. So ist es nun einmal auf der Welt. Nehmen wir lieber, wie Sie es so trefflich machen, all die so vielfältigen, lustigen oder spannenden Fälle von Ehebruch wie sie sind, wobei wir uns der Literatur und des Theaters bedienen können; während wir die Gesetzgeber nach einem Ausweg suchen lassen, wollen wir hier und da ein bißchen über das Thema philosophieren.

Der Ausweg? Gibt es denn überhaupt einen? Naquet antwortet so: »Die Scheidung.«

Und möglicherweise hat Naquet damit recht.

Zwei Fälle sind besonders interessant, der eine wegen seiner Rätselhaftigkeit, der andere wegen des Schrekkens, den er hervorruft.

Im ersten ist es die Blindheit mancher Ehemänner, die die Grenzen des Erlaubten überschreitet und einen nachdenklich stimmt.

Im zweiten Fall ist es die Rache mancher Eifersüchtiger, die selbst unbeteiligte Beobachter überrascht und empört.

Was für einen Roman könnte das geben, lieber Freund, so gewisse Dreiecksverhältnisse, bei denen der Liebhaber gleichsam den Platz eines privilegierten Ehegatten einnimmt! Was für eine bizarre, komplizierte, komische, sonderbare und doch auch wieder – angesichts ihrer Häufigkeit – natürliche Situation! Wir kennen sie alle, solche Konstellationen, bei denen sich die Männer in aller Freundschaft die Rechte und die Pflichten teilen. Durch eine enge Freundschaft verbunden, miteinander vertraut wie zwei Komplizen, kümmern sie sich mit gleicher Hingabe um ihre Frau, die ihrerseits sichtlich den von ihrem Herzen erwählten Freund dem Mann, der ihr von der Familie und von Gesetz wegen auferlegt ist, vorzieht. Alle Welt sieht und weiß, wie sie zusammenleben, am selben Tisch zu Mittag und zu Abend essen. Nach den Gesetzen der Wahrscheinlichkeit darf man folgern, daß sie die übrigen Möbel des Hauses genauso gemeinschaftlich nutzen, in der Nacht wie auch tagsüber.

Man trifft sie auf der Straße. Sie und Er (denn sie hat sich bei ihm untergehakt) voraus, der Ehegatte hinterdrein, denn man kann nicht überall zu dritt nebeneinander gehen; und die Bürgersteige sind eben doch nicht ganz so breit wie ein Bett.

Die Öffentlichkeit schmunzelt und sieht darüber hinweg. Wer könnte die Augen denn auch so groß aufmachen, um bis auf den Grund dieser drei Herzen zu blikken, vor allem auf den Grund des Herzens des Dritten, des undurchschaubaren, unwissenden oder willfährigen, des feigen oder gleichgültigen, des seine ganze Wut, seinen Haß oder seinen Rachedurst unterdrückenden oder vielleicht ganz einfach glücklichen Ehemanns?

Unter der Rubrik ›Ehebruchsdramen‹ informieren uns die Zeitungen alle Tage, daß ein betrogener Ehemann soeben seine Frau oder den Liebhaber oder alle beide massakriert hat. Die Geschworenen, allesamt verheiratet, sind voll des Mitgefühls für diese im Affekt begangenen Taten eines aufgebrachten Besitzers. Sie sprechen diesen Totschläger frei, und das besondere Publikum solcher Schwurgerichtsprozesse, Leser von Fortsetzungsromanen, die zwecks Befriedigung ihrer Sensationsgier und voller weinerlicher Sentimentalität hergekommen sind, spenden diesem Urteil Beifall, sind sie doch der Meinung, daß der betrogene Ehegatte *seine Ehre im Blut wieder reingewaschen hat,* daß er sich mit diesem Totschlag gleichsam rehabilitiert hat. Mit diesen hochtrabenden Worten erbaut man uns, mit diesen Vorurteilen belehrt man uns, mit diesen Vorstellungen bereitet man uns auf die Ehe vor.

Was ich im folgenden sagen werde, wird höchstwahrscheinlich fürchterlich subversiv erscheinen. Um so schlimmer; aber es geht hier einzig und allein um die Wahrheit, ohne Rücksicht auf die verbreitete orthodoxe und offizielle Moral; die Moral, dieses angeblich von der Natur gegebene Gesetz, das so undefiniert vielfältig und beliebig ist und von jedem Sachverständigen, ob Priester oder Gesetzgeber, anders eingeschätzt und von der ganzen Welt in einem fort verändert wird.

Das einzige Gesetz, auf das es ankommt, ist das allerhöchste Gesetz der Menschlichkeit, dieses Gesetz, das die Küsse zwischen den Menschen regiert und das den Dichtern zum ewigen Thema gereicht.

Wir leben in einer entsetzlich bürgerlichen, verängstigten und mittelmäßigen Gesellschaft. Niemals vorher herrschte eine so bornierte und menschenfeindliche Mentalität.

Die Schwäche (oder wenn Sie so wollen: der Fehltritt) einer verheirateten Frau, die sich von einem Verführer bis zum Äußersten hat hinreißen lassen, hat so melodramatische Dimensionen angenommen, daß man sie üblicherweise als todeswürdig einstuft.

Männer wie Dumas jun. verwenden ganze Bücher darauf, mit Talent, Geist und Parteilichkeit und möglicherweise auch mit mangelnder Kompetenz über die Fehltritte und den Abstieg dieser armen Wesen, denen die Widerstandskraft gegen die Liebe fehlt, zu räsonieren und zu argumentieren.

Unter ihrer Feder erlangen die unerlaubten Küsse das Gewicht von Schandtaten; und es sind die Frauen, die die Zeche für alles bezahlen: für die unauflösliche Ehe, welch entsetzliche Sache; für das Gesetz, das zu ihnen so ungerecht ist; für das grausame Vorurteil, das sie verurteilt; für die ungeheuerliche öffentliche Meinung, die ihren Ehemännern alles erlaubt und ihnen alles verbietet. Ich will hier nicht pauschal dem Ehebruch das Wort reden. Ich lege nur Wert auf die Feststellung, daß die Ehe eine absolut ungerechte Situation schafft.

Die Ehe ist das Gesetz. Also müssen wir uns ihr unterwerfen.

Aber kritisch über sie nachdenken wird ja dennoch erlaubt sein.

Halten wir also zunächst einmal fest, daß die Ärzte und Philosophen in ihrer Mehrheit die Auffassung vertreten, daß wir Menschen polygam und nicht monogam veranlagt sind. Den Frauen wäre demnach eine Neigung zur Vielmännerei (ich bin nicht sicher, daß dieses Wort salonfähig ist) eigen. Genauso wäre jedes männliche Individuum, das sich sein Leben lang mit einer Frau begnügt, außerhalb der Naturgesetze wie jemand, der sich nur von Salat ernährte. Eine Untersuchung unserer Kiefer führt zur Einsicht, daß wir dazu geschaffen sind, Fleisch und Gemüse zu verzehren; woran aber erkennt man, daß wir polygame Wesen sind? Um dies nachzuweisen, bedarf es freilich nur einer Überlegung. Eine Frau kann im Jahr nicht mehr als ein Kind austragen, während ein Mann ... doch einige mehr hervorbringen kann. Daß der Mann mehrere Gattinnen hat, scheint also förmlich ein Naturgesetz zu sein. Woraus folgt, daß der Harem eine weise Einrichtung darstellt. Und dennoch ... Es ließen sich noch etliche andere Dinge vorbringen, aber nunmehr zugunsten der Frauen und auf Kosten der Männerwelt! Gehen wir lieber weiter.

Es ist also einzuräumen, daß wir keine reinen Fleisch- oder Pflanzenfresser sind, sondern Allesfresser. Wir können uns auch darauf verständigen, daß im Orient die Polygamie und im Westen die Monogamie herrscht – und zwar als Monogamie mit gewissen Sonderregelungen. Man nenne mir doch bitte auch nur einen Mann, einen einzigen geistig und körperlich gesunden Mann, der sein ganzes Leben lang sich absolut monogam verhalten hätte.

So schafft die Ehe also eine anormale, widernatürliche Situation, und mit dieser kann man nur über unendliche Entsagungen, mittels einer überdurchschnittlichen Tugend, kraft absolut überirdischer Verdienste fertig werden, eine Situation, mit der sich der Ehemann niemals abfindet, eine Situation, die das Gewissen in einen ewigen Widerstreit mit dem Instinkt, mit der Liebe versetzt.

Wer ist nun, aus der Perspektive der menschlichen Natur betrachtet, das Ungeheuer, die Frau, die ihrer Schwäche nachgibt, oder der Ehemann, der tötet?

Auf der einen Seite zerstört ein Mann, weil er in seiner Selbstliebe betrogen, in seiner Eitelkeit verletzt, in seinem (vielleicht überzogenen) Anspruch auf Alleinbesitz enttäuscht wurde, ein Lebewesen, er vernichtet unwiederbringlich ein Leben, er begeht die einzige wahrlich ungeheuerliche Tat, die man überhaupt begehen kann, und die entsetzlichste und unmoralischste dazu: er tötet!

Auf der anderen Seite ist die Frau, ganz daraufhin erzogen zu gefallen, mit der Vorstellung aufgewachsen, daß die Liebe ihre Hauptbeschäftigung, ihre besondere Begabung und ihre einzige Freude auf der Welt ist (ja so sind sie doch, die Lehrmeinungen unserer Gesellschaft); von der Natur schwächlich, flatterhaft, launisch, beeinflußbar geschaffen; von der Natur und der Gesellschaft dazu mit Koketterie versehen, zu einem fast ausschließlich einsamen Leben bestimmt, während ihr Mann tut, was er will, und sich nach Herzenslust amüsiert; eine solche Frau läßt sich von einem Mann, der alle seine Anstrengung, seine Leidenschaft, seine Raffiniertheit, seine Verführungskunst einsetzt, einfangen. Er, er geht als Mann von Welt nur seinem donjuanesken Metier nach! Sie aber gehorcht der übermächtigen Liebe, wenn sie sich in seine Arme fallen läßt; sie vollzieht einen Akt, der aus der Sicht der Gesellschaft Tadel, ja Verurteilung verdient und doch nur ein menschlicher, schicksalhafter Schritt ist, so schicksalsgewollt, daß nichts sie jemals daran hindern konnte, seit die Regeln der gesellschaftlichen und kirchlichen Moral dagegen Sturm laufen; und diese Frau wird also als Hure, als Luder, als ehrloses Weibsstück diskriminiert, während man sich vor ihrem Mann, der sie umbringt, tief verbeugt, weil man ihn ja für rehabilitiert hält!

Warum tötet er? Weil er sich entehrt glaubt! Hier rühren wir an eines der erstaunlichsten jener Vorurteile, die üblicherweise die Grundlagen unserer Religionen bilden.

Sind Sie entehrt, weil Ihr Weinhändler sie beschummelt hat? – Nein ? – Weil Ihr Dienstmädchen Sie beklaut hat? – Nein ? – Aber Sie sind es, weil Ihre Frau Sie betrogen hat! Sie, der Bestohlene, der Ausgeschmierte, der Beleidigte, der Beschummelte schließlich, Sie fühlen sich solange entehrt, wie Sie den Liebhaber, den alle Welt als Ehrenmann betrachtet, als jemand, der ganz legitim seinen Funktionen als erotischer Plünderer nachkommt, und die Frau, die sich ausgeliefert, hingegeben, verführen hat lassen, nicht mit Messerstichen übersät haben! Die Logik ist mir schon eine schöne Sache!

Aber, zum Teufel, eine Entehrung kann doch nur aus einer Handlung entstehen, die man voll und ganz selbst begangen hat, und in keinem Fall aus der Tat eines anderen.

Ist die Vorstellung akzeptabel, daß jemand durch eine Handlung in seiner Ehre befleckt wird, für die ein anderer Mensch überhaupt nichts kann – ganz im Gegenteil –, für eine Handlung, die er mit aller Kraft zu verhindern sucht? Glücklicherweise gibt es derzeit eine wahre Phalanx philosophisch gesonnener Ehemänner, die, nachdem sie das gegenseitige Verhältnis, die Rechte und die

Pflichten eines jeden der beiden Gatten festgelegt haben, nach eigenem Gutdünken leben und ihre Frau ebenfalls so leben lassen, wie es ihr Spaß macht, wobei sie nur mit einem Auge ein bißchen auf sie aufpassen, so wie es der Hüter einer kapriziösen Ziege macht, um etwaige Eskapaden derselben zu unterbinden.

Ist diese Lebensklugheit nicht zugleich auch zutiefst moralisch?

Vorwort zu Paul Ginisty, ›L'Amour à Trois‹, Paris 1884

Die Strände werden nun verlassen, die tristen Strände, wo das Meer seufzt. Bald werden die Landstriche, auf denen die roten Sonnenschirme blühten, nichts mehr als kahle Bäume besitzen, die mit dem grauen Spitzenbesatz ihrer blattlosen Zweige zum Himmel hinaufragen.

Diejenigen, die noch an der Küste bleiben, weil es nun billiger ist, spüren von Tag zu Tag, wie sie eine langsame, grenzenlose, tödliche Traurigkeit überfällt. Sie erkennen das Meer nicht wieder, das fröhliche und klare Meer vom Juli, das warme und weiche Meer vom August. Mit Staunen und Schrecken schauen sie darauf, auf das graue Meer mit den kurzen Wellenkräuseln, das Septembermeer, das für die Winterstürme zu neuem Leben erwacht. Nun haben sie vor ihm Angst und setzen sich nicht mehr, wie im letzten Monat, an seinem Ufer nieder, um die Füße in den Schaum zu halten.

Vor allem die Abende kommen ihnen trübsinnig vor. Ein Kälteschauer durchdringt den Seewind, ein rauher Schauder vom Norden her; und das Kasino ist fast leer. Einige Schattenwesen gehen noch mit eiligem Schritt über die Terrasse, um den Blutkreislauf in Schwung zu bringen. Einige Paare tanzen noch im fast schon ausgestorbenen Ballsaal. Aber alles liegt traurig und verlassen da; und die sich selbst überlassenen, zitternden letzten Urlauber fühlen etwas Seltsames und Schreckliches auf sich lasten, die *Einsamkeit,* die schier grenzenlose entvölkerte Einsamkeit der freien Natur.

Das kennen sie nicht, die Städter, die Leute, die aus Häusern so voll wie Bienenstöcke kommen, die Leute der von Menschen nur so wimmelnden Straßen, der glänzenden Cafés und des ewigen Lebens auf Tuchfühlung. Immer haben sie Menschen um sich herum, über sich, unter sich, über ihrem Kopf und unter den Füßen und hinter der nächsten Wand, hinter der Mauer und im

Haus gegenüber. Überall haben sie seit ihrer Geburt das Menschengeschlecht um sich herum drängeln gespürt; immer haben sie eine Woge von Menschen gespürt, die sie umgab, mit ihrem pulsierenden Leben in einer Stadt so unendlich wie das Meer, und selbst noch an den Ufern dieser Stadt, in dem mit Häusern übersäten Umland, auch da Menschen, und hinter dieser Vorstadt, wo die Städte besser wachsen als Gras, immer noch Städte, Saint-Germain, Versailles, Pontoise, Rambouillet, Melun.

Um der großen Hitze zu entfliehen, sind sie ans Meer gekommen, wo sie nur ein zweites Paris fanden. Die Felder waren voller Esel, auf denen junge Mädchen ritten, die Wirtshäuser voller Gruppen ausgelassener Zecher, die Strände bedeckt mit hellen Kleidern, kecken Hüten und hübschen Gesichtern.

Aber nun ist mit einem Mal nichts mehr da als nur das Meer und der Himmel. Diese Leute haben Angst, Angst, ohne zu wissen, wovor. Plötzlich überkommt sie der Gedanke an den Tod.

Entsetzt bei dem Gedanken, allein zu sein, gehen sie die ganze Gegend ab, um auf die üblichen Spaziergänger zu treffen, aber alles, was sie zu sehen bekommen, sind die plumpen Kühe, die träge im Klee liegen; vom Horizont schallt ihnen nichts anderes als das einsame Muhen der Rinder entgegen, das der Stille der Luft etwas von ihrem Trübsinn nimmt.

Schnell kommen sie zurück: »Heute abend gehen wir ins Kasino«, sagen sie. Aber auch dort finden sie niemanden; und so schauen sie, vielleicht zum ersten Mal, zu den Sternen hinauf, den einzigen Nachbarn, die sich ihrem Auge noch darbieten.

Da packen sie hastig die Koffer und fliehen Hals über Kopf, denn sie haben die Einsamkeit gespürt. Sie kehren heim in die lärmende Stadt und erklären: »Im September ist das Meer deprimierend.«

⋆

In einem Monat wird es dann wieder anders sein. Das Dorf hat dann nur noch seine Fischer, die in Gruppen herumgehen, im schweren Schritt ihrer Seemannsstiefel, den Hals tief in Wolle eingemacht, in einer Hand einen Liter Schnaps und in der anderen die Schiffslaterne.

Grün und kalt wird das Meer dann allein über die verlassenen Kieselsteine spülen, grenzenlos und unheimlich, im steigenden und fallenden Spiel der Gezeiten, die dann niemand mehr anzuschauen kommt.

Beim Einbruch der Nacht werden dann die Matrosen kommen; und lange kann man sie um die großen, auf dem Sand wartenden Schiffe herumstreifen sehen, die wie schwarze tote Fische daliegen. Sie werden in ihre Netze ein Brot, eine Dose Butter, ein Glas stecken; und dann werden sie die hochragende Masse ins Wasser schieben, die wenig später schaukelnd ihre braunen Flügel aufspannen wird, um mit einem kleinen Licht auf der Mastspitze in die Nacht hinaus zu verschwinden.

Dann werden auch die Frauen, die bis zur Abfahrt des letzten Fischers am Strand ausharrten, ins verschlafene Dorf zurückgehen und mit ihren lauten Stimmen das schwer auf den düsteren Gassen liegende Schweigen für einen Augenblick stören.

*

Aber auf der Terrasse des Kasinos, dessen Läden fest verschlossen sind, da erscheint plötzlich ein Mann und sieht sich um, ob nicht vielleicht noch ein anderes Lebewesen da sein könnte. Allein und als letzter Bewohner des Strandhotels setzt er sich in Bewegung, mit flottem Schritt, die Hände in den Taschen, den Rücken leicht gebeugt, um so auf den Beginn des Abendessens zu warten.

Plötzlich sind Stimmen zu hören, da unten, hinter den Strandkabinen, die man unter der Galerie des Cafés für den Winter aufgestapelt hat. Und menschliche Gestalten werden sichtbar. Sie kommen eng aneinandergeschmiegt, um die Kälte abzuwehren, Vater, Mutter und drei Töchter, allesamt in Überzieher, Schals, uralte Regenmäntel, die nur die Nase und Augen freilassen, eingerollt. Der Vater hat dazu noch eine Reisedecke um sich geschlungen, die ihm bis zu den Haaren reicht.

Da beschleunigt der Spaziergänger seinen Schritt; Hände werden kräftig geschüttelt, und man geht gemeinsam die Terrasse auf und ab.

Wer sind diese Leute, die geblieben sind, nachdem alle Welt längst das Weite gesucht hat?

Der erstere ist eine bedeutende Persönlichkeit, eine wichtige Figur in der Welt der Seebäder. Deren Sippe ist auch gar nicht so klein.

Wer von uns hat nicht schon bei der sommerlichen Ankunft in dem, was man einen Badeort nennt, irgendeinen Freund getroffen, der schon seit einem Monat am Ort weilt und alle Gesichter und Namen, alle Geschichten und Gerüchte kennt? Mit ihm zusammen macht man einen Gang über den Strand. Und plötzlich begegnet man einem Mann, nach dem sich alle übrigen, während er vorübergeht, umdrehen, um ihm nachzuschauen. Seinem Äußeren nach muß er etwas ganz Besonderes sein: seine langen Haare, auf denen kunstvoll eine Matrosenmütze sitzt, wachsen ihm bis in den Kragen seiner Seemannsjacke hinein. Wie er so flott daherkommt, schlenkert er hin und her, mit abwesendem Blick, so als ob er mit seinen Gedanken bei einer wichtigen Sache wäre, und man hat den Eindruck, daß er sich hier zu Hause fühlt, daß er ganz in dieser Welt aufgeht. So zieht er alle Augen auf sich.

Ihr Begleiter zupft Sie am Arm:

»Das ist Ravalet.«

Naiv fragen Sie zurück:

»Ravalet, wer ist das?«

»Aber, mein Verehrtester, das wissen Sie nicht? Sie kennen Ravalet nicht, den Klarinettisten? Das ist aber ein starkes Stück. Aber das ist doch ein Künstler allererster Güte, ein wahrer Meister seines Fachs. Den muß man aber wirklich kennen.«

Leicht beschämt zieht man es vor zu schweigen.

Und in der Folge kommt man noch an Bondini, dem Sänger, zwei Malern, einem Schriftsteller, dem Romancier Paul Fardin sowie einem Amtsvorsteher vorbei, von dem es heißt: »Das ist Herr Boutet, ein leitender Beamter des Bauministeriums. Ihm untersteht ein ganz besonders wichtiger Teil der Verwaltung: Er ist für die Türschlösser zuständig. Nicht ein Schloß wird für öffentliche Bauten angeschafft, ohne daß dieser Vorgang über seinen Schreibtisch ginge.«

*

Das also sind die Größen des Badeorts; und ihr Ansehen verdanken sie nichts anderem als der Regelmäßigkeit ihrer Rückkehr. Seit sechzehn Jahren erscheinen sie exakt am gleichen Tag, und nachdem jeden Sommer einige Badegäste vom Vorjahr wiederkommen, reicht man diese lokalen Berühmtheiten von einer Saison zur nächsten weiter, die mit der Zeit den Rang regelrechter Zelebritäten erlangt haben und auf diese Weise an dem von ihnen gewählten Strand alle durchreisenden Persönlichkeiten von einigem Bekanntheitsgrad in den Schatten stellen.

Nur eine einzige Spezies Mensch kann ihnen Furcht einjagen, die Mitglieder der Académie Française. Und je unbekannter der ›Unsterbliche‹ ist, um so gefährlicher ist sein Auftauchen. Er schlägt in dem Meeresort ein wie eine Bombe.

Man ist ja stets auf das Kommen eines berühmten Gastes vorbereitet; die Ankündigung eines Akademiemitglieds aber, das keiner kennt, kommt in ihrem Überraschungseffekt förmlich einem unerwarteten geologischen Fund gleich. Man fragt sich: »Was hat er gemacht? Wer ist er?« Alle reden von ihm wie von einem Bilderrätsel, das es aufzulösen gilt; und das Dunkel, das ihn begleitet, läßt das Interesse, das er auf sich zieht, überhaupt erst richtig sprießen.

So einer ist der wahre Feind! Und so bricht denn auch der Kampf zwischen dem offiziellen Prominenten und der lokalen Größe alsbald aus.

*

Die letztere bleibt auch dann noch, wenn die meisten Badegäste schon abgereist sind. Solange auch nur eine Familie am Ort ist, harrt sie auch aus. Dann spielt sie eben einige Tage lang ihre Rolle als besserer Herr für diese eine Familie. Das reicht.

Und es bleibt auch immer eine Familie, eine arme Familie aus dem Nachbarstädtchen mit drei Töchtern im heiratsfähigen Alter. Aber sie kommt jedes Jahr, und die jungen Damen der Familie Beausire können sich am Ort des gleichen Bekanntheitsgrades erfreuen wie der besagte bessere Herr. So wie die Fischer auf Heringsfang ziehen, gehen sie nun schon seit zehn Jahren, Sommer für Sommer, auf Männerfang (ohne je einen an die Angel zu bekommen).

Aber sie kommen allmählich in die Jahre. Die Leute aus der Gegend wissen ihr Alter und bemitleiden ihren Zölibat: »Sie haben doch ein so einnehmendes Wesen.«

Und so kommt es, daß nach dem fluchtartigen Abzug der feinen Welt diese Familie und die Ortszelebrität jeden Herbst von Angesicht zu Angesicht aufeinanderstoßen. Sie bleiben da, einen Monat, zwei Monate, ohne sich dazu entschließen zu können, den Strand, an dem ihre Träume begraben sind, zu verlassen. In der Familie spricht man von ihm so respektvoll, wie man über Victor Hugo sprechen würde. Oft speist er an der gemeinsamen Tafel mit zu Abend, wo das Hotel doch so trist und leer ist.

Schön ist er nicht gerade; jung ist er auch nicht mehr; er ist nicht reich, aber er ist eben für den ganzen Ort Herr

Ravalet, der Klarinettist, »der – Sie erinnern sich doch – vor Jahren einmal am Patrozinium in der Messe gespielt hat«. Fragt man ihn, wieso er denn nicht nach Paris zurückfährt, wo so viel Erfolg auf ihn wartet, antwortet er mit der stereotypen Formel: »Ach, wissen Sie, ich bin nun einmal unsterblich verliebt in die einsame Natur. Dieses Land gefällt mir erst, wenn es völlig einsam und verlassen ist.«

Plötzlich aber verbreitet sich ein Gerücht unter den Einheimischen:

»Wissen Sie es schon, Ravalet soll die letzte der Beausiretöchter heiraten.«

Er hat die letzte genommen, der Ärmste, genommen hat er die am wenigsten lädierte, die jüngste dieser leicht betagten Jungfrauen. Er hat seinen Antrag gemacht, der mit Begeisterung aufgenommen wurde.

Jedes Jahr passiert das, entstehen einige dieser Nachsaisonehen, diese traurigen Paarungen unter diesem Strandgut des Lebens.

*

Die Nacht ist hereingebrochen, der Mond geht auf, erst ganz rot, dann, je weiter er am Himmel aufsteigt, um so bleicher; und er wirft auf den Schaum der Wolken fahle Lichter, die so schnell erlöschen wie sie aufleuchten.

Das monotone Geräusch der Wellen lähmt den Gedanken; und eine schier maßlose Traurigkeit, die von der unendlichen Einsamkeit von Erde und Himmel herkommt, durchzieht einem Seele und Körper.

Plötzlich flattern seltsame Worte im Wind, mehr geschrien als gesprochen, und zwei unnormal hochgeschossene Mädchen erscheinen, mit dem tänzelnden, langen und schnellen Gang der Engländerinnen. Dann bleiben sie stehen, reglos, und betrachten den Ozean. Ihre auf den Rücken herabfallenden Haare werden vom stürmischen Wind hochgewirbelt, und wie sie so in ihre grauen Gummimäntel eingehüllt dastehen, sehen sie aus wie Telegraphenmasten mit Mähnen.

Von all diesem Strandgut sind sie es, die das Leben am meisten über die Welt treibt. An allen Ecken der Welt spült es sie an Land; überall, wo etwas los war, bleiben einige ihrer Art zurück.

Sie lachen, mit ihrem schwerfälligen Lachen, sprechen laut mit ihren Honoratiorenstimmen, und man wundert sich, welch eigenartiges Vergnügen diese großen Mädchen, die man überall trifft – auf verwaisten Stränden, in tiefen Wäldern, lauten Städten und weitläufigen Museen voller Meisterwerke –, daran finden können, ohne Unterlaß Bilder, Denkmäler, lange melancholische Alleen und sich unter dem Mondlicht kräuselnde Wellen anzuschauen, von denen sie ja doch nie auch nur das geringste verstehen.

Unsere Politiker befassen sich derzeit mit der Entschädigung für die Spanier, die den arabischen Überfällen auf die hochgelegenen Alfafelder im Süden von Oran zum Opfer fielen.

Die spanische Regierung spielt den Fall hoch, und die Meinungen über diese Frage sind geteilt. Ohne hier irgendeine Meinung zu vertreten, ja ohne eine solche überhaupt zu haben, möchte ich einige Erinnerungen an dieses Land ausbreiten, das ich unmittelbar nach dem Massaker an den Siedlern besuchen konnte.

Gleich hinter Saïda führt der Weg ins Gebirge, ein Gebirge aus rotem, stets brennend heißem Kalkstein. Später gelangt man auf unendlich weite kahle Ebenen, danach in eine öde Gegend, wo auf einer Fläche von jeweils fünfzig auf fünfzig Metern Gruppen von Wacholdersträuchern wachsen. Man nennt das den Wald von Hassassenas; und dann erst stößt man endlich auf das Alfagras, eine Art kleines Schilfgras, das riesige Flächen bedeckt und einen an das Meer denken läßt. Häuser sind in diesen dumpfen Zonen unbekannt; nur das braune Zelt der Araber duckt sich eng an den Boden hin, wie ein seltsamer Pilz.

In diesem Meer aus Alfagras lebte eine regelrechte Nation, Menschenhorden, wilder und ungezähmter noch als selbst die Araber: die Spanier der Alfagrasfelder. Abgeschieden von aller Welt, mit ihren Frauen und Kindern in Banden lebend, jenseits von jedem Gesetz, haben sie, heißt es, das getan, was schon ihre Vorfahren in neu zu besiedelnden Ländern auch gemacht haben: Sie sprangen mit ihren Nachbarn, den Arabern, überaus gewalttätig, blutrünstig und schrecklich um.

Nun, ein Araber läßt sich viel gefallen, bis der Punkt kommt, wo er tötet.

Bou-Amama ist gekommen, und seine Anwesenheit

in Assi-Tircine, achtzig Kilometer von Saïda entfernt (man nahm an, er sei zu dem Zeitpunkt hinter den Salzseen), haben die zwei Stämme, in deren Siedlungsbereich die Spanier lebten, die Harras und die Hassassenas, geschickt dazu ausgenutzt, die Alfaspanier zu massakrieren.

Die Angestellten der kleinen Eisenbahnlinie schonten sie; aber keine Gnade gab es für jeden, der Spanier war. So kam es, daß über Tage hinweg Verwundete, verletzte Kinder, gequälte Frauen durch die Gegend irrten. All diese bedauernswerten Geschöpfe schlugen sich zum Bahngleis durch, und wenn ein Zug vorbeikam, um Opfer aufzulesen, sprangen sie hoch und machten, nackt und blutüberströmt, auf sich aufmerksam.

Noch eine Woche vor meiner Ankunft hatte man ein großes Mädchen von achtzehn Jahren aufgefunden, ein Mädchen von unvergleichlicher Schönheit, mit Messerstichen übersät, das trotz ihres Zustands, so nackt wie man nur sein kann, auf den Konvoi zulief.

Das alles ist entsetzlich, zu fragen bleibt freilich, wer damit angefangen hat. Die gängige Meinung da unten lautet: Lieber aufmüpfigen Kavalleristen als einer Gruppe von Alfaspaniern in die Hände fallen.

Wer sind diese Abenteurer, die in diesen traurigen Landstrichen das Alfagras ernten? Wie haben sie früher gelebt; was haben sie für eine – wie man so sagt – Vergangenheit?

Ich habe einige dieser Männer gesehen; also, offen gestanden, selbst in einem arabischen Stamm, in dem gerade ein Aufruhr tobt, würde ich mich sicherer fühlen als unter deren Dach.

*

An einem glühendheißen Nachmittag hatte ich Saïda verlassen und bewegte mich zunächst auf die ehemalige Stadt von Abd-el-Kader zu. Auf einem steilen Felsen kann man einige Mauerreste erkennen; das ist alles, was von der Residenz übrigblieb, an der der berühmte Emir so hing.

Aber als ich oben angekommen war, entdeckte ich dahinter etwas ganz Wunderbares. Zwischen der alten Festung und dem Berg liegt eine tiefe Schlucht. Dieser Berg ist ganz rot, es ist ein ins Gold gehendes Rot, wie von Feuer; das Gestein ist gezackt, abschüssig, von dünnen Rinnen durchfurcht, in denen im Winter Bäche zu Tal stürzen.

Der Boden der Schlucht indessen ist ein einziger Oleanderwald, ein Teppich aus Blättern und Blüten.

Ich stieg hinunter, was gar nicht so leicht war. Ein kleiner Fluß strömte unter den herrlichen Sträuchern hindurch, sprang schäumend und den Felskrümmungen folgend vom Berg herab. Ich hielt meine Hand hinein; das Wasser war warm, fast heiß.

Am Ufer suchten große Krabben, Hunderte von Krabben vor mir das Weite; eine lange Natter glitt ins Wasser hinein und wieder heraus, und übergroße Eidechsen stoben ins Gebüsch.

Plötzlich ließ mich ein großer Lärm erschaudern. Nur wenige Schritt von mir entfernt flog ein Adler auf. Der riesige Vogel, den ich in seiner Ruhe gestört hatte, stieg jäh zum blauen Himmel empor, und er war so groß, daß man den Eindruck hatte, er würde mit seinen Flügeln an die zwei Kalksteinwände anstoßen, die die Schlucht umschlossen.

Nach einer Stunde Marsch traf ich wieder auf die Straße, die nach Aïn-el-Hadjar hinaufführt.

Vor mir ging eine Frau, eine alte gebeugte Frau, die sich mit einem altertümlichen Regenschirm vor der Sonne schützte.

Es kommt in diesen Gegenden nicht so oft vor, daß man – abgesehen von den großen, strahlenden, in gelbes oder blaues Tuch gehüllten Negerinnen – Frauen zu sehen bekommt. Ich ging auf die Frau zu. Sie hatte ein faltiges Gesicht, atmete schwer, schien am Ende ihrer Kräfte und voll Verzweiflung, mit einem strengen und traurigen Blick. Sie ging mit kleinen Schritten unter der gleißenden Sonne. Ich sprach sie an, und auf einmal entlud sich ihr ganzer angestauter Zorn. Es war eine Elsässerin, die man nach dem Krieg mit ihren vier Söhnen in dieses trostlose Land geschickt hatte. Drei ihrer Kinder waren dem mörderischen Klima zum Opfer gefallen; eines von ihnen war ihr noch geblieben, mittlerweile auch schon krank; und die Felder brachten trotz der großen Flächen nichts ein, weil nie auch nur ein Tropfen Wasser darauf fiel. Immer wieder sagte die Alte: »Darauf wächst nicht ein Krautkopf, nicht einmal einer!« – und kam von der Vorstellung des Krautkopfs nicht los. Offenbar stellte dieses Gemüse in ihren Augen den Inbegriff allen irdischen Glücks dar. Und nachdem sie mir ihr Herz ganz ausgeschüttet hatte, setzte sie sich auf einen Stein und weinte.

Nie hat sich mir ein so herzzerreißender Anblick geboten wie diese gute alte Haut aus dem Elsaß, wie sie da so verloren auf diesem brennenden Boden, auf dem nicht ein Krautkopf gedeihen will, vor mir saß.

Als sie von mir fortging, fügte sie hinzu: »Haben Sie eine Ahnung, ob in Tunesien Gründe vergeben werden? Die Leute sagen, dort ist es gut; aber besser als hier ist es in jedem Fall.«

Wäre es nicht viel besser, meine hochverehrten Herren Abgeordneten, diesen Leuten eine Entschädigung auszuzahlen?

*

Was können die Romanciers aus diesem berüchtigten Ehedrama von Le Pecq lernen?

Als man die in ein Bleirohr eingerollte Leiche fand, den Mund mit einer Stecknadel verklammert, am ganzen Körper gefesselt, mit Spuren von Folter, als wäre sie durch die Hände der Inquisition gegangen, da durchfuhr alle ein Schauer der Bestürzung und der Abscheu. Dann ließ man der Phantasie freien Lauf: Man sprach von der Rache eines eifersüchtigen Ehemanns und malte sich die schreckliche Szene bildhaft aus; jeder hätte sie erzählen können, so logisch schien sie – von den Beschimpfungen angefangen bis hin zur Hinrichtung.

Die Herren X. de Montépin, du Boisgobey und Cie mußten vor Freude bibbern.

Als der Unglückselige das Zimmer betrat, wo der Ehemann schon auf ihn wartete, da schnappte die Falle zu.

Nun begann ein auf seiten des Ehemanns ironisches Zwiegespräch, wie man es auf der Bühne hören kann, ein Dialog, bei dem der ganze Zuschauersaal in Ohnmacht fällt. Dann folgten die Vorwürfe, die Drohungen, der Zornausbruch, der Kampf. Der zu Boden geschlagene Liebhaber röchelte und der andere, der auf ihm kniete und außer sich vor Wut zitterte, schrie, während er ihn verstümmelte: »Ah! Dein Mund hat mich betrogen, du Ungeheuer! Er hat Liebkosungen der Frau ins Ohr gestammelt, die ich liebe, die das Gesetz und die Kirche mir zur rechtmäßigen Frau gegeben haben; er hat seine heißen Küsse auf Lippen gepreßt, die mir allein gehören: Jetzt aber werde ich ihn für immer versperren, diesen Mund, mit einer Stecknadel aus ihrer Corsage, einer von jenen Nadeln, die du immer so gern abmachtest. Und in deine Augen, mit denen du dich in sie vergafft hast, werde ich zwei andere Nadeln hineintreiben, und deine schändlichen Hände, mit denen du sie gestreichelt hast, werde ich mit Blei festbinden! ...«

Und man sah förmlich, wie dieser blutige, mit einer langen spitzen Stahlnadel verschlossene Mund ein letztes Mal versuchte, sich zu öffnen.

Was für ein Effekt auf der Bühne eines Theaters!

*

Im wirklichen Leben geht es viel einfacher zu.

Von wegen Wutausbruch: Der betrogene Ehemann wußte Bescheid, schon seit Jahren. Die unbedeutende Mordaffäre wird im Familienkreis geplant und im Familienkreis durchgeführt, in aller Ruhe, etwa so wie man den Sonntagsbraten zubereitet.

Keine großen Worte, keine übertriebenen Gefühle. All die grausamen Verstümmelungen sind nichts als praktische Vorkehrungen, wie sie jede Hausfrau trifft.

Da meint der Bruder: »Aber das Wasser wird ihm in den Mund laufen, und das wird ihn nach oben treiben lassen.« Der Gedanke ist vielleicht etwas eigenartig; aber der Ehemann findet ihn richtig. Wie aber diesen Mund verschließen? Da kommt ihnen eine Idee. Sie werden ihn mit einer Stecknadel verklammern. »Gib mal eine Stecknadel her!« sagt der Mann zu seiner Frau, so als wollte er seine Krawatte festklammern. Sie holt eine aus ihrem Mieder heraus und gibt sie ihm sanft lächelnd.

Das Bleirohr ist nichts anderes als eine neue praktische Hilfe. Es hat die Funktion sowohl des Steins, der den Körper auf den Boden zieht, als auch jene der Schnur, die ihn umschlingt. Dies nur als Hinweis für die künftigen Nachahmer. An dem Vorgang ist somit nichts aufregend oder erhaben, alles ist einfach und an praktischen Gesichtspunkten orientiert.

Unterwegs kullert infolge eines heftigen Stoßes auf der unebenen Straße der Leichnam aus dem Wagen, direkt vor die Ladentür eines Metzgers. Sofort wischt einer der Mörder mit seinen Schuhen den Blutfleck gemütlich in den Boden hinein, so wie es manche Männer mit ihrer Spucke machen.

Danach gehen die drei Komplizen seelenruhig ins Bett.

Wahrhaftig, so ein Gemüt wie diese Verbrecher müßte man haben.

Und die Moral von der Geschicht: Machen Sie ja nicht Frauen den Hof, deren Ehemänner ihr Handwerk nicht verstehen!

Eine unveröffentlichte Seite aus dem Buche der Geschichte

Jedermann kennt den berühmten Ausspruch Pascals über das Sandkorn, das den Geschicken des Universums eine neue Wende gab, indem es dem Glück Cromwells ein Ende setzte. In dem großen Zufallsspiel der Geschehnisse, die die Menschen und die Welt regieren, war in analoger Weise eine recht bescheidene Tat, die verzweifelte Gebärde einer Frau, mit der sie dem jungen Napoleon Bonaparte, der dann der große Napoleon wurde, das Leben rettete, für das weitere Schicksal Europas von entscheidender Bedeutung. Dies ist eine unbekannte Seite im Geschichtsbuch (denn alles, was das Leben dieses außergewöhnlichen Wesens betrifft, gehört zur Geschichte), ein wahres korsisches Drama, das für den damals in seiner Heimat auf Urlaub weilenden jungen Offizier beinahe tödlich ausgegangen wäre.

Der folgende Bericht folgt Punkt für Punkt der historischen Wahrheit. Ich habe ihn wie unter Diktat geschrieben, ohne irgend etwas zu verändern, ohne etwas wegzulassen, ohne zu versuchen, ihn literarischer oder spannender zu machen, indem ich nur die bloßen Fakten, die ganz nackten, einfachen Fakten wiedergebe, mit allen Namen, allen Bewegungen der Beteiligten und dem, was sie sagten.

Eine stärker auskomponierte Erzählung würde möglicherweise mehr Gefallen hervorrufen, aber hier geht es um Geschichte, und die Geschichte läßt man besser so, wie sie ist. Diese Einzelheiten habe ich unmittelbar von dem einzigen Menschen, der sie seinerseits aus erster Hand schöpfen konnte und dessen Zeugnis gegen 1853 die Untersuchung über eben diesen Vorfall auslöste mit dem Ziel, die Durchführung von Legaten sicherzustellen, die der Kaiser vor seinem Tod auf Sankt Helena abgefaßt hatte.

Drei Tage vor seinem Tod brachte Napoleon tatsächlich in seinem Testament einen Zusatz an, in dem folgendes verfügt wurde: »Ich vermache«, schrieb er da, »20000 Francs dem Bewohner von Bocognano, der mich aus der Hand von Räubern gerettet hat, die mich ermorden wollten;

10000 Francs an Vizzanova, der einzige aus dieser Familie, der zu mir hielt;

100000 Francs an Jérôme Lévy;

100000 Francs an Costa, aus Bastelica;

20000 Francs an den Pfarrer Reccho.«

In diesen letzten Augenblicken hatte sich eine alte Jugenderinnerung seines Geistes bemächtigt; nach so vielen Jahren und so vielen glanzvollen Abenteuern war die Nachwirkung einer dieser frühesten Erschütterungen seines Lebens bei ihm so stark, daß sie ihn selbst in den Stunden der Agonie noch verfolgte. Und die weit zurückliegende Vorstellung, die ihn da heimsuchte, als er sich entschloß, diese fürstlichen Gaben dem ergebenen Helfer, dessen Name seinem angegriffenen Gedächtnis entfallen war, und den Freunden, die ihm in diesen schrecklichen Umständen zu Hilfe gekommen waren, zu hinterlassen, sieht so aus: Es war kurz nach dem Tod Ludwigs XVI. Damals wurde Korsika von General Paoli regiert, einem energischen und impulsiven Mann und ergebenen Royalisten, der die Revolution haßte, während Napoleon Bonaparte, ein junger Artillerieoffizier und gerade in Ajaccio auf Urlaub, seinen Einfluß und den seiner Familie für die neuen Ideen geltend machte.

Cafés gab es in diesem immer noch unzivilisierten Land keine, und so versammelte Napoleon seine Bundesgenossen abends in einem Zimmer, wo sie sich besprachen, Pläne schmiedeten, Maßnahmen ergriffen, sich Gedanken über die Zukunft machten und dabei Wein tranken und Feigen aßen.

Zwischen dem jungen Bonaparte und dem General Paoli war das Verhältnis schon damals gespannt. Das war so gekommen: Als Paoli die Order bekommen hatte, die Magdalena-Insel zu erobern, beauftragte er den Obristen Cesari mit der Durchführung dieser Mission, wobei er ihm empfahl, heißt es, das Unternehmen so anzulegen, daß es scheitern mußte. Napoleon, der gerade zum Oberstleutnant der Nationalgarde in dem Regiment ernannt worden war, das der Oberst Quenza befehligte, nahm an der besagten Expedition teil, protestierte danach heftig gegen die Art und Weise, mit der sie ausgeführt worden war und warf dabei den militärischen Verantwortlichen offen vor, das Vorhaben absichtlich zum Mißerfolg gesteuert zu haben.

Das geschah kurze Zeit nachdem die Kommissare der Republik, unter denen sich Saliceti befand, nach Bastia geschickt worden waren. Als die Nachricht von ihrer Ankunft zu Napoleon drang, wollte er zu ihnen stoßen, und zur Organisation dieser Reise ließ er seinen Vertrauensmann aus Bocognano kommen, einen seiner treuesten Anhänger, Santo-Bonelli, Riccio genannt, der ihm als Führer dienen sollte.

Alle beide brachen zu Pferd in Richtung Corte auf, wo sich der General Paoli aufhielt, den Napoleon auf der Durchreise aufsuchen wollte; denn in seiner Unkenntnis bezüglich der Beteiligung seines Vorgesetzten an dem gegen Frankreich gerichteten Komplott verteidigte er ihn selbst gegen die im Flüsterton zirkulierenden Verdächtigungen; schließlich war die mittlerweile zwischen ihnen verschärfte Feindseligkeit noch nicht zum offenen Ausbruch gekommen.

Im Hof des Hauses, das Paoli bewohnte, stieg der junge Napoleon von seinem Pferd und übergab es in die Obhut Santo-Riccios, um sich sofort zum General zu begeben. Aber als er die Treppe hinaufging, teilte ihm jemand, der ihm über den Weg lief, mit, daß just in diesem Augenblick eine Art Rat tagte, der sich aus den wichtigsten korsischen Befehlshabern zusammensetzte, die allesamt Feinde der republikanischen Ideen waren.

Der Betreffende selbst wollte in seiner Aufregung Neues erfahren, sobald einer der Verschwörer die Versammlung verließ.

Als nun Bonaparte ihm entgegenkam, fragte er ihn: »Na, wie steht's?« Der andere, der ihn für einen Bundesgenossen hielt, antwortete: »Es ist soweit! Wir werden uns für unabhängig erklären und uns mit Hilfe der Engländer von Frankreich lossagen.«

Vor Entrüstung und Ärger außer sich stampfte Napoleon mit dem Fuß auf und rief: »Das ist Verrat, das ist eine Ungeheuerlichkeit!« als einige Männer auftauchten, die der Lärm angezogen hatte. Es traf sich, daß es sich dabei um entfernte Verwandte der Familie Bonaparte handelte. Diese durchschauten sogleich die Gefahr, in die der junge Offizier sich brachte, denn Paoli war es zuzutrauen, daß er ihn auf der Stelle und für alle Zeiten beseitigen ließ, und so stellten sie sich um ihn, schafften ihn mit Gewalt die Treppe hinab und wieder auf sein Pferd.

Unverzüglich brach er wieder auf, zurück in Richtung Ajaccio, immer noch begleitet von Santo-Riccio. Bei Einbruch der Dunkelheit gelangten sie in den Weiler von Arca-de-Vivario und übernachteten beim Pfarrer Arrighi, einem Verwandten Napoleons, der ihn in die Vorgänge einweihte und ihn um Rat fragte, denn der Pfarrer war ein Mann mit klarem Verstand und großem Urteilsvermögen, der sich großer Hochschätzung in ganz Korsika erfreute.

Nachdem sie sich am nächsten Morgen bei der ersten Morgenröte wieder auf den Weg gemacht hatten und den ganzen Tag geritten waren, trafen sie am Abend am Eingang des Dorfes Bocognano ein. Dort trennte sich Napoleon von seinem Führer, nachdem er ihm noch aufgetragen hatte, ihn am folgenden Morgen mit den Pferden an der Kreuzung der Wege wieder zu treffen: er selbst machte sich dann auf zum Weiler Pagiola, um dort die Gastfreundschaft von Felix Tusoli, einem Anhänger und Verwandten von ihm in Anspruch zu nehmen, dessen Haus ein wenig abgelegen stand.

In der Zwischenzeit waren dem General Paoli der Besuch des jungen Bonaparte sowie seine heftigen Äußerungen nach dem Bekanntwerden des Komplotts zu Ohren gekommen, und er gab Mario Peraldo den Auftrag, sich Bonaparte auf die Fersen zu heften und ihn, koste es was es wolle, daran zu hindern, Ajaccio oder Bastia zu erreichen.

Mario Peraldi traf einige Stunden vor Bonaparte in Bocognano ein und begab sich zu den Morellis, einer mächtigen Familie, die auf der Seite des Generals stand. Sie erfuhren bald, daß der junge Offizier angekommen war und die Nacht im Haus von Tusoli verbringen sollte; da versprach das Oberhaupt der Morellis, ein energischer und gefürchteter Mann, als er die Befehle Paolis vernahm, seinem Gesandten, daß Napoleon nicht entwischen würde.

Bei Tagesanbruch hatte er seine Leute postiert, alle Straßen besetzt, alle Schlupflöcher versperrt. Bonaparte machte sich zusammen mit seinem Gastgeber auf den Weg; aber Tusoli, dem es nicht gutging und der deshalb ein Tuch um den Kopf gebunden hatte, verließ ihn gleich wieder.

Sobald der junge Offizier allein war, trat ein Mann auf ihn zu und teilte ihm mit, daß sich in einer nahen Herberge Anhänger des Generals befänden, die unterwegs nach Corte seien, um sich jenem dort anzuschließen. Napoleon begab sich zu ihnen und, wie er sie da so versammelt fand, sagte er ihnen: »Macht euch auf und geht zu eurem Anführer; ihr tut da ein großes und edles Werk.« Aber in diesem Moment waren auch schon die Morellis in das Gebäude eingedrungen, warfen sich auf ihn, nahmen ihn gefangen und führten ihn ab.

Santo-Riccio, der an der Wegkreuzung auf ihn wartete, bekam schnell Wind von seiner Verhaftung und lief zu einem Anhänger der Bonapartes mit Namen Vizzanova, von dem er wußte, daß er ihm helfen könnte und dessen Anwesen ganz in der Nähe des Morelli-Hauses lag, wo Napoleon festgehalten werden sollte.

Santo-Riccio war sich sogleich der äußersten Brisanz dieser neuen Lage bewußt: »Wenn es uns nicht gelingt, ihn sofort zu retten, ist er verloren. Vielleicht ist er innerhalb der nächsten zwei Stunden tot.« Da begab sich Vizzanova zu den Morellis, versuchte geschickt, sie auszuhorchen, und erwirkte, da sie ihre wahren Absichten verschleierten, mit List und schlauen Reden die Erlaubnis von ihnen, daß der junge Mann zu ihm kommen und etwas essen durfte, während sie sein Haus bewachen würden.

Sie gingen darauf ein, wohl um so ihre Pläne besser verbergen zu können, und nachdem seine Leute in die Überwachung der Örtlichkeiten eingewiesen worden waren, ging das Familienoberhaupt, der als einziger die Wünsche des Generals kannte, nach Hause, um Reisevorbereitungen zu treffen. Seine Abwesenheit war es, die wenige Minuten später das Leben des Gefangenen rettete. In der Zwischenzeit ging Santo-Riccio mit der den Korsen eigenen Hingabe, einer unglaublichen Kaltblütigkeit und einem unerschütterlichen Mut an die Befreiung seines Kameraden. Er besorgte sich zwei junge Burschen, die tapfer und treu waren wie er; nachdem er sie unbemerkt zu einem Garten, der an Vizzanovas Haus grenzte, gebracht und hinter einer Mauer versteckt hatte, trat er seelenruhig vor die Morelli-Leute hin und bat sie um die Erlaubnis, von Napoleon Abschied nehmen zu dürfen, wenn sie ihn schon mitnehmen mußten. Diese Gunst wurde ihm gewährt, und sobald er mit Bonaparte und Vizzanova zusammen war, entwickelte er seine Pläne und drängte auf eine rasche Flucht, da der geringste Aufschub für den jungen Mann tödlich sein konnte. Alle drei gingen also in den Stall, und an der Tür umarmte Vizzanova mit Tränen in den Augen seinen Gast und sagte zu ihm: »Möge Gott Euch retten, mein armes Kind, er allein kann es!«

Kriechend erreichten Napoleon und Santo-Riccio die zwei jungen Leute, die bei der Mauer versteckt waren, dann nahmen sie all ihre Kraft zusammen und liefen alle vier so schnell es ging zu einem nahen Brunnen, der in den Bäumen verborgen war. Dabei gerieten sie zwangsläufig ins Blickfeld der Morellis, die sie sahen, sofort hinterdrein rannten und laute Schreie ausstießen.

Der alte Morelli, der ja in sein Haus zurückgegangen war, hörte sie, und wie ihm klar wurde, was da vor sich ging, stürzte er mit einer solch grimmigen Miene auf, daß seine Frau, die ihrerseits mit den Tulosis, wo Bonaparte übernachtet hatte, verwandt war, sich ihm demütig vor die Füße warf und um das Leben des jungen Mannes bat.

Wütend stieß er sie zurück und wollte hinauseilen, als sie, immer noch auf den Knien, ihn bei den Beinen packte und ihn festhielt, indem sie ihn mit aller Kraft umschlang; ihre Umklammerung war so fest, daß ihr Mann, obwohl er sie schlug und stieß, neben sie auf den Boden fiel.

Ohne die Kraft und den Mut dieser Frau wäre es um Napoleon geschehen gewesen.

Die ganze neuere Geschichte wäre dann anders verlaufen. Die menschlichen Annalen hätten nicht die klangvollen Namen großer Siege zu verzeichnen gehabt! Millionen von Menschen wären nicht im Kanonenhagel gestorben! Die Landkarte Europas wäre nicht dieselbe! Und wer weiß, unter welcher Regierungsform wir heute leben würden!

Denn Morellis Leute holten die Flüchtigen ein.

Santo-Riccio suchte Schutz an einem Baumstamm und bot ihnen unerschrocken die Stirn, während er den zwei Burschen zurief, Bonaparte mitzunehmen. Dieser aber weigerte sich, seinen Führer im Stich zu lassen, der, während er ihre Feinde in Schach hielt, brüllte:

»So schafft ihn doch endlich fort, ihr da; packt ihn, fesselt ihn an Füßen und Händen!«

So wurden sie also eingeholt, umzingelt, ergriffen, und einer von Morellis Leuten, ein gewisser Honorato, setzte sein Gewehr Napoleon auf die Schläfe und rief: »Tod dem Vaterlandsverräter!« Aber just in diesem Augenblick traf auch Felix Tusoli, der Mann, der Bonaparte beherbergt hatte und den ein Bote Santo-Riccios verständigt hatte, mit seinen bewaffneten Familienangehörigen ein. Als er die Gefahr sah und feststellte, daß der, der das Leben seines Gastes da so bedrohte, sein eigener Schwager war, rief er ihm zu und legte auf ihn an:

»Honorato, Honorato, dann machen wir die Sache also unter uns zweien aus!«

Der andere konnte sich in seiner Überraschung nicht gleich entschließen abzudrücken; da nutzte Santo-Riccio das Durcheinander, überließ es den zwei Parteien, sich zu schlagen oder zu diskutieren, packte mit Hilfe der zwei Burschen den sich noch wehrenden Napoleon mit den Armen und stürmte ins dichte Unterholz davon.

Eine Minute später traf das Oberhaupt der Morellis, nachdem er sich endlich von seiner Frau hatte losreißen können, mit einer fürchterlichen Wut bei seinen Leuten ein. Da marschierten die Flüchtlinge aber schon durch die Berge, Schluchten und das Dickicht. Als sie in Sicherheit waren, schickte Santo-Riccio die zwei jungen Leute zurück mit dem Auftrag, am nächsten Morgen mit den Pferden bei der Brücke von Ucciani wieder zu ihnen zu stoßen.

Als sie auseinandergingen, trat Napoleon nochmals auf sie zu mit den Worten:

»Ich werde nach Frankreich zurückkehren; wollt ihr mich begleiten? Wie auch immer mein weiteres Schicksal verlaufen wird, ihr sollt es mit mir teilen.«

Sie antworteten ihm:

»Unser Leben gehört Euch; macht mit uns, hier, was Ihr wollt, aber unser Dorf werden wir nicht verlassen.«

Diese zwei einfachen und ergebenen Burschen kehrten also nach Bocognano zurück, die Pferde zu holen, während Bonaparte und Santo-Riccio ihren Marsch inmitten all der Hindernisse fortsetzten, die das Reisen in gebirgigen und unzivilisierten Ländern so beschwerlich machen. Unterwegs machten sie eine Rast, um bei der Familie Mancini ein Stück Brot zu essen, und kamen am Abend in Ucciani, bei den Pozzolis, Anhängern der Bonapartes, unter.

Am nächsten Morgen nun, als Napoleon erwachte, sah er das ganze Haus von bewaffneten Männern umgeben. Das waren alle Verwandten und Freunde seiner Gastgeber, alle bereit, ihn zu begleiten und für ihn zu sterben.

Die Pferde warteten an der Brücke, und der kleine Trupp setzte sich in Marsch und eskortierte die Flüchtlinge bis an den Stadtrand von Ajaccio. Als die Nacht gekommen war, schlich sich Napoleon in die Stadt und fand bei Jean-Jérôme Lévy, dem Bürgermeister, Zuflucht, der ihn in einem Schrank versteckte. Eine nützliche Vorsichtsmaßnahme, denn am Morgen darauf war die Polizei auch schon da. Sie durchsuchte alles, ohne etwas zu finden, und zog dann beruhigt, wenngleich von der gespielten Entrüstung des Bürgermeisters verunsichert, wieder ab, der seinerseits seine große Bereitschaft bekundete, bei der Suche nach dem jungen Aufrührer mitzuhelfen. Noch am gleichen Abend wurde Napoleon in einer Gondel auf die andere Seite des Golfs gebracht, der Familie Costa von Bastelica übergeben und im Dickicht versteckt.

Die Geschichte von einer Belagerung im Turm von Capitello, der er getrotzt haben soll, ein bewegender Bericht, den Reiseführer wiedergeben, ist pure Erfindung, spannend, aber so wenig ernst zu nehmen wie so viele Auskünfte, die diese findigen Tourismusindustriellen geben.

Einige Tage später wurde die Unabhängigkeit Korsikas proklamiert, das Haus der Bonapartes in Brand gesteckt und die drei Schwestern des Flüchtigen der Obhut des Pfarrers Reccho anvertraut.

Dann nahm eine französische Fregatte, die an der Küste

die letzten Anhänger Frankreichs auflas, auch Napoleon an Bord und holte den verfolgten und gehetzten Bundesgenossen ins Mutterland heim, ihn, der zum Kaiser und zum glanzvollen Feldherrn bestimmt war, dessen Schicksal die Erde erschüttern sollte.

Um nichts und wieder nichts

Es war in Nizza, während des Blumenkorsos.

Eine hübsche kleine Frau mit blondem Haar, die in der ersten Tribünenreihe stand, kämpfte mit aller Hingabe. Zwei riesige Blumenkörbe vor ihr, die ständig mit neuen Sträußen aufgefüllt wurden, dienten ihr als Waffenkammer, aus der sie mit vollen Händen diese duftenden Kanonenkugeln herausholte, um sie auf die Kutschen zu schleudern, die gemächlich im Schritt der Pferde vorüberzogen.

Und sie lachte von ganzem Herzen und fuchtelte triumphierend ganz wild herum, wenn sie eine Freundin voll ins Gesicht getroffen hatte.

Dann hielt sie, müde, ermattet, einige Augenblicke inne, um dem Festzug zuzuschauen.

Eine nach der andern trafen die Kutschen ein, fuhren vorbei, verschwanden, bedeckt, geschmückt, gefüllt mit Blumen. Die einen hatten Räder voll mit Veilchen, die anderen mit Levkojen; diese sah aus wie ein Bottich voll Nelken, jene wie eine Wolke aus Mimosen. Fässer mit Rosen waren an der Stelle der Laternen, eine Peitsche hatte die Gestalt einer Rakete aus Narzissen angenommen.

Und darin Damen und Herren in feiner Garderobe. Zu dicke und zu dünne rotbackige Damen und Herren im Sonntagsstaat mit Federbusch auf dem Hut. Immer wieder mal war auch eine hübsche Frau darunter, eine auf zweihundert, der alle Augen nachblickten; dann ging das übliche Defilee wieder von neuem los, das unendliche Defilee der Häßlichen, der Grotesken, der unansehnlichen, dickbäuchigen oder spindeldürren Mannsbilder und der unansehnlichen, gewöhnlichen, geschmacklos zusammengerichteten Frauenzimmer.

Und unter den prächtigen Gespannen waren auch Fiaker, die schrecklichen Fiaker, von einem Skelett von

Pferd gezogen und von dem fürchterlichen schnauzbärtigen Kutscher mit schmuddeliger Jacke und dem über die Ohren heruntergeklappten Filzhut gelenkt.

Die kleine Frau hatte aufgehört, sich an der Blumenschlacht zu beteiligen, sie schaute sich diese Leute an, sie betrachtete sie mit erstaunten Augen, nach ihrer heiteren Ausgelassenheit von eben, so als ob sie ihre Augen zum ersten Mal weit geöffnet hätte. Und sie murmelte:

»Mein Gott, was sind die Menschen häßlich!« Zum ersten Mal nahm sie wahr, inmitten dieses Festes, inmitten dieser Blumen, inmitten dieses Freudentaumels, daß von allen Tieren das in Menschengestalt doch das allerhäßlichste ist.

Nun schaute sie also um sich herum die sich hin und her bewegende Menschenmenge auf den Tribünen an und fand sich inmitten von fürchterlichen, lächerlichen Lebewesen wieder, deren Lachen eine Grimasse war, eine widerwärtige Grimasse, die die Backen aufplusterte, den Mund spaltete, die Augen schloß, die Nase in Falten legte.

Und über all dem der Geruch der Schnittblumen, der Blumen, die man den Gärten entrissen hatte, die man der Erde entrissen hatte, um die Menge zu amüsieren, die häßliche, im Staub wurlende Menge, ein Geruch von gewöhnlichem Volk lag in der Luft, ein Geruch von ungewaschenen Körpern und von Knoblauch, dieser Knoblauchgeruch, den die Bewohner des Südens um sich verbreiten wie die Rose ihren Duft verströmt, mit dem sie ihre Städte vergiften, mit dem sie auch auf dem Land die Luft verpesten, ja mit dem sie selbst den Himmel verunreinigen.

Und die kleine Frau sagte zu ihrem Nachbarn: »Riechen die Menschen denn immer so schlecht?«

*

Gewiß, die Menschen sind jeden Tag gleich häßlich und riechen jeden Tag gleich schlecht, aber unsere Augen, die an diesen Anblick gewöhnt sind, unsere Nase, die an diesen Geruch gewöhnt ist, vermögen ihre Häßlichkeit und ihren Gestank nur dann wahrzunehmen, wenn sie durch einen plötzlichen und heftigen Kontrast darauf aufmerksam gemacht werden.

Der Mensch ist schrecklich! Um eine Schau mit Leuten zusammenzustellen, die so grotesk wirken, daß noch ein Toter über sie lachen müßte, würde es genügen, die ersten zehn daherkommenden Passanten zu nehmen, sie in einer Reihe zu gruppieren und sie mit ihren ungleichen Größen, ihren zu langen oder zu kurzen Beinen, ihren zu fetten oder zu mageren Körpern, ihren roten oder bleichen, bärtigen oder glatten Gesichtern, ihren lächelnden oder ernsten Mienen zu photographieren.

Früher, in den Anfangszeiten der Welt, da war der unzivilisierte Mensch, der kräftige, nackte Mensch sicher so schön wie das Pferd, der Hirsch oder der Löwe. Die Anspannung der Muskeln, das freie Leben, der ständige Einsatz seiner Kraft und Beweglichkeit sorgten bei ihm für die Anmut der Bewegung, die die erste Voraussetzung der Schönheit ist, und für die Eleganz der Gestalt, die nur körperliche Tätigkeit gibt. Später verstanden es die kunstliebenden Völker mit viel Sinn für Skulpturen, mit Hilfe der Gymnastik diese Anmut und Eleganz der intelligent gewordenen Menschen zu erhalten. Die ständige Sorge für den Körper, die Spiele der Kraft und Geschmeidigkeit, kalte und heiße Bäder machten aus den Griechen die wahren Muster menschlicher Schönheit, und sie, diese großartigen Künstler, hinterließen uns ihre Statuen als Lehrbeispiele, um uns zu zeigen, wie ihre Körper beschaffen waren.

Aber heutzutage, o Apoll, schauen wir uns die menschliche Rasse nur an, wie sie sich bei den Festen bewegt! Die Kinder, von der Wiege an dickbäuchig, vom zu frühen Schulunterricht deformiert, vom Gymnasium abgestumpft, das ihren Körper mit fünfzehn Jahren abnützt, indem es ihren Verstand noch vor dem Erwachsenwerden versteinert, erreichen die Pubertätsjahre mit schlecht gewachsenen, schlecht mit dem Rumpf verbundenen Gliedmaßen, deren Normalproportionen nie auf Dauer erhalten werden.

Und schauen wir nur auf die Straße und betrachten wir die Leute, die mit ihren schmutzigen Kleidern herumtraben! Was den Bauern angeht, ja du lieber Gott! Suchen wir den Bauern auf den Feldern auf, ein Mensch so unförmig wie ein Baumstamm, voller Gichtknoten, lang wie eine Stange, immer schief, gebeugt, unschöner noch als die primitiven Gestalten, die man in den Völkerkundemuseen besichtigen kann.

Und erinnern wir uns, welch schönen Körperbau und welch schöne Gesichtsform die Neger haben, diese bronzefarbenen, hochgewachsenen und geschmeidigen Männer, wie elegant die Araber in Bewegung und Aussehen sind!

*

Aber der Mensch ist blind für den Menschen. Er hat keinen Blick für das, was er von Kindesbeinen an zu sehen bekommt, er kann nicht auf einen kurzen Blick zwischen dem Besten und dem Schlechtesten, was sich vor seinen Augen abspielt, richtig unterscheiden; kurzum, er kann unser Leben nicht so betrachten, wie es ein Affe machen würde, der von einem Baum herab den Menschen für eine Karikatur seiner Rasse halten würde. Und diese Binde, die wir vor unseren Augen haben, die tragen wir auch vor unserem Verstand. Verblendet durch die verschiedenen sich ablösenden Religionen, jene kindischen und törichten Erfindungen unserer Väter gegen den Schauder angesichts des riesigen Unbekannten, gehen wir durchs Leben. Verblödet durch jahrhundertealte Vorurteile, durch vorsintflutliche Moralvorstellungen, die immer wieder auf uns herniederprasseln, durch kindische Gesetzgebung, die lächerliche und alberne Bräuche in heilige Gesetzesbande verwandelt haben, machen wir unseren Weg.

Und so groß ist die Zahl der falschen Vorstellungen, der törichten, aber unausrottbaren Meinungen, der als heilig verehrten, aber schwachsinnigen Glaubensinhalte, der unbezwingbaren Aberglauben, der uralten, doch beschämenden Sitten, der bestehenden, doch ungeheuerlichen Bräuche, die von aller Welt akzeptiert und ohne nähere Prüfung, ohne Widerstand, ohne Proteststurm praktiziert und respektiert werden, die – ganz im Gegenteil – aufgenommen werden, als hätte ein Gott in seinem Mitleid sie uns geoffenbart, daß es unmöglich ist, davon loszukommen.

Diejenigen, die es versuchen, kämpfen einen vergeblichen Kampf gegen ein Netz von kleinen, unwiderstehlichen, zahllosen und kaum spürbaren Fäden, die man nicht fassen kann. Und so gibt man bald aus Erschöpfung den Kampf auf.

Wer die absolute Integrität seines Denkens, die stolze Unabhängigkeit seines Urteilens bewahren will, wer das Leben, die Menschheit und das Universum als freier Beobachter sehen will, jenseits aller Vorurteile, aller vorgefaßten Glaubenssätze und jeglicher Religion, das heißt also jenseits aller Furcht, der müßte sich vollkommen von dem fernhalten, was man gesellschaftliche Beziehungen nennt, denn die allgemeine Dummheit ist so ansteckend, daß er seine Mitmenschen nicht treffen, sehen und anhören kann, ohne ungewollt von allen Seiten von ihren Überzeugungen, Vorstellungen und ihrer Maulwurfsmoral infiziert zu werden.

*

Was einem denkenden Menschen, der andere aus einer gewissen Entfernung dabei beobachtet, wie sie leben, am merkwürdigsten erscheint, ist ihre unnütze Umtriebigkeit. Man läuft auf Festen Saal um Saal, und das einzige konkrete Vergnügen besteht darin, daß sich die Leute eine Stunde lang gegenseitig anschauen, nachdem sie vorher drei oder vier Stunden damit zubrachten, sich fein herauszuputzen.

Man entfaltet in der Politik eine emsige Betriebsamkeit bei Fragen, deren Lösung nicht in der Hand des Menschen liegt, aber die der Mensch diskutiert und mit der Hartnäckigkeit eines Pferdes, das einen Mühlstein dreht, immer wieder aufgreift.

Auf der Straße und in den Cafés diskutiert man geschäftig die Meinung von Journalisten, deren Verstand oftmals so wirkt, als hätten sie überhaupt keinen, aber die sich in den Kolumnen ihrer Blätter so wichtig machen, als wären sie ein Ausbund an Überzeugung und Begeisterung.

Schließlich und endlich wirkt die ganze Gesellschaft wie ein riesiges Ministerium voller Angestellter, die voll des Eifers sind und dabei niemals etwas anderes zuwege bringen, als ein wenig Papier mit Tinte zu schwärzen, während sie so tun, als arbeiteten sie von morgens bis abends zum allergrößten Wohle der ganzen Menschheit ...

*

Die kleine Frau warf nun keine Blumen mehr. Sie schaute nur mehr mit müden und mutlosen Augen zu, wie die lärmende Menge vorüberzog; sie schaute zu, wie die blauen, roten, gelben, weißen, so feinen, so hübschen, so wohlriechenden Blumen auf die dicken rotbackigen und auf die hageren Gesichter voller Falten herabregneten.

Sie sagte nichts mehr! Woran dachte sie? ... Wahrscheinlich an gar nichts!

Der Krieg

Man spricht also davon, daß es wohl zum Krieg mit China kommt. Warum? Keiner weiß es. Die Minister sind noch unschlüssig, überlegen sich, ob sie da unten Leute töten lassen sollen. Daß Leute getötet werden, ist ihnen herzlich gleichgültig; das einzige, worum sie sich sorgen, ist der Vorwand. China, eine vernünftige Nation des Orients, versucht dieses unumstößlich scheinende Gemetzel zu vermeiden. Frankreich, eine barbarische Nation des Okzidents, drängt zum Krieg, sucht ihn, sehnt ihn geradezu herbei.

Allein schon, wenn ich dieses Wort höre, ›der Krieg‹, packt mich ein Grausen, als sagte man mir etwas über Hexerei, Inquisition, über eine ferne, abgeschlossene, abscheuliche, monströse, widernatürliche Sache.

Spricht man von Menschenfressern, so lächeln wir hochmütig und rühmen uns unserer Überlegenheit über diese. Wer aber sind eigentlich die Wilden, die wahren Wilden? Die, die sich bekämpfen, um die Unterlegenen zu essen, oder die, die sich um des bloßen Tötens willen bekämpfen und aus keinem anderen Grund? Eine chinesische Stadt zieht unseren Neid auf sich: Um sie einzunehmen, massakrieren wir fünfzigtausend Chinesen und lassen zehntausend Franzosen abschlachten. Diese Stadt wird nicht von geringstem Nutzen für uns sein. Es geht einzig und allein um die nationale Ehre. Die Ehre der Nation (sonderbare Ehre!) ist es also, die uns veranlaßt, eine uns nicht gehörende Stadt zu erobern, der Nationalstolz findet seine Befriedigung im Raub, im Raub einer Stadt, ja sogar im Tod von fünfzigtausend Chinesen und von zehntausend Franzosen.

Und die, die nun da unten umkommen werden, sind junge Männer, die arbeiten, etwas leisten, nützlich sein könnten. Ihre Väter sind alt und arm. Ihre Mütter, die sie zwanzig Jahre lang geliebt haben, abgöttisch wie Mütter eben lieben, werden in einem halben Jahr erfahren, daß der Sohn, ihr Kind, das große Kind, das unter vielen Entbehrungen, unter großem finanziellen Aufwand, mit soviel Liebe aufgezogen wurde, in einem Schilfwäldchen gefallen ist, die Brust von Kugeln zerfetzt. Warum wurde ihr Sohn getötet, ihr schöner Sohn, ihre einzige Hoffnung, ihr Stolz, ihr ein und alles? Sie weiß es nicht. Ja, warum? Weil es ganz weit hinten in Asien eine Stadt namens Bac Ninh gibt; und weil sich ein Minister, der sie gar nicht kennt, in den Kopf gesetzt hat, sie den Chinesen abzunehmen.

Der Krieg! ... aufeinander losgehen! ... töten! ... Menschen massakrieren! ... Und heutzutage, in diesem Zeitalter, bei unserer Zivilisation, beim hohen Stand der Wissenschaften und dem Range der Philosophie, zu dem es der menschliche Geist gebracht hat, haben wir Schulen, wo man das Töten erlernt, wo man lernt, aus großer Entfernung viele Menschen auf einen Schlag in Perfektion zu töten, arme unschuldige Teufel, mit Familie, ohne jede Eintragung im Strafregister. Die Regelmäßigkeit, mit der Jules Grévy die abscheulichsten Meuchelmörder begnadigt, Leute, die Frauen in Stücke schnitten, ihre Väter ermordeten oder Kinder erwürgten, grenzt schon an Sturheit. Und nun geht Jules Ferry wegen einer diplomatischen Laune, die ganz Frankreich und seine Volksvertreter befremdet, daran, einige tausend braver Burschen leichten Herzens in den Tod zu schicken.

Und das Verblüffendste dabei ist, daß das ganze Volk nicht sofort dagegen Sturm läuft. Worin liegt also der Unterschied zwischen Monarchien und Republiken? Das Verblüffendste ist jedenfalls, daß in letzterer nicht allein schon beim Wort Krieg das ganze Volk in wütenden Protest ausbricht.

Oh! Wir werden wohl noch auf Jahrhunderte unter der Last der alten und häßlichen Bräuche, der verbrecherischen Vorurteile, der blindwütigen Vorstellungen unserer barbarischen Urahnen zu leben haben.

Wäre man nicht über jeden anderen als Victor Hugo sofort hergefallen, wenn er laut nach Befreiung und Wahrheit gerufen hätte?

In unseren Tagen nennt man Macht Gewalt und fängt an, sie kritisch unter die Lupe zu nehmen; der Krieg ist auf der Anklagebank gelandet. Nachdem die Menschheit Anklage erhob, hat die Zivilisation ein Verfahren eingeleitet und einen dicken Gerichtsakt über Eroberer und Kriegstreiber angelegt. Endlich setzt sich bei den Völkern die Einsicht durch, daß man ein Übel nicht dadurch abschaffen kann, daß man es vergrößert, daß, wenn man das Töten als Verbrechen betrachtet, Töten im großen Stil nicht ein mildernder Umstand sein kann, daß, wenn man Diebstahl für eine Schande hält, eine Invasion keine Ruhmestat sein kann.

Oh! Diese unverrückbaren Wahrheiten können gar nicht laut genug gesagt werden; nehmen wir doch endlich dem Krieg den Anstrich des Ehrbaren!

★

Es ist zwei Jahre her, da hat von Moltke, ein Virtuose dieses Fachs, ein begnadeter Massenmörder, den Friedensdelegierten folgende Worte entgegengehalten: »Der Krieg ist etwas Heiliges, von Gott Geschaffenes; er gehört zu den heiligen Gesetzen der Weltordnung; er hält alle großen und edlen Gefühle im Menschen am Leben, Ehrgefühl, Selbstlosigkeit, Tugend, Mut; mit einem Wort, der Krieg bewahrt sie davor, in den schlimmsten Materialismus abzugleiten!«

Alsdann: sich zu Herden von vierhunderttausend Männern zusammenschließen, Tag und Nacht ohne Rast marschieren, an nichts denken, nichts studieren, nichts lernen, nichts lesen, für niemanden nützlich sein, vor Dreck starren, im Schlamm übernachten, wie die Tiere in ständiger Abgestumpftheit leben, Städte plündern, Dörfer brandschatzen, Völker in den Ruin stürzen, dann auf einen anderen Haufen menschlichen Fleisches treffen, sich auf ihn stürzen, Blutbäder anrichten, ganze Felder mit zermalmtem, in blutigem Schlamm gewälztem Fleisch übersäen, Leichenberge anhäufen, Arme und Beine verlieren, mit zerschmettertem Gehirn, ohne daß jemand davon etwas hätte, am Rand eines Ackers krepieren, während die betagten Eltern sowie Weib und Kind vor Hunger sterben – das also nennt man nicht in den schlimmsten Materialismus abgleiten!

Die Kriege sind die Geißeln dieser Welt. Wir kämpfen gegen die Mächte der Natur, gegen die Unwissenheit, gegen Hindernisse aller Art, um unser mühseliges Leben etwas erträglicher zu gestalten. Männer, Wohltäter, Gelehrte widmen ihr ganzes Leben der Aufgabe, Dinge zu erarbeiten und zu erfinden, die den anderen Menschen Hilfe, Unterstützung und Linderung bei ihrem Leben bringen. Mit Leib und Seele tun sie ihr Werk zum Segen der Menschheit, häufen Entdeckungen auf, vermehren den menschlichen Geist, erweitern die Wissenschaft, führen dem Verstand täglich eine Menge neuen Wissens zu, spenden ihrem Vaterland jeden Tag Wohlbefinden, Wohlstand, Stärke.

Da kommt der Krieg, und innerhalb eines halben Jahres haben die Generäle das Ergebnis von zwanzig Jahren Fleiß, Geduld, Arbeit und Genialität zunichte gemacht.

Das nennt man nicht in den schlimmsten Materialismus abgleiten.

Wir haben ihn ja erlebt, den Krieg. Wir haben gesehen, wie die in Tiere rückverwandelten Menschen wie in geistiger Umnachtung getötet haben – aus purem Vergnügen, aus Angst, aus Trotz, aus Angabe. Wenn dann die Rechtsordnung außer Kraft ist, wenn das Gesetz stirbt, wenn jede Vorstellung von Gerechtigkeit verschwindet, werden unschuldige Menschen, die man irgendwo auf der Straße aufgreift und die allein deshalb Argwohn erregen, weil sie Angst haben, kurzerhand erschossen; wir haben es ansehen müssen. Wir haben auch gesehen, wie an der Haustür angekettete Wachhunde über den Haufen geschossen wurden, nur weil da einer seinen neuen Revolver ausprobieren wollte. Wir haben mit ansehen müssen, wie aus Jux und Tollerei auf dem Feld ruhende Kühe mit Kugeln durchsiebt wurden, einfach so, aus Spaß an der Knallerei.

Das also nennt man nicht in den schlimmsten Materialismus abgleiten.

In ein Land einmarschieren, den Mann, der sein Haus verteidigt, umbringen, weil er einen Kittel anhat und kein Käppchen auf dem Kopf trägt, die Behausungen armseliger Leute niederreißen, die kein Brot mehr haben, Möbel kaputtmachen, andere stehlen, den Wein trinken, den man in den Kellern gefunden hat, die Frauen vergewaltigen, die man auf der Straße gefunden hat, den Wert vieler Millionen Francs in Schutt und Asche legen und nur Elend und die Cholera hinter sich zurücklassen.

Das also nennt man nicht in den schlimmsten Materialismus abgleiten.

Was haben sie denn geleistet, die Krieger, um wenigstens einen Intelligenznachweis zu erbringen? Nichts. Was haben sie erfunden? Kanonen und Gewehre. Das ist aber auch alles.

Der Erfinder des Schubkarrens, Pascal, hat er mit dieser einfachen und praktischen Idee, ein Rad an zwei Stöcken anzubringen, für die Menschheit nicht mehr getan als Vauban, der Erfinder der modernen Befestigungsanlage?

Was bleibt übrig vom antiken Griechenland? Bücher, Marmor. Liegt seine Größe in militärischen Siegen oder in zivilisatorischen Leistungen?

Ist es der Einmarsch der Perser, der es davor bewahrte, in den schlimmsten Materialismus abzugleiten?

Waren es die Invasionen der Barbaren, die Rom gerettet und erneuert haben?

Hat Napoleon I. die große geistige Bewegung fortgeführt, die mit den revolutionären Philosophen am Ende des letzten Jahrhunderts ihren Anfang genommen hatte?

★

Nun ja, wenn also die Regierungen sich das Recht herausnehmen, über Leben und Tod der Völker zu befinden, so darf es nicht verwundern, wenn sich auch die Völker gelegentlich das gleiche Recht bezüglich der Regierung nehmen.

Sie verteidigen sich nur. Und recht haben sie. Niemand hat das uneingeschränkte Recht, über andere zu herrschen. Man darf dieses Recht nur zu Nutz und Frommen derjenigen ausüben, die man regiert. Jeder Regierende hat die gleiche Pflicht, den Krieg zu vermeiden, wie ein Kapitän den Untergang seines Schiffs verhindern muß.

Wenn ein Kapitän sein Schiff verloren hat, wird er vor ein Gericht gestellt und verurteilt, falls man ihm Pflichtversäumnisse oder gar Unfähigkeit nachweisen kann.

Warum sollte man nicht auch die Regierenden nach jedem Krieg, den sie erklärt haben, vor ein Gericht stellen? Wieso sollte man sie nicht verurteilen, wenn man sie fehlerhafter oder unzulänglicher Amtsausübung überführt hat?

Von dem Tag an, da die Völker dies begreifen werden, von dem Tag an, da sie selbst über die mörderischen Regierungen Gericht halten werden, von dem Tag an, da sie sich weigern werden, sich grundlos töten zu lassen, von dem Tag an, da sie notfalls ihre eigenen Waffen gegen diejenigen richten werden, die sie ihnen zum Abschlachten anderer gegeben haben, von dem Tag an wird es keinen Krieg mehr geben. Und dieser Tag wird kommen.

★

Ich habe ein großartiges und grausiges Buch des belgischen Schriftstellers Camille Lemonnier gelesen, das den Titel ›Die Beinhäuser‹ trägt. Am Tag nach der Niederlage von Sedan brach er zusammen mit einem Freund auf und besichtigte zu Fuß diese Heimstätte des Tötens, die Landschaft der letzten Schlachtfelder. Er watete im menschlichen Schlamm, rutschte auf verstreuten Gehirnen aus, vagabundierte tagelang und meilenweit in der Fäulnis und Verpestung herum. Aus dem Schmutz und Blut sammelte er »diese kleinen viereckigen und verdreckten Papierstücke auf, Briefe von Freunden, Briefe von Müttern, Briefe von Verlobten, Briefe von Großeltern«.

Von den tausend Dingen, die er sah, sei hier nur eines berichtet; ich kann nur kurze Ausschnitte der Passage zitieren, die ich am liebsten ganz wiedergegeben hätte:

»Die Kirche von Givonne war überfüllt mit Verwundeten. An der Schwelle befand sich im schlammigen Boden ein Haufen von abgetretenem Stroh, in dem es gärte.

Gerade, als wir hineingehen wollten, kehrten Krankenpfleger mit grauen Schürzen, auf denen dicke rote Flecken waren, an der Eingangstür eine stinkende Lache auf, ungefähr von der Art, wie sie in den Schlachthöfen unter den Pantinen der Metzger glucksen.

... Das Krankenhaus war ein einziges Röcheln ... Verwundete waren mit Schnüren an ihr Lager angebunden. Wenn sie sich bewegten, wurden sie von Helfern an den Schultern gehalten, damit sie sich nicht bewegen konnten. Und gelegentlich richtete sich ein bleicher Kopf vom Stroh auf und schaute mit Augen, wie sie Hingerichtete haben, bei der Operation des Nebenmanns zu.

Man hörte Unglückliche beim Versuch, sich zu winden, aufschreien, wenn der Chirurg auf sie zutrat, und sie versuchten, sich aufzurichten, um davonzulaufen.

Unter der Säge schrien sie weiter, mit einer Stimme, für die es keinen Namen gibt, so hohl und rauh, wie bei Leuten, denen man die Haut abgezogen hat: ›Nein, ich will nicht, laßt mich in Ruhe ...‹ Nun kam ein Zuave an die Reihe, bei dem beide Beine amputiert werden mußten.

›Kompanie, ich bitte gehorsamst um Entschuldigung‹, sagte er, ›sie haben mir die Unterhosen ausgezogen.‹

Er hatte seine Jacke anbehalten, und seine Beine waren unten herum mit Lappen umwickelt, aus denen das Blut heraussickerte.

Der Arzt wollte diese Lappen abnehmen, aber sie klebten fest aneinander, und der unterste war förmlich mit dem Fleisch verwachsen. Also goß man warmes Wasser über den primitiven Verband, und mit jedem Eimer Wasser konnte der Arzt die Lumpen besser ablösen.

›Wer hat dich denn so dick eingemacht, alter Knabe?‹ wollte der Chirurg wissen.

›Das war der Kamerad Fifolet, Herr Major. Ah, das zieht bis in die Haare hinauf. Ihm wurde der ... abgenommen, bei mir sinds die Beine. Ich sagte noch zu ihm: ...‹

Auf jedem Zacken der schmalen, langen Säge bildeten sich kleine Tropfen.

Bewegung kam in die Gruppe. Der erste Stumpf wurde auf den Boden gelegt.

›Nur noch eine Sekunde, mein tapferer Bursche‹, sagte der Chirurg.

Ich steckte meinen Kopf durch die von den Helfern freigelassene Stelle an den Schultern und schaute den Zuaven aus der Nähe an.

›Machen Sie schnell, Major; ich merke, daß ich gleich durchdrehe.‹

Fahl wie ein Toter und mit aus dem Kopf heraussstehenden Augen biß er sich auf seinen Oberlippenbart. Er hielt selbst mit den zwei Händen sein Bein fest und schrie in Abständen mit klirrender Stimme ein ›Au!‹, so durchdringend, daß man die Säge im eigenen Rücken zu spüren glaubte.

›So, das wärs, du alter Fuchs!‹ sagte der Chirurg, als er den zweiten Stumpf ganz abgetrennt hatte.

›Na dann gute Nacht!‹ sagte der Zuave.

Und fiel in Ohnmacht.«

*

Und ich selbst kann mich noch gut an den Bericht vom letzten Chinafeldzug erinnern, den ein wackerer Matrose gegeben hatte, dem schon das Lachen kam, wenn er nur daran dachte.

Er erzählte mir von Gefangenen, die man zur Belustigung der Soldaten entlang der Straße gepfählt hatte, von den komischen Grimassen der Hingerichteten, den von den höheren Offizieren zur Einschüchterung der Gegend angeordneten Massakern, den Vergewaltigungen in diesen fernöstlichen Behausungen, vor verschreckten Kindern, und von den üppigen Plünderungen, bei denen sich die Soldaten die Hosen unten zubanden, um möglichst viel mitnehmen zu können bei diesem gleichsam amtlichen Plündern, das so systematisch wie in einer Behörde ablief – von der Verwüstung der kleinen Hütten der Allerärmsten bis hin zur Leerung der prächtigsten Sommerpaläste.

Wenn es also zum Krieg mit dem Reich der Mitte kommt, dann, meine Herren Kunstliebhaber, wird der Preis für alte Lackmöbel und reichverziertes chinesisches Porzellan aber gewaltig sinken.

Die Höflichkeit

Unter gar keinen Umständen möchte ich, daß man mich für verrückt genug hält, an die Wiederbelebung dieser Toten zu glauben, nämlich der Höflichkeit. Wunder sind nicht mehr zeitgemäß, und die Höflichkeit ruht ein für allemal, so befürchte ich sehr, Seite an Seite neben unserem legendären Esprit im Grabe. Aber wenigstens möchte ich hier die Autopsie dieser alten und so herrlichen und leider schon so sehr in Vergessenheit geratenen französischen Tugend namens Höflichkeit vornehmen, und die geheimen Gründe, die mysteriösen Einflüsse erforschen, die dazu führten, daß eines der höflichsten Völker der Welt zu einem der gröbsten verkommen konnte, die es heute gibt.

Nicht, daß ich unter Höflichkeit die Formeln der Willfährigkeit verstünde, auf die man noch recht häufig stoßen kann; nicht, daß ich den nicht enden wollenden Bücklingen und den schön gedrechselten Grußriten auch nur eine Träne nachweinte, bei denen unsere Großeltern vielleicht des Guten zuviel taten. Sprechen will ich vielmehr von dieser untergegangenen Kunst, wohlgeboren zu sein und über eine gehobene Lebensart zu verfügen, Dinge, die die Beziehungen zwischen Leuten ›von Welt‹, wie man sagt, leichter, gefälliger, angenehmer machen. Das war eine subtile und exquisite Kunst, eine Art feinster und zartester Umhüllung der Handlungen und der Worte. Ein wenig davon mußte man, glaube ich, schon bei der Geburt mitbekommen; aber es ließ sich dann auch durch Erziehung und durch den praktischen Umgang mit wohlerzogenen Menschen bis zur Vollkommenheit erlernen. Selbst bei Diskussionen wahrte man die guten Umgangsformen. Streitgespräche rochen nicht nach Pferdestall.

Und dabei war die Sprache früher doch viel deftiger und hitziger als zu unserer Zeit; kräftige Ausdrucksweisen konnten unsere Ahnen, die mit dem gallischen Salz bestreute kecke Histörchen sehr zu schätzen wußten, keineswegs schockieren. Läsen die Leute, die sich heutzutage über die Brutalität der Romanschriftsteller so erregen können, nur ein wenig in den Werken herum, an denen sich unsere Großmütter delektierten, sie fänden weiß Gott genügend Anlässe zum Rotwerden.

An der Sprache lag es also nicht; es war der Zeitgeist selbst, der diese Kunst der Höflichkeit atmete; es war, wie wenn eine Liebkosung lieblicher Artigkeit sich um die Sitten dieser Gesellschaft gelegt hätte.

Das hieß nicht, daß man nicht auch deutlich werden konnte; aber schließlich und endlich stammte man ja aus gutem Hause.

Heute sieht es so aus, als wären wir eine Rasse von ungehobelten Flegeln geworden.

*

Vor allem in letzter Zeit habe ich den Eindruck gewonnen, es liegt eine regelrechte Verschlimmerung dieser Ungehobeltheit in der Luft. Im übrigen sind wir schon so daran gewöhnt, daß wir sie gar nicht mehr bewußt wahrnehmen. Ich weiß nicht, was sich die Leser unserer Zeitungen so gedacht haben, aber was mich angeht, so hat mir der abgelaufene Wahlkampf förmlich den Magen umgedreht.

Zu diesem Zeitpunkt befand ich mich fern von Paris, und so sind mir oft die örtlichen Zeitungen unter die Augen gekommen. Es ist schlechterdings nicht zu fassen, zu welch pöbelhaftem und schändlichem Vokabular diese Blätter griffen; wieviel Kübel voll schmutziger Beleidigungen sie jeden Morgen herbeikarrten, um ihre Gegner damit zu besudeln, welche Armut an Stil und was für eine Überfülle von Unanständigkeiten man in ihren Spalten fand. Die derbsten Wörter schienen ihren Sinn verloren zu haben, so wahllos wurden sie ohne

Unterlaß verwendet; und bestimmt gibt es nicht einen Kandidaten, der nicht als Lügner, Dieb, Haderlump, Zotenreißer, Hanswurst, käuflicher Spitzbube usw. usw. behandelt worden wäre.

Im übrigen scheinen diese Artikel niemanden befremdet zu haben, ganz so, als wäre es das Normalste von der Welt, die künftigen Volksvertreter schon im voraus mit Schmutz zu bewerfen. So also will man dem Volk Respekt seinen Abgeordneten gegenüber beibringen! Aber das ist im Moment nicht unser Thema.

Wenige Tage später kam ich durch eine andere Gegend, und ich fand dort genau die gleiche Sprache in den Zeitungen der verschiedenen Parteien vor. Die konkurrierenden Politiker, alles ehrenwerte Gegenspieler, wurden mindestens als Ausbeuter, Lügner, Verleumder und Sittenverderber bezeichnet, von den persönlichen Verunglimpfungen gar nicht zu reden.

Ich sagte mir: »Diese Sitten sind abscheulich; aber wir sind weit weg von Paris, von diesen Lokalschreiberlingen kann man nicht erwarten, daß sie statt mit dem Knüppel des Wortes mit der Waffe des Geistes zuschlagen, daß sie ihren Gegner mit einem gezielten und immer noch flotten Satz treffen und ihn nicht mit Schmutz bedecken. Jemanden zu beleidigen, ist nicht schwer; aber die beißende Ironie ist nicht jedem gegeben. Die tödliche Pointe ist nicht immer so leicht zu finden. Mit Hilfe von Beleidigungen weicht man der Diskussion aus und entzieht sich so der Notwendigkeit, die treffende Antwort parat zu haben; und wenn man es mit den passenden Leuten zu tun hat, behält man nach der Art von Cambronne auch noch das letzte Wort.« Aber soeben überfliege ich die meisten der Pariser Blätter aus dem gleichen Zeitraum! Man ist sprachlos angesichts der Gossensprache, deren sich ein großer Teil der sogenannten Schriftsteller, die sie redigieren, bedient.

Ein jeder, der fürderhin den sonderbaren, aber verzeihlichen Wunsch hegen wird, seine Mitbürger in der Abgeordnetenkammer zu vertreten, wird sich von vornherein damit abfinden müssen, als Quatschkopf beschimpft, in seinem privaten wie öffentlichen Leben verleumdet, aller möglichen Schandtaten bezichtigt zu werden und schließlich auch noch von einer großen Zahl der dämlichen Leser (die dem bedruckten Papier zu fünf, zehn oder fünfzehn Centimes, das ihnen der Postbote bringt, glauben) verdächtigt zu werden, den größten Teil dieser Schweinereien auch wirklich begangen zu haben.

Ich weiß wohl, was die Anhänger der zusammengekrachten früheren Regierungsformen nun antworten werden: »Unter den Monarchien, da wußte man noch zu leben, in der Republik weiß man das nicht mehr; die demokratischen Länder sind schlecht erzogen.« Das Argument taugt nicht viel; mein Beweis dafür ist, daß die Blätter der äußersten Rechten sich genauso flegelhaft aufführen wie jene der extremen Linken. Die Tümpel, aus denen die einen wie die anderen ihre Pöbeleien schöpfen, sind die gleichen.

Wenn man von der politischen Presse herkommend das Parlament betritt, stellt man recht schnell fest, daß in den lebhaften Debatten die Unverschämtheiten, die Kraftausdrücke, die nach den Streitereien von Stallknechten riechen, gleichermaßen von rechts wie von links abgefeuert werden. Früher war es Brauch, den großen Rednern den schönklingenden Beinamen »Goldmund« zu verleihen. Wenn auf unsere politischen Redner überhaupt ein Spitzname passen könnte, so wäre es der: »Kloakenmund«.

Heutzutage ist man also schlecht erzogen, obwohl aus besserem Hause. Der regelmäßige Besuch von Salons, der Umgang mit den Leuten von Welt bringt die feine Lebensart nicht mehr zustande. Der allgemeine Mangel an Höflichkeit hat andere Gründe als die Demokratisierung des Landes.

⋆

Aber der Ort, wo man die Lebensgewohnheiten eines Volkes, seine alltäglichen Umgangsformen zu fassen bekommt, das ist die Tagespresse, die das wahre Gesicht des Landes genau widerspiegelt. Nun, die Presse bietet derzeit täglich schlimmste Beispiele für den Mangel an Wohlerzogenheit.

Dabei läge es an ihr, mit untadeligem Verhalten voranzugehen, und das aus dem einleuchtenden Grund, daß es nun einmal das Metier der Journalisten ist, gut zu schreiben!

Schriftsteller sein ist schließlich ein Beruf. Das bedeutet, daß man sich über keines der Geheimnisse dieser gefährlichen Fechterei, die die polemische Auseinandersetzung ist, im unklaren sein darf, daß man den besagten Kieselstein in der Hand hält, mit dem man die Allergrößten an der Stirn treffen und in den Staub schmettern kann, nämlich das Wort, das Wort, das man mit dem Satz loswirft, wie man den Kiesel mit der Schleuder abschießt; das bedeutet ferner, daß man alle Listen des Angriffs, die hinter Komplimenten versteckten Spitzen, die Anspielungen, die so trügerisch wie Finten sind, kennt, daß man mit den Tücken der Sprache jonglieren kann wie ein Zauberkünstler mit seinen Kugeln, schließlich, daß man mit der Peitsche, mit der Beaumarchais bei seinen Feinden unauslöschliche Spuren hinterließ, virtuos umgehen kann.

Aber sobald ein Herr, der eine andere Auffassung als man selbst vertritt, seine Meinung zum besten gibt, hat der Betreffende nichts Eiligeres zu tun, als sich hinzusetzen und mit lächelnder Miene zu schreiben: »Ein Witzbold, ein Zotenreißer, dessen bisheriger Lebenslauf sich unserer Kenntnis entzieht, was ihn nur verdächtig macht, aber den wir auf alle Fälle für einen elenden Lumpen, den mutmaßlichen Sohn eines Bankrotteurs und eines liederlichen Weibsbildes halten, usw.« Der so behandelte Herr schickt seine Sekundanten zu diesem Gegner. Man duelliert sich, um die *Ehre wieder reinzu-*

waschen. Einer von beiden wird verletzt. Und die Sache hat sich.

★

Während der letzten zwei Jahrhunderte waren die Mitglieder der Gesellschaft zahlenmäßig begrenzt, ausgesiebt, dafür in hohem Maße gebildet, bis hin zur Pedanterie. Männer und Frauen kannten ihre Antike und die Universalgeschichte und tausend andere Dinge. Man beherrschte das Griechische und das Latein ebenso gut wie das Französische; man bestritt ganze Gespräche mit Zitaten, warf sich gegenseitig Reminiszenzen aus antiken Dichtern zu.

Alle Sätze waren mit Bildung gespickt, und dieses Wissen, diese klassenspezifische Literatur, die allein zählte, überzog die Umgangsweisen mit einem Lack von Höflichkeit. Der Rest der Menschheit existierte sozusagen nicht.

Heutzutage zählt jeder einzelne. Jeder redet mit, diskutiert mit, behauptet Dinge, die er gar nicht kennt, hält das für bewiesen, woran er selbst nicht zweifelt. Man möchte alles sein, über alles Bescheid wissen, bei allem mitreden. Wir ähneln Bücherrücken mit marktschreierischen Titeln, hinter denen sich nichts weiter befindet als unbedrucktes Papier. Man kennt sich in allem aus, ohne irgend etwas zu lernen, und diese Art des Wissens führt nun einmal zur Ungehobeltheit.

Diese Lebensart ist so tief in die allgemeinen Sitten und Gebräuche eingedrungen, daß wir Leute in die Regierung berufen, von denen wir nicht die mindesten Spezialkenntnisse verlangen, Leute, die es sich herausnehmen, von unserer Geschichte ebensowenig Ahnung zu haben (was doch ärgerlich ist) wie von politischer Ökonomie (was beklagenswert ist).

Werfen wir einen Blick auf die Presse. Fließen den renommierten Schriftstellern, den Meisterautoren, gelegentlich beim Schreiben Beleidigungen in die Feder? Haben die streitbaren Publizisten wie Weiss, wie John Lemoinne oder andere, die Angewohnheit, ihre Gegner als Zotenreißer oder Diebe zu behandeln?

Renan, einer der am ärgsten geschmähten unter den modernen Schriftstellern, Littré, der so oft Malträtierte, haben sie jemals ihren Widersachern mit unflätigen Worten geantwortet?

Ich glaube auch nicht, daß Darwin, Herbert Spencer, Stuart Mill und hundert, tausend andere von geringerem Rang in ihren Argumentationen so weit gehen, ihren Gegnern Schmutz ins Gesicht zu schleudern.

Woraus ich den Schluß ziehe, daß der Mangel an Wohlerzogenheit im großen und ganzen aus einem Mangel an Bildung resultiert. In unseren ›höheren Kreisen‹ gibt es keine oder so gut wie keine solide Bildung. Gebildete Leute verfügen auch über eine gute Erziehung. Auf das Buch, auf die Bücher, auf alle Bücher käme es somit an; von ihnen müßte man ein Quentchen dieser einstigen Courtoisie verlangen, an der es uns wahrlich ein bißchen zu sehr gebricht.

Über das niedere Volk

Ein hochtalentierter Schriftsteller, Jules Vallès, hat sich neulich über mich hergemacht. Indem er mir die zweifelhafte Ehre erwies, meinen Namen zusammen mit illustren Romanautoren zu nennen, warf er uns vor, nicht für das einfache Volk zu schreiben, uns nicht um seine Bedürfnisse zu kümmern, auf die Politik verächtlich herabzuschauen usw. Mit einem Wort: Wir würden uns nicht im geringsten Gedanken über die Frage des täglichen Brots machen; und dies sei allein schon Verbrechen genug, um uns als künftige Geiseln bei der nächsten Revolution auszuweisen.

Letzten Endes will Vallès, der eine übermäßige Liebe für die Barrikaden hegt, nicht zulassen, daß man seine Zuneigung einer anderen Sache schenkt. Er zeigt sich erstaunt darüber, daß man auch woanders wohnen kann als auf aufgeschichteten Pflastersteinen, daß man von anderen Lustbarkeiten träumen kann, sich für andere Aufgaben interessieren kann. Dieses sein literarisches Ideal respektiere ich durchaus, aber nicht ohne auch für mich das Recht zu reklamieren, an dem meinen, das ein anderes ist, festhalten zu dürfen. Die Barrikaden haben als literarischer Stoff gewiß ihr Gutes. Vallès hat es oft bewiesen; aber ich glaube nicht, daß sie für die Frage volkseigener Backstuben von größerem Nutzen sind als die Liebesbeziehungen zwischen Paul und Virginie.

Théophile Gautier, der großen Abscheu vor Brot hatte, behauptete, dieser fade und geschmacklose Kleister sei eine dumme und gefährliche Erfindung der westlichen Welt, ausgedacht von den knausrigen Bourgeois, denen ihre Erfindung schließlich Revolutionen eingebracht hätte.

Ich will dieses Argument nicht allzusehr strapazieren, obwohl es mit der Frage ebensoviel zu tun zu haben scheint wie die Literatur mit der öffentlichen Armut.

Schon wahr, wir sorgen nicht dafür, daß das Volk ausreichend zu essen hat. Das tun die Bildhauer aber auch nicht, nicht die Geiger, nicht die Aquarellmaler, die Graveure von Kameen ebensowenig, grundsätzlich all jene nicht, die künstlerischen Berufen nachgehen.

Wir schreiben nicht für das Volk; wir sorgen uns wenig um das, was so im großen und ganzen das Volk angeht; zugegeben, wir gehören nicht zum Volk. Die Kunst, um welche Sparte auch immer es geht, wendet sich nur an die geistige Elite eines Landes. Wie man das eine mit dem anderen verwechseln kann, verwundert mich schon.

Würde eine Nation nur aus dem einfachen Volk bestehen, könnte ich den Vorwurf, den Vallès uns macht, nachvollziehen. Aber dem ist nicht so, Gott sei Dank!

Eine Nation setzt sich aus sehr unterschiedlichen Schichten zusammen (um eine berühmte Formulierung aufzugreifen), von den untersten bis zu den höchsten, von den unwissendsten zu den aufgeklärtesten.

Das einfache Volk, die große Masse, schuftet, werkelt sich ab, leidet tausenderlei Entbehrungen, eben weil es das niedere Volk ist, also eine wenig zivilisierte, ungebildete, brutale Masse. Aber innerhalb dieser Masse vollzieht sich ganz allmählich eine Auslese. Menschen höherer Intelligenz lösen sich von ihr ab, bilden eine eigene, gehobene, kultivierte Mittelklasse. Diese Klasse verfügt bereits über Geschmäcker, Bedürfnisse, Zielsetzungen, kurzum über ein in jeder Hinsicht anderes Ideal als es die unterste Schicht hat.

Und dieser Prozeß setzt sich unaufhörlich in der breiten Masse fort. Stets steigt die Elite auf, trennt sich vom gemeinen Volk, dem sie entstammt, bildet eine Klasse von Individuen mit ständig wachsender, immer höherer Kultur.

Am Ende und Höhepunkt dieses Wandels steht die Aristokratie. Unter Aristokratie verstehe ich nicht den Geburtsadel, sondern den *wirklich intelligenten Teil einer*

Nation. Denn das gleiche soziale Phänomen spielt sich auch in der anderen Richtung ab, und die einstmals gehobenen Schichten landen oft infolge eines sich über Generationen hinziehenden zerebralen Niedergangs wieder beim einfachen Volk.

Jawohl, diese Elite ist es, verehrter Herr Kollege, an die wir uns wenden, und nur sie; wir beschäftigen uns ausschließlich mit dieser Elite, nur für sie schreiben wir; und je feinfühlender und raffinierter unsere Kunst ausfällt, um so begrenzter ist unsere Leserschaft.

Diese Aristokratie beweist uns durch den Kauf unserer Bücher, daß wir Gefallen bei ihr finden, daß wir auf ein geistiges Bedürfnis, das sie hat, eingehen. Wir liefern gewissermaßen ein Nahrungsmittel für seine Intelligenz, das etwas anderes ist als das Brot des einfachen Volkes.

Kritisieren Sie Binder dafür, daß er keine Fahrzeuge für jedermann produziert? Ist ihm ein Vorwurf dafür zu machen, daß er nur Luxusgefährte für die Reichen herstellt?

Dabei hinkt dieser Vergleich schon deshalb, weil der Romancier dem Volk ja immerhin von Nutzen sein könnte, wenn dieses ihn nur zu verstehen und zu deuten wüßte.

Von uns kann man nur eine Sache einfordern: Talent. Haben wir das nicht, dann kann man uns gleich erschießen; wenn wir es aber haben, so ist es unsere Pflicht, es ausschließlich für die kultivierten Leute einzusetzen, die die einzigen Richter über unsere Meriten sind, nicht aber für die Ungebildeten, denen unsere Kunst unbekannt ist.

Wäre nun aber das einfache Volk imstande, die Romanciers, die wahren Romanciers zu lesen, so könnte es bei ihnen die nützlichste aller Lehren finden, die Wissenschaft vom Leben. Jeder literarische Versuch heutzutage zielt darauf ab, die menschliche Natur zu durchschauen und sie so auszudrücken, wie sie nun einmal ist, sie unter strikter Befolgung der Wahrheit zu erklären.

Kann man einem Land einen größeren Dienst erweisen als ihm beizubringen, wer die Menschen – unabhängig von der Frage der Klassenzugehörigkeit – sind, es zu lehren, sich selbst kennenzulernen?

Dies ist zugegebenermaßen das geringste Anliegen der Romanschriftsteller. Sie wenden sich nur an die Spitze der Nation; mögen sich die Politiker deren unterer Schichten annehmen.

Und Sie dürfen sicher sein, verehrter Kollege, daß sich das einfache Volk Ihrem ganzen Talent zum Trotz nicht das geringste aus Ihren Büchern macht, die es auch gar nicht gelesen hat, und daß Ihre wahren Liebhaber keine anderen sind als die, die die Politik am stärksten verachten.

★

Das Volk! Natürlich hat es Anspruch auf Interesse, Mitleid, Hilfe; aber ihm alle Macht, ihm gar die Regierungsverantwortung in die Hand zu geben, das hieße das alte Sprichwort ›Den Pflug vor den Karren spannen‹ in die Praxis umsetzen.

Es ist unglücklich aus keinem anderen Grund als infolge seiner mangelnden Bildung. Im gleichen Maße wie es an Feinschliff gewinnt, hört auch sein Leid auf.

Im Herbst wollte ich diese beklagenswerten Leute aufsuchen, die in den Bergwerken arbeiten, diese Sträflinge, die dazu verdammt sind, ihre Arbeit in der immerwährenden Nacht, in der feuchten Nacht der tiefen Schächte zu verbringen.

Aufgebrochen war ich von Le Creusot, dieser vortrefflichen Hölle. Dort leben Männer, die Elite der Arbeiter, friedlich in diesem Tag und Nacht brennenden Schmelzofen, der ihr Fleisch, ihre Augen, ihr Leben verbrennt. Acht Tage in der Nähe dieser schrecklichen Glut zuzubringen, käme für einen Stadtbewohner einem alle menschlichen Kräfte übersteigenden Strafgericht gleich. Sie aber, diese jungen Kerle, verbringen ihr Leben in diesem Feuer, und sie beschweren sich nicht, allein deshalb, weil sie arbeiten, weil sie intelligent sind, gebildet, weil sie danach streben, durch Fleiß das Los, das ihnen die unbedachte Natur aufgebürdet hat, zu lindern.

In Montceau sieht die Sache anders aus. Die Hauptmasse der Arbeiter gehört zur untersten Schicht des gemeinen Volks. Sie sind zu nicht mehr fähig, diese Männer, als den Schubkarren zu bedienen und Stollen in die schwarze Kohle zu treiben. Jede Art von Beschäftigung, die geistige Arbeit voraussetzt, übersteigt ihre Fähigkeiten. Deshalb versuchen sie, ihre Vorgesetzten, die Ingenieure, umzubringen. Dennoch ist ihr Schicksal nicht so bejammernswert, wie man glauben könnte; auf der anderen Seite ist ihr Gehalt schon sehr kümmerlich. Wer ist nun daran schuld?

Es ist schon ein sonderbares Land, dieses Kohlerevier. Links wie rechts erstreckt sich eine Ebene, über der eine einzige Rauchwolke schwebt. Von einem Ort zum nächsten kann man in dieser kahlen Landschaft eigenartige Bauwerke sehen, die ein hoher Schlot überragt. Das sind Förderschächte.

Die Stadt ist düster, wie mit einer Schicht Kohle überzogen. Überall schwebt eine schwarze Staubschicht, und wenn sie doch einmal ein Sonnenstrahl durchfährt, glänzt sie urplötzlich wie Diamantasche.

Der Straßenschmutz ist eine Art Kohleteig. Man spürt kleine Körner zwischen den Zähnen, die man mit der Luft einatmet und auf die man dann beißt.

Auf der rechten Seite spucken riesige pechschwarze Gebäude einen stickigen Dampf aus. Das ist der Bereich, wo man die Preßkohle herstellt.

Der in Wasser verdünnte Kohlestaub fällt in Formen und verläßt diese am Ende einer Serie raffinierter technischer Vorgänge, die dampfgetriebene Maschinen vornehmen, als Briketts.

An einer Stelle stößt man auf eine regelrechte Herde von Frauen, die damit beschäftigt sind, die Kohle zu sortieren. Sie sehen aus wie Negerinnen, deren Haut stellenweise mit schwarzen Flecken marmoriert wirkt; aus ihren schimmernden Augen spricht ein frecher Blick. Einige von ihnen sollen hübsch sein. Aber wie soll man diese unter der schwarzen Maske herausfinden?

Beim Verlassen dieser dunklen Fabrik stößt man auf eine Zeche, in der die Kohle im Tagebau gefördert wird. Das oberirdisch beginnende Flöz fällt allmählich ab, senkt sich schräg in den Erdboden hinein. Bald wird man bis auf vierhundert Meter graben müssen, um auf Kohle zu stoßen.

Nachdem man die Ebene durchquert hat, kommt man zu einer von jenen Bauten mit hohem Schlot, die die Öffnung der Schächte anzeigen. Ständig muß man über Gleise steigen; ständig kommt ein Zug daher, der von der Zeche zur Fabrik fährt oder umgekehrt. Die ganze Landschaft ist mit qualmenden Lokomotiven durchfurcht und auch mit Waggons, die von allein die Abhänge hinabgleiten. Es ist ein unglaubliches Geflecht von Gleisen, die sich wie abgehaspeltes schwarzes Garn auf dem grauen Boden verteilen, wo schlecht und recht das Gras wächst.

Wir erreichen den Schacht mit Namen Sainte-Marie.

Auf Bodenhöhe sieht man unter einer Sandschicht ein großes Viereck aus kleinen Gußdeckeln, über die Ventile hinausragen. Und aus all diesen glockenförmigen Öffnungen steigen kleine Dampfwölkchen auf. Zusätzlich tritt große Hitze aus. Das ist die Oberseite der Dampfkessel.

Die Maschine, die in einem schönen Bau daneben untergebracht ist, arbeitet langsam, sie sorgt dafür, daß sich ein schweres Schwungrad in ruhigem und regelmäßigem Rhythmus im Kreis dreht.

Zwei überdimensionale Räder spulen das aus Aloe gefertigte Kabel ab, an dem die Eisenkabine hängt und nach Bedarf hinuntergelassen oder heraufgezogen wird, um die Verbindung zum Erdinneren herzustellen.

Man stellt uns Gummimäntel zur Verfügung; jeder bekommt eine kleine, mit einem Drahtgewebe gesicherte Lampe. Wir drängen uns in die große bewegliche Kabine hinein, die gleich in den schwarzen Schacht hinuntergelassen werden soll. Der Ingenieur ruft: »Los!« Eine Klingel zeigt an, daß wir auf vierhundert Meter hinabfahren. Die Maschine setzt sich in Bewegung. Wir gleiten nach unten.

Es herrscht finstere Nacht, eine kalte und feuchte Finsternis. Von allen Wänden des Schachts klatscht dichter Regen auf unser seltsames Gefährt, tropft uns auf den Kopf, läuft uns über die Schultern. Manchmal peitscht uns ein Luftzug über das Gesicht, wenn wir gerade an einem Stollen vorbeikommen. Es kostet Mühe, sich aufrecht zu halten, so sehr wird man in dieser Maschine hin und her geschüttelt.

Aber vom Erdinneren dringen fern wie in einem Traum Stimmen zu uns. Unten, ganz unten, unter uns sprechen Leute. Wir kommen an. Die Abfahrt hat fünf Minuten gedauert.

In den Stollen befinden sich nur wenige Männer. Die Arbeiter nehmen um vier Uhr früh die Arbeit auf und fahren um ein Uhr mittags wieder nach oben ans Tageslicht. Im Zweifelsfall würde mir diese Tätigkeit mehr zusagen als die Schmelzöfen von Le Creusot.

Außer kleinen Wasserpfützen in einem engen unterirdischen Gang ist nichts zu sehen. Das Wasser plätschert von den Mauern herab, fließt in reißenden Bächen, spritzt aus dem Gestein heraus.

Noch ein anderer Lärm ruft Staunen bei uns hervor: Es ist dieses konstante dumpfe Geräusch der Dampfmaschinen. Das ist tatsächlich eine Maschine, die dieses Wasser aufschluckt und in einer Höhe von vierhundert Metern über uns wieder ausspuckt. Nun befinden wir uns, weiterhin ganz in Finsternis eingehüllt, in einem breiten Becken, aus dem diese Pumpe ihr Wasser schöpft, da wo sich alle Abflüsse des Bergwerks treffen.

Endlich gewöhnen sich die Augen an die Dunkelheit.

Wir bleiben dem Ingenieur dicht auf den Fersen; denn würde man sich in den Stollen verlaufen, wie und wann sollte man da jemals wieder herausfinden?

Lange stapfen wir herum. Stechmücken summen uns um die Ohren, man wundert sich, wovon sie in dieser Tiefe überhaupt leben.

Plötzlich müssen wir uns flach an die Wand drücken. Ein Kohlenwagen taucht auf. Er wird von einem Schimmel gezogen, der sich mit langsamem und mutlosem Schritt vorwärtsbewegt. Dann ist er wieder vorbei. Da dringt plötzlich die Wärme von etwas Lebendigem, ein Geruch wie von Misthaufen zu uns: Wir sind beim Pferdestall. Fünfzehn Tiere sind da, schon seit Jahren zu diesem Leben im Dunklen verurteilt, und sie werden das Tageslicht nie mehr zu sehen bekommen. Sie leben in diesem Loch bis zu ihrem Tod. Können sie sich noch an die Wiesen, die Sonne, den Wind erinnern, diese Tiere? Wie groß mag der Schmerz über die ihnen nur dunkel bewußte, fortwährende Trennung vom hellen Licht des Himmels sein?

Manchmal, wenn ein Pferd krank wird, bringt man es während der Nacht nach oben, denn vom Tageslicht müßte es sogleich erblinden. Man fährt es hoch und läßt es auf der Erde frei herumlaufen.

Völlig verdutzt hebt es den Kopf, schnuppert die Luft ein, zittert, bewegt den Hals wie um sich zu versichern, daß es nicht länger angebunden ist; und dann gibt es kein Halten mehr. Es springt auf, aber eine geheime Kraft hält es zurück; denn es beginnt wie im Zirkus im Kreis herumzulaufen, in einem ganz engen Kreis, in scharfem Galopp, wie wenn es verrückt wäre. Es hätte keinen Sinn, das Pferd an die Leine zu nehmen: Niemals wird es aus dieser Bahn ausbrechen, bis zu dem Augenblick, wo es erschöpft, von der Luft berauscht, zusammenbricht.

Schließlich kommen wir zu den Stellen, wo die Kohle geschlagen wird. Zwei schwarze Mauern, rechts, links, in die Löcher getrieben sind. Mächtige Stützen verhindern, daß uns die Kohle auf den Kopf fällt; ein kompliziertes Gerüst, das bei jeder neuen Schicht, die man angeht, neu aufgestellt werden muß.

So also sieht die finstere Welt der Grubenarbeiter aus. Zwar finster, aber dafür können diese Männer sie auch jeden Tag schon um ein Uhr verlassen. Sind sie mehr zu bedauern als die armseligen Angestellten, die fünfzehnhundert Francs im Jahr verdienen und von morgens bis abends in Büros eingesperrt sind, die so dunkel sind, daß das Gaslicht den ganzen Tag über eingeschaltet bleibt?

Ich glaube nicht, und wenn ich zwischen beiden zu wählen hätte, würde ich mich vielleicht eher für das Los des Grubenarbeiters entscheiden.

Die Gleichheit

Von all den dummen Prinzipien, von denen man sich beim Regieren über die Völker heutzutage leiten läßt, ist jenes der *Gleichheit* vielleicht das unsinnigste, weil es die Utopie ist, zu deren Verwirklichung die allerwenigsten Aussichten bestehen.

An die Gleichheit der Menschen werde ich erst glauben, wenn es gelungen sein wird, die Gleichheit der Größen und die Gleichheit der Nasen herzustellen.

Nun wird man mir entgegenhalten: »Was wir wollen, das ist weder die soziale Gleichheit – ein Minister ist mehr als ein Kohlenhändler – noch die geistige Gleichheit – ein Künstler ist mehr als ein Minister – noch die finanzielle Gleichheit – Rothschild hat mehr Geld als ein einfacher Wähler, dessen Stimme genausoviel zählt –; das einzige, worum es uns geht, ist, daß alle Franzosen vor dem Gesetz gleich sind.« (Wohlgemerkt, dieser Grundsatz wird weder streng praktiziert, noch ist er streng praktizierbar.)

Gleichwohl hat diese Vorstellung von der Gleichheit der Menschen im Bereich der Politik bereits zu allem möglichen Unfug geführt. Jetzt soll dem freilich endgültig die Krone aufgesetzt werden: Ich spreche vom Plan eines allgemeinen obligatorischen Wehrdienstes von drei Jahren Dauer.

Man wird nun also alle Franzosen welcher Art auch immer vom zwanzigsten bis zu ihrem dreiundzwanzigsten Lebensjahr einziehen und in einer Kaserne einsperren, wo Ausbildungsunteroffiziere ihnen beibringen, den linken vom rechten Fuß zu unterscheiden und auf Befehl eine Kehrtwendung zu vollziehen.

Nach Ablauf dieser drei Jahre militärischer Ausbildung werden diese in normale Staatsbürger rückverwandelten Männer zu nicht mehr viel nütze sein. In jedem Fall werden ihnen die für ihren Beruf spezifischen

Denkgewohnheiten vollkommen abhanden gekommen sein.

Auf diese Weise wird man nicht einmal einen guten Offizier gewinnen, denn die guten Offiziere sind die, die infolge einer entsprechenden Berufung, die sie in sich fühlen, ohnehin spontan die Militärlaufbahn eingeschlagen haben.

Das nennt man wohlverstandenen Patriotismus und richtig durchdachte Gleichheit.

Es gab einmal eine Zeit, da pflegten Fürsten, die man die Medici nannte, eine völlig andere Weise, die Dinge zu sehen und die Welt zu lenken, als es unsere Abgeordneten tun.

Sie dachten, diese Naivlinge, daß die Größe eines Volkes in erster Linie von den Künsten, von seinen großen Persönlichkeiten begründet werde, wobei ›groß‹ hier alle Erscheinungsformen von Talent und Genie meint. Um die Gleichheit scherten sie sich nicht! Sie hätten Michelangelo nicht in einen Topf mit dem Füsilier Pitou geworfen. Sie wären nicht auf die Idee gekommen, den Herrn Raphael, Maler seines Zeichens, aufzufordern, drei Jahre seines Berufslebens zu vergeuden, um zu lernen, wie man schnurgerade marschiert und zum allergrößten Ruhm und Wohle seiner Heimat Kupferknöpfe poliert.

Sie hatten sich gesagt, daß eine kunstfreundliche Regierung eher als eine andere Aussicht hat, in die Geschichte einzugehen, und so haben sie die Künstler gefördert, sie haben sie geliebt, unterstützt, mit Geld ausgestattet, aus allen Ecken der Welt zu sich geholt; mit solchem Erfolg, daß noch heute die ganze Welt neidvoll auf Italien blickt. Aus allen Teilen dieser Erde kommt man in dieses mit Meisterwerken reichgefüllte Land, das Mutterland der Künste, der Maler, der Dichter, der Bildhauer, der Ziseleure und der Architekten; nein, nein, nicht das Italien des Königs Umberto, auch nicht jenes Garibaldis – man will das Italien der Medici sehen, so wie diese es geschaffen und unsterblich gemacht haben, so wie sie es mit Schätzen bis zum Ende der Zeiten vollgestellt haben, eben das Italien, in dem sie alle Talente gleichzeitig zum Erblühen brachten.

Man sagt nicht: das Jahrhundert Karls des Großen, und auch nicht das Jahrhundert Heinrichs IV., und auch nicht das Jahrhundert Napoleons. In späteren Zeiten wird man keinesfalls vom Jahrhundert Bismarcks sprechen, trotz der Siege, die dieser sterile Landverwüster errungen hat. Und ganz bestimmt wird man auch nicht vom Jahrhundert der Republik sprechen, davon können wir getrost ausgehen.

Aber man sagt: das Zeitalter des Perikles, das Zeitalter von Augustus, das Jahrhundert Ludwigs XIV. und eben das Jahrhundert der Medici.

*

Dabei verehrte man auch in Frankreich die Künste und brachte es sogar zu einem gewissen Erfolg darin.

Diese werden aber den Schlag nicht überstehen, den die Herren der Abgeordnetenkammer ihnen nun, im Namen der Gleichheit, zufügen.

Man wird also alle Zwanzigjährigen, die das Zeug zum Künstler haben, einziehen und ihnen drei Jahre lang ihren Beruf austreiben, man wird sie mit Gewalt von ihren wahren Interessen, von den theoretischen und praktischen Seiten ihrer Kunst ablenken; man wird sie, so sehr es geht, verdummen, wird aus ihnen unbedeutende, mittelmäßige Zeitgenossen machen – und das im Namen des Patriotismus und der Gleichheit. Man beruft sie mit zwanzig ein, also genau in dem Alter, wo das Genie des Künstlers aufblüht, wo sich sein Temperament ausbildet, wo der Geist allmählich über all seine Mittel gebietet: Verständnis, Erfindungskraft, Streben nach Horizonterweiterung und nach hochgesteckten Zielen. Drei Jahre müssen sie bleiben, das heißt, während der Lebensphase, in der das keimende Talent zum Blühen kommt, die unruhige Seele des Jünglings zur Künstlerseele heranreift, während der Phase, in der das Talent sich entscheidet, seinen Weg einschlägt, seine ersten Früchte trägt. Sie werden just in dem Moment ihrer größten Leistungsfähigkeit eingezogen, wo der Saft im Stamm emporsteigt, in der entscheidenden Stunde, wo sie am allermeisten all ihre Zeit, ihren ganzen Willen, ihre uneingeschränkte Arbeitskraft, viel Raum zur Entfaltung ihrer Freiheit benötigen. Wenn man sie dann wieder ins Leben hinausläßt, diese Maler, Musiker, Schriftsteller, werden sie alles vergessen haben; die Flamme der Kunst wird erloschen sein; sie werden abgestumpft sein, unfähig, ihre Studien wieder aufzunehmen. Man wird ihnen die Flügel stutzen, wie man es auch mit gefangenen Vögeln macht.

Denn es gibt von hundert Künstlern nicht einen, dessen Temperament einen dreijährigen Kasernenaufenthalt heil übersteht.

Wäre es da im Gegenteil nicht viel sinnvoller, all jene, die Hoffnungsträger künftigen Ruhms für dieses Frankreich darstellen, das doch immer Künstlerboden war und noch ist, zu fördern, mit Zuwendungen zu unterstützen, mit einem Freiraum auszustatten, kurzum: ihnen dem allgemeinen Gesetz und der falschen Gleichheit zum Trotz bei ihren Bemühungen und in ihrer geistigen Entwicklung zu helfen?

Der falschen Gleichheit wohlgemerkt, denn dieser Dienst von drei Jahren ist eine himmelschreiende Ungerechtigkeit. Alles im Leben unterliegt dem Gesetz der Verhältnismäßigkeit. Wäre es nicht ungerecht, eine Einheitssteuer von fünfhundert oder tausend Francs pro Kopf zu erheben? Eine solche Art der Besteuerung wäre für die Reichen unerheblich, für die Armen aber eine arge Belastung.

Die tausend Francs des Maurers oder eines kleinen Angestellten haben einen anderen Wert als die tausend Francs des Barons von Rothschild.

Nun, man sage mir, bitte schön, ob die drei Jahre der

Herren Gounod, Meissonnier, Clairin, Gervex, Massenet, Saint-Saëns usw. usw. nicht einen anderen Wert darstellen als die drei Jahre eines Arbeiters im Straßenbau. Wäre es für das Vaterland nicht nützlicher, wenn diese Männer all ihre Zeit eher der Kunst als der Kaserne widmeten?

Drei Jahre im Leben eines Künstlers, just dann, wenn dieser Künstler seine entscheidende Prägung erfährt, da er Er selbst wird, seine Identität findet, gleichsam als Künstler geboren wird, das ist allemal soviel wert wie das Leben von hunderttausend Händlern und von hundert Millionen Arbeitern!

Die Abgeordneten denken freilich nicht so. Um so schlimmer für sie. Das beweist, welch weiter Unterschied zwischen ihnen und den Medici-Fürsten besteht.

★

Diejenigen, die das Gesetz ausgearbeitet haben, quält sogar eine heftige Angst, daß ein junger Mann Mittel und Wege finden könnte, dieser Konstruktion durch die Maschen zu gehen, weshalb sie ihre Vorlage mit folgender Zusatzbestimmung versehen haben:

»Mit unserem Gesetz wird der freiwillige Eintritt in die nichtkämpfenden Truppenteile abgeschafft, um einem wahrhaft skandalösen Mißbrauch ein Ende zu setzen. Den Vorwand, daß Freiwillige sich den Heeresbereich, in dem sie ihren Dienst ableisten wollen, selbst aussuchen dürfen, haben zahlreiche junge Männer bislang nämlich dazu ausgenützt, wenige Tage vor ihrem Termin bei der Einberufungskommission in eine Sanitätskompanie oder den Verwaltungsdienst einzutreten.

Diese Heeresteile sind infolgedessen mit Diensttuenden überfüllt, deren Fähigkeiten sowohl in Friedens- wie auch in Kriegszeiten in der kämpfenden Truppe eine erheblich nützlichere Verwendung fänden.

Eine derart intensive Suche nach Posten, von denen

man annimmt, daß es bei ihnen ohne körperliche Anstrengungen und ohne Gefahren abgeht, ist eine Schande für die Jugend Frankreichs.«

Skandalös, eine Schande. Was für ein erstaunliches Beispiel von feiner Lebensart, von guter politischer Erziehung! Das sind wahrlich ausgesuchte Komplimente an die Adresse des gesamten Verwaltungspersonals, das ja wohl für sich in Anspruch nimmt, seinem Land mit seinen Fähigkeiten zu dienen (Fähigkeiten, die ganz bestimmt in der Infanterie besser aufgehoben wären). Woraus erstens folgt: Die in der Verwaltung Tätigen dienen ihrem Land nicht. Abzuleiten ist aus der Vorlage ferner, daß die Fähigkeiten eines Bäckers, eines Schneiders, eines Schuhmachers im aktiven Militärdienst eine nützlichere Verwendung fänden als bei der Herstellung von Brot, Unterhosen oder Schuhen. Wenn ein Buchhalter zu mir sagen würde: »Ich werde mich für den Verwaltungsdienst melden, wo man meine Kenntnisse sinnvoll einsetzen kann«, so wäre dies ein grober Fehlschluß bezüglich der Nutzanwendung, die man aus seinen Fähigkeiten ziehen muß, und er würde also eine wahrhaft schändliche Tat begehen. Wer immer über bestimmte Fähigkeiten verfügt, hat sich ihrer nur rein theoretisch zu bedienen. Was die Verwaltungsoffiziere und die Handwerker in der Armee angeht, das sind wahrscheinlich alles reine Drückeberger!

Dieses Gesetz könnte fast vom Oberst Ramollot abgefaßt sein!

★

Dahinter steckt nichts anderes als das uralte Thema der Wahlpropaganda.

Im vorliegenden Fall muß eben die Gleichheit als *Schlachtroß* des Abgeordnetenheeres herhalten, dessen Fähigkeiten wohl ebenfalls auf dem Kasernenhof besser aufgehoben wären als im Parlament.

Sie werden mit einem Schlag die gesamte Kunstproduktion unseres Landes auslöschen. Mit Talent und Genie muß man wie mit zarten Pflanzen umgehen, die man besser im Gewächshaus anbaut. In den offenen Beeten unter den übrigen Pflanzen ersticken sie.

Die Gleichheit ist eine Krankheit, an der wir sterben, weil sie nirgends in der Schöpfung existiert; sie steht im Gegensatz zu allen Gesetzen der Natur und stellt deshalb, wie alles, was den natürlichen Ablauf der Dinge behindert, eine echte Gefahr dar.

Daß die Parlamentsabgeordneten sich für Apostel der Gleichheit halten, ist ihr gutes Recht.

Es gibt aber auch Leute, die die Stirn haben, sich noch etwas höher einzustufen.

Die einen beten die Menschenmenge an; andere verteufeln sie; aber nur wenige Menschen – sieht man einmal von diesen sonderbaren, halb verrückten Psychologen, diesen besonders feinsinnigen, wenngleich unter Halluzinationen leidenden Philosophen wie Edgar Allan Poe, Hoffmann und anderen verwandten Geistern ab – haben dieses Geheimnis, was eine Menge ist, näher untersucht oder, besser gesagt, sich gefühlsmäßig in es hineinversetzt.

Schauen Sie sich die eiligen Köpfe, diese wogende Menschentraube, diesen Haufen von Lebewesen doch an. Können Sie darin nur eine Ansammlung von Leuten erblicken? Oho! Das ist etwas ganz anderes, denn hier stellt sich ein ganz eigenartiges Phänomen ein. All diese Seite an Seite gehenden, voneinander geschiedenen Leute, die sich in bezug auf ihren Körper, Geist, ihre Intelligenz, Leidenschaften, Erziehung, Glauben, Vorurteile voneinander unterscheiden, bilden plötzlich durch die bloße Tatsache, irgendwo zusammenzukommen, ein besonderes Lebewesen, das mit einer eigenen Seele, einer neuen gemeinschaftlichen Denkweise ausgestattet ist, die sich keineswegs aus dem Durchschnitt der Ansichten aller ergibt.

Das ist eine Menge, und diese Menge ist jemand, ein großes kollektives Individuum, von einer anderen Menge so verschieden, wie ein einzelner Mensch von einem anderen Individuum unterschieden ist.

Ein Sprichwort behauptet: ›Die Menge handelt nicht mit dem Verstand‹. Nun, wie kommt es, daß die Menge nicht mit dem Verstand handelt, wo doch jeder einzelne in ihr sehr wohl seinen Verstand zu gebrauchen weiß? Wie kommt es, daß eine Menge spontan etwas tut, was keines ihrer einzelnen Mitglieder je getan hätte? Wie kommt es, daß eine Menge unwiderstehliche Impulse erlebt, wilde Willensaufwallungen, sich zu Taten hinreißen läßt, die nichts aufhalten kann, und einmal hiervon erfaßt, wieso führt sie Aktionen aus, die keines der Individuen, aus denen sie sich zusammensetzt, für sich allein begehen würde?

Ein Unbekannter stößt inmitten einer Menge einen Schrei aus, und schon ergreift eine Art ungezügelte Leidenschaft alle übrigen; und alle werden sich mit dem gleichen Elan, dem keiner zu widerstehen auch nur Anstalten macht, vom gleichen Gedanken mitgerissen, den sie sofort, in Vernachlässigung aller Kasten-, Meinungs-, Glaubens- und Moralunterschiede alle teilen, auf einen Mann stürzen und ihn ohne Grund, fast ohne Vorwand umbringen.

Und am Abend wird jeder, wieder nach Hause zurückgekehrt, sich fragen, welche Tollheit, welche Narretei ihn da gepackt hat und von einem Moment zum nächsten aus seiner Natur und seinem Charakter herausgerissen hat; er wird sich fragen, wie es denn möglich war, daß er diesen stupiden Anwandlungen nachgab, daß er nicht erst überlegte, keinen Widerstand leistete? Der Grund ist, daß er aufgehört hatte, ein Mensch zu sein, um Teil einer Menge zu werden. Sein eigener Wille ist im allgemeinen Willen aufgegangen, so wie sich ein Wassertropfen mit einem Fluß vermischt. Seine Persönlichkeit war verschwunden, war ein winziges Teilchen einer riesigen und sonderbaren Persönlichkeit, eben der Menge, geworden. Sind Paniken nicht auch ein faszinierendes Beispiel dieses Phänomens?

Mit einem Wort, zu sehen, wie sich versammelnde Individuen eine Ganzheit bilden, ist nicht erstaunlicher, als Moleküle zu beobachten, die sich zu einer Substanz zusammenschließen.

★

Wie oft haben wir nicht schon das Staunen der Autoren über ein Premierenpublikum feststellen müssen.

Dieser Saal, sagen sie, ist gefüllt mit blasierten, korrupten Parisern, mit Lebemännern, die jeden Tag mit allen Lastern in Berührung kommen, mit Skeptikern, die sich über alles lustig machen, mit Frauen, die sich aus einem Liebesabenteuer ein köstliches Vergnügen, wenn nicht gar den Beruf machen. Keiner von all diesen Leuten gerät bei der Lektüre der gesalzensten Romane auch nur ein wenig in Rage. Wenn es nun aber passiert, daß ein Satz, ein Wort, eine Situation in dem Theaterstück sich anscheinend ein bißchen außerhalb der gelehrten, aber mitnichten von dieser Gesellschaft praktizierten Moral bewegt – eine Gesellschaft, die im privaten Gespräch aus ihrer Gleichgültigkeit auch gar keinen Hehl macht –, da bricht ein wütender Sturm los, mit Pfiffen, Wutanfällen und heftigen und sogar *aufrichtigen* Unmutsbekundungen. Das liegt daran, daß alle diese Leute, all diese blasierten Pariser allein durch die Tatsache ihres Versammeltseins ohne es zu wissen eine Gemeinschaft gebildet haben und daß sich in ihnen urplötzlich eine Art Gruppengeist entwickelt hat, eben diese Kollektivseele der Völker, die einem jeden sein eigenes Urteil raubt, oder sagen wir: zugunsten des kollektiven Urteilsvermögens verändert, die bewirkt, daß aufgrund einer Art von allgemeiner Lockerung des Gehirns alle auf einen Schlag wie eine einzige Person mit einem einzigen Bewußtsein und einer einheitlichen Sehweise denken, fühlen und urteilen.

Nun heißt es, die Menge urteilt nicht mit dem Verstand, sondern mit dem Gefühl, und in diesem Fall hat ihr Empfinden Anteil an allen gespeicherten und gängigen Ideen, an allen vorgefaßten Gefühlen, allen traditionellen Vorurteilen, allen feststehenden Meinungen, die gleichsam über den gesellschaftlichen Institutionen lasten.

Füllen Sie einen Saal mit entlassenen Zuchthäuslern:

Das Ergebnis wird das gleiche sein wie mit einem Publikum von ehrbaren Leuten.

Wenn aber jemand ein Buch im stillen Kämmerlein liest, wird er beständig nachdenken, innehalten, sich ein Kapitel nochmals vornehmen, sich langsam seine Meinung bilden, das Buch aus der Hand legen, um darüber zu meditieren, und er wird oft alte Überzeugungen abstreifen, die dem Urteil nicht standzuhalten vermögen, schließlich wird er sich von den Kühnheiten der originellen Neuerer verführen oder von der Kraft der wagemutigen und gerechten Schriftsteller zähmen lassen.

*

Im Theater kann man die Menschenmengen am besten studieren. Wer sich öfter hinter den Kulissen aufhält, hat sehr oft die Schauspieler sagen hören: »Das Publikum ist aber gut heute«, oder auch: »Heute ist das Publikum fürchterlich.«

Da haben wir eine Beobachtung vor uns, die noch keine hinlängliche Erklärung gefunden hat. Irgendeine Szene löst an einem Abend spontane Begeisterung bei den Zuschauern aus. »Die Bühneneffekte tragen«, sagt man dann. Und am nächsten Tag rührt sich an derselben Stelle keine Hand, nicht einer von zweitausend Anwesenden zeigt sich angetan. Es kommt sogar vor, daß man am nächsten Tag das, was man am Vortag beklatschte, auspfeift.

Wir begnügen uns mit der Feststellung, daß »das Publikum schlecht ist«. Schön und gut, aber warum ist es in seiner Gesamtheit schlecht? Das Publikum einer Woche ist jeden Tag gleich zusammengesetzt, nicht wahr? Warum finden sich keine hundert, fünfzig oder zehn Personen, um da zu lachen, wo am Vorabend das ganze Haus schallend lachte?

Und wer an all dem noch zweifelt, möge sich drei Tage in Folge das gleiche Stück anschauen, und er wird dreimal unterschiedliche Erfahrungen machen; er wird das Werk auf drei Weisen beurteilen; zweimal wird er dieser Stelle applaudieren und einmal jener; zweimal wird er bei dieser Situation lachen, die ihm am Vorabend überhaupt keinen Eindruck gemacht hatte.

Es gilt also festzustellen, daß sich jeden Abend eine Art Harmonie zwischen der eigenen Empfindungsweise und jener des übrigen Publikums eingestellt hat. Sie können ruhig versuchen, mit Ihrem Verstand sich dagegen zu wehren; trotz dieses Widerstandes werden Sie dem Druck, dem mysteriösen Einfluß der großen Zahl nachgeben; Sie sind mit dem Ganzen verschmolzen, umgeben von der dumpfen, im Raum schwelenden Meinung; Sie werden eins mit der unbekannten Mischung, die die ›allgemeine Meinung‹ darstellt. Eine Stunde später werden Sie sich zwar wieder hiervon befreien, aber in dem fraglichen Moment können Sie sich der einmal etablierten Strömung nicht entziehen.

Und jeden Abend nimmt dieses Phänomen aufs neue Gestalt an. Denn jedes Theaterpublikum bildet eine Menge, und jede Menge schafft sich instinktiv eine Art eigener Seele, die sich in ihrer Freude, ihrem Zorn, ihrem Ärger und ihrer Rührung von der Seele unterscheidet, die die Menge am Abend zuvor hatte, und von jener, die die Menge des folgenden Abends haben wird. Und auf der Straße teilen Sie jedesmal, da Sie mit einem sich in der Öffentlichkeit ausdehnenden Gefühl in Berührung geraten, dieses Gefühl ein klein wenig, auch wenn Sie es nicht wollen, so intelligent Sie auch sein mögen. Denn jedes Molekül einer Substanz wandert mit dieser mit, wenn sie ihren Standort verändert.

Das ist der Ursprung dieser überraschend auftretenden Eindrücke, der großen Narreteien, der großen Gefühlsaufwallungen in der Öffentlichkeit, dieser Wirbelstürme des Meinungswechsels, dieser unwiderstehlichen Triebkräfte der Massen, dieser von Volksmassen begangenen Verbrechen, dieser ungeklärten Massaker, so wie jenes, bei dem 1870 zwei arme Teufel in die Seine geworfen und ertränkt wurden, nur weil ein Witzbold oder ein Übergeschnappter »Ins Wasser!« gerufen hatte.

Der Omnibus fuhr in flottem Tempo die *Rue des Martyrs* hinunter.

Zwei Männer, zwei Freunde, saßen nebeneinander und plauderten.

Es waren zwei Arbeiter, typische Pariser Arbeiter, die mit einer schmalen und subtilen, einer sehr scharfen und sehr begrenzten Intelligenz ausgestattet sind. Sie sprachen über Politik.

Der eine von ihnen sagte:

»Die Abgeordneten wissen nicht, was sie tun. Man könnte das Parlament für eine Ansammlung von Narren halten.«

Darauf der andere:

»Um so besser, das bringt immer die Regierung in Verruf. Haben wir da nicht ein typisches Zeichen unserer Zeit?«

Schon wahr, der auffälligste Trend in der öffentlichen Meinung, vor allem in den letzten vier oder fünf Jahren, ist ein gewisses Umsichgreifen von Skepsis und geistiger Geringschätzung für die Repräsentanten der Macht bis hinein ins niedere Volk.

Gehen Sie einmal in ein kleines Pariser Restaurant, in eines von der Sorte, wo die Arbeiter essen. Die Leute unterhalten sich, lachen und machen sich über das Parlament lustig, indem sie es behandeln, als wäre es nichts anderes als ein Kasperletheater für die breite Masse.

Die Fiakerkutscher reißen am Kiosk ihres Standplatzes, in Hörweite des Schutzmanns, der ihre Nummern abzwickt, ungeniert ihre Witze über die Vertreter des Volkes.

Sieht man in einem Gesellschaftssalon mit Prominenten, Künstlern und sonstigen Leuten von Welt einen Unbekannten den Raum betreten, und fragt man: »Wer ist denn der?« und bekommt als Antwort: »Das ist der Sowieso, ein Abgeordneter ...«, so erfaßt einen ein dumpfes Mitgefühl für den armen Zeitgenossen.

So sehr ist man schon daran gewöhnt, das Parlament zu verlachen, zu kritisieren, zu bewitzeln, zu verhöhnen; seine Ungeschicklichkeiten sind so offensichtlich, seine Pannen so grotesk, daß der Beruf eines Abgeordneten mit der Zeit eine lächerliche Tätigkeit wird, die selbst kleinen Kindern bald nur noch ein müdes Lächeln der Verachtung wird abringen können.

Wenn sie auf der Straße irgendeinen armen Schlucker mit seltsamem Äußeren sehen, werden sie, an die wiederholten Spötteleien ihres Vaters gewöhnt, fragen: »Sag mal, Papa, ist das ein Abgeordneter?«

*

Und wenn man dann einmal zufällig mit zwei oder drei Abgeordneten speist, mit solchen, die die Führungsspitze der Kammer darstellen, konstatiert man mit Verwunderung, daß man es mit intelligenten, interessanten, ja gelegentlich sogar geistreichen Menschen zu tun hat.

Ein alter Volksvertreter, der keine wichtige Position mehr innehat, fand unlängst eine Erklärung für dieses Mysterium.

»Was ihnen fehlt«, sagte er, »das ist die Gewohnheit, gemeinsam in der Gruppe zu denken. Sie haben keinen Korpsgeist. Es bedarf großer politischer Erfahrung, damit eine größere Gruppe als Gruppe Intelligenz entwikkelt.«

Die Eigenschaften geistige Eigeninitiative, eigenständige Entscheidung, ruhiges Nachdenken und die Fähigkeit, Sachverhalte zu durchschauen, über die jeder Mensch mit einem gewissen Niveau für sich allein verfügt, verschwinden im allgemeinen, sobald dieser Mensch in einer größeren Gruppe von anderen Menschen aufgeht. Die Gesamtheit einer Menschenansammlung ist deutlich schwächer als jedes einzelne ihrer Mitglieder.

Was ich meine, kann ein Zitat noch besser verdeutlichen.

Es ist ein Abschnitt aus einem Brief von Lord Chesterfield an seinen Sohn (1715), der mit seltener Bescheidenheit diese unvermittelte Eliminierung der aktiven Verstandeskräfte in einer größeren Gruppe feststellt:

»Lord Macclesfield, der den größten Anteil an der Vorbereitung der Gesetzesvorlage gehabt hat und der einer der größten Mathematiker und Astronomen Englands ist, sprach anschließend, und zwar mit profunder Sachkenntnis und all der Klarheit, die angesichts einer so verzwickten Materie möglich war. Aber da seine Worte, seine Satzperioden und sein ganzer Stil bei weitem nicht an die meinen herankamen, wurde meine Rede einhellig bevorzugt, völlig zu Unrecht, wie ich einräumen muß.

So wird es immer bleiben. Jede größere Versammlung ist eine *Menschenmenge*. Aus welchen Persönlichkeiten sie auch immer zusammengesetzt sein mag, zu einer Menschenmenge darf man niemals mit der Sprache des gesunden Menschenverstandes und der reinen Vernunft sprechen. Man darf sich an nichts anderes als an ihre Leidenschaften, ihre Gefühle und ihre offenkundigen Interessen richten.

Ein Kollektiv von Individuen besitzt keine Fähigkeit zur rationalen Einsicht mehr, usw.«

Das alles ist doch gar nicht so schlecht beobachtet!

⋆

Es war im Zug von Rouen nach Paris.

Wir waren zu sechst im Abteil. Fünf junge Männer kehrten nach Beendigung ihres Freiwilligenjahres nach Hause zurück und nahmen kein Blatt vor den Mund, was das Soldatenleben angeht, an dem ja kein Franzose vorbeikommt.

Und sie alle brachten einen Haß auf das Regiment, eine tiefsitzende Verbitterung in ihre Familie mit und waren selig, daß es vorüber war.

Und ich überlegte: Mindestens neun von zehn, die man Freiwillige nennt, kehren mit diesem Abscheu und dieser Wut heim. Und das sind ja alles Leute aus bürgerlichen, begüterten und einflußreichen Schichten. Liegt hier nicht eine schreckliche Gefahr, das Ende der Wehrbereitschaft, der Tod des Patriotismus?

Diese Burschen da, die im Falle eines Krieges wacker ins Feld gezogen wären, würden um nichts auf der Welt mehr in ein Regiment eintreten, zusammen mit vielen anderen in einer Stube schlafen, das Kommißleben wiederaufnehmen. Das System des Freiwilligendienstes wird, so wie es ist, noch der Tod der französischen Armee sein.

Warum? Weil dieses scheinbar gerechte Gesetz der Gleichheit im Zusammenhang mit dem Waffendienst eine ungeschickte Sache ist.

Man nimmt Aristokraten – worunter ich intelligente und feinsinnige Leute verstehe – und steckt sie in diese Herde von gemeinen Soldaten, man zwingt sie zu diesem Kasernenleben, zu diesem widerlichen Gemeinschaftsleben, zu vielen Dingen, die ihre Instinkte und ihre Erziehung in Harnisch bringen.

Diese jungen Leute, sie haben nun mal ein empfindliches Ehrgefühl, sie sind an vielerlei Aufmerksamkeiten gewöhnt. Aber der Unteroffizier springt boshaft mit ihnen um, er beleidigt sie, er wirft ihnen Wörter an den Kopf, die einen dickfelligen Bauern kaum streifen würden, die jedoch ihre dünne Haut durchbohren und ihr weniger dünnes Blut zum Kochen bringen. Und der Offizier, seinerseits daran gewöhnt, ungehobelte Burschen mit Flüchen herumzukommandieren, erkennt den jungen Mann aus einer edleren Rasse hinter der Uniform auch nicht.

Man sagt: »Das alles bringt ihnen ein Bewußtsein für

das Gleichheitsprinzip bei.« Aber probieren Sie doch mal, ein reinblütiges Pferd so wie ein gewöhnliches Lastpferd durch ständiges Peitschen an den Umgang mit der Peitsche zu gewöhnen!

Die Gleichheit gibt es nirgendwo. Wenn Pitou und irgendein werdender Künstler ein Jahr zusammen verbringen, wird der Künstler sein ganzes weiteres Leben von dem Alptraum dieses Zuchthausjahres heimgesucht werden; die Erinnerung hieran wird ihm einen Schauder einjagen; unbewußt wird er seinen Söhnen einen Horror vor der Kaserne einimpfen.

Großherzige Überlegungen helfen hier nicht weiter. So ist es nun einmal. Der Großteil der Armee muß aus schlichten, gewöhnlichen, ungebildeten Schichten rekrutiert werden, aus Leuten, die dazu geboren sind, ein unbedeutendes Leben zu führen. Von dem Moment an, wo man aus der Aristokratie des Landes nicht auch die Aristokratie der Armee machen kann, von dem Moment an, wo die jungen Männer, die eigentlich dazu geboren sind, Offiziere zu werden, nur gemeine Soldaten werden können, wird diese ganze Gleichmacherei nur Unfrieden stiften, sowohl in der Armee wie auch im Land.

Um so schlimmer für das Ideal der Gleichheit!

Zu solchen Schlüssen gelangt man jedenfalls, wenn man Freiwillige bei ihren Unterhaltungen belauscht.

Nun sind sie da, die Tage des Karnevals, die Tage, in denen sich das Tier namens Mensch in Massen, in Herden amüsiert und dabei seine animalische Dummheit sehr schön hervortreten läßt.

In Paris ist der Karneval gänzlich unbekannt. Einige Masken huschen, verschämt und verachtet, durch die Menschenmenge, die sich langsam und schwerfällig, da sie schon mal freihat, auf der Straße herumtreibt.

In Nizza ist es, wo man dieses Fest des zivilisierten Tiers sehen muß! Männer und Frauen, aus dem einfachen Volk und der besseren Gesellschaft, bunt gemischt, eine Maske aus Draht vor dem Gesicht, finden es zum Totlachen, sich gegenseitig Gipspulver in die Augen zu streuen. Eine gewaltige Tollheit veranlaßt diese Wesen zu gestikulieren, herumzuschreien, sich anzurempeln und sich Massen von Konfetti, Staub und Kieselsteinen aus der vollen Hand ins Gesicht zu werfen. In jedem dieser Menschen scheint ein Tier losgelassen, das Tier, dieses fürchterliche Tier in Menschengestalt, das hervorkommt, das brüllt, sich berauscht, sich schlägt, draufloshaut, sich austobt oder tötet, sobald man es von der Leine läßt und ihm den Maulkorb abnimmt, das schreckliche Tier, das brandschatzt, plündert und in Kriegszeiten massakriert, in Tagen der Revolution guillotiniert und während der Tage öffentlichen Frohsinns schweißgebadet herumhopst, in seiner Heiterkeit genauso abstoßend wie in seiner Wildheit.

Was für ein Glück können diese Leute darin finden, den Passanten mit Gipsstaub die Augen zu verstopfen? Was für eine Freude liegt darin, sich anzurempeln, die Umstehenden umzustoßen, sich herumzutreiben, zu laufen, herumzulärmen, ohne mit diesen Anstrengungen irgendeinen Zweck zu verbinden, ohne die Erwartung einer Belohnung nach diesen unnützen und heftigen Aktivitäten?

Welches Vergnügen findet man darin, sich ausschließlich zu dem Zweck zusammenzutun, sich Unrat ins Gesicht zu schleudern? Warum ist diese Menge so ausgelassen vor Freude, wo sie doch überhaupt keinen echten Genuß zu erwarten hat?

Wieso spricht man schon lange vorher von diesem Tag und blickt voll Bedauern auf ihn zurück, wenn er wieder vorbei ist? Einzig und allein, weil man an diesem Tag das Tierische im Menschen freigesetzt hat! Man gibt ihm die Freiheit wie einem Hund, der für den Rest des Jahres an der Kette des Anstands, der Höflichkeit, der Zivilisation und des Gesetzes hängt!

Das Tier im Menschen ist frei! Es fühlt sich erleichtert und vergnügt sich gemäß seiner animalischen Natur.

Das muß man nun nicht einzelnen Menschen anlasten, sondern der ganzen Rasse selbst!

★

Trotzdem, da haben wir es also, das Vergnügen, das Glück! Die Leute sind ein paar Tage lang glücklich. Ja, das ist es also, das Glück! Viele Leute brauchen nicht mehr als das.

Diese Vorstellung von Vergnügen und Glück steckt hartnäckig, lebendig, unausrottbar, trotz der jämmerlichen Wirklichkeit in uns.

Mit zwanzig Jahren, da ist man glücklich, weil die Kraft, die Hitze des Bluts, die vage Hoffnung auf herrliche Großtaten, die bevorzustehen scheinen und die man nie verwirklicht, ausreichen, um die vor Lebensfreude vibrierende Seele aufblühen zu lassen.

Später aber, wenn man sieht, wenn man versteht, wenn man weiß! Wenn man graue Haare bekommt und wenn man, so ab dreißig, jeden Tag ein wenig von seiner Lebenskraft, ein wenig von seinem Vertrauen, ein wenig von seiner Gesundheit verliert, wie soll man da am Glauben an die Möglichkeit des Glücks festhalten können?

Wie bei einem alten Haus, von dem jedes Jahr Ziegel und Steine herabfallen, dessen Fassade mehr und mehr, faltengleich, von Rissen durchfurcht wird und dem das Moos längst schon seinen ursprünglichen Glanz genommen hat, bedrängt und beschädigt uns der Tod ohne Unterlaß, der unabweisbare Tod. Er raubt uns jeden Monat ein Stück mehr von der Frische unserer Haut, die nicht mehr wiederkommt, er raubt uns Zähne und Haare, die nicht mehr nachwachsen; er entstellt uns, macht aus uns innerhalb von zehn Jahren ein neues, ganz anderes Wesen, das man gar nicht mehr wiedererkennt; und je älter wir werden, desto mehr sitzt der Tod uns im Nacken, um uns zu schwächen, uns zu drangsalieren, uns zu verwüsten.

Von einem Moment zum nächsten zerlegt er uns ein Stück mehr. Jeden Tag, jede Stunde, jede Minute sterben wir ein bißchen, sowie einmal der Verfallsprozeß eingesetzt hat. Das Atmen, das Schlafen, das Trinken und Essen, das Gehen, das Verfolgen der Geschäfte, alles, was wir machen, kurzum das ganze Leben ist nichts anderes als sterben! Aber glücklicherweise denken wir nicht daran! Wir hoffen immer noch auf ein nahes Glück, und wir tanzen im Karneval. Arme Geschöpfe!

⋆

Wie stellen wir es uns denn vor, dieses Glück, wir, die wir zu träumen verstehen? Worauf warten wir also ohne Unterlaß, wenn nicht auf diesen Tod, der auf uns zuläuft? Welcher Wahn lullt uns so ein, betrügt uns so? Denn die gesamte Menschheit erhofft sich immer etwas Gutes und Unbestimmtes!

Für viele ist es die Liebe! Einige Küsse, einige hinreißende Abende, langes Sich-in-die-Augen-Schauen, dann Tränen, arger Kummer, und schließlich das Vergessen. Zuletzt der Tod.

Für andere ist es das Vergnügen, ein Leben in Luxus, die Genüsse des Lebens, die raffinierten Menüs, die einem die Gicht einbringen, die Feste, die den Menschen binnen weniger Jahre aufbrauchen, die Reichtümer des schönen Wohnens und die Ehrbezeigungen der Diener – alles das heißt in der Kutsche dem Tode entgegenfahren anstatt zu Fuß zu ihm hingehen.

Für andere ist es die Macht, der Stolz des Herrschens, das Recht, Dokumente zu unterschreiben, die das Schicksal von Völkern verändern. Was gewinnt man denn persönlich schon dabei? An Annehmlichkeit? An Positivem? Für wieder andere ist es das Glück, das einfache, rechtschaffene, aufrechte Leben inmitten von Kindern, ohne Ereignisse und ohne Erschütterungen, ein Leben flach wie eine Landstraße, nackt wie das Meer, eintönig wie die Wüste. Nichts erwarten, von nichts Unvorhergesehenem träumen, sich nichts Außergewöhnliches, Überraschendes wünschen, ist denn das möglich für jemand, der einen wachen Geist und ein munteres Wesen hat? Die Angst vor dem Tode und dem dahintersteckenden Unbekannten treibt manche ins Büßerleben hinter Klostermauern. Sie verzichten auf alles, auf alles, was das Leben, unser armseliges Leben uns an Annehmlichkeit schenken kann, nur aus Furcht vor einer im Dunklen liegenden Züchtigung und aus Hoffnung auf eine Belohnung in der Ewigkeit.

Was werden sie schon gewinnen, diese egoistischen Furchtsamen?

Wie auch immer ihre Erwartungen ausfallen, trügerisch sind sie allemal. Nur eines ist gewiß, der Tod! Ich glaube an den schicksalhaften und allmächtigen Tod!

Aber es gibt Leute, die im Karneval tanzen und sich Gipsstaub in die Augen streuen.

★

Wenn dann auch die Erde tot sein wird, wird nichts mehr von unseren Träumen, unseren Hoffnungen, unserer Arbeit, unseren Tollheiten, unseren hektischen Aktivitäten, all unserem Streben übrigbleiben! Nichts, nicht einmal eine Erinnerung hieran!

Und vielleicht wird ein Dichter, der auf dem Mars oder der Venus wohnt, über unseren zerstörten Globus das sagen, was Edmond Haraucourt vom Mond sagt:

> Dann kam das blonde Zeitalter der Lauheit und der Winde,
> Der Mond wurde von lebendem Gemurmel bevölkert;
> Er hatte abgründige Meere und zahllose Flüsse,
> Herden, Städte, Tränen, Freudenschreie;
> Er hatte die Liebe; er hatte seine Künste, seine Gesetze, seine Götter ...
> Und versank langsam im Reich des Schattens.
>
> Seither fühlt nichts mehr seinen jugendlichen und warmen Kuß;
> Die alternde Erde sucht ihn noch da oben;
> Alles ist kahl. Aber am Abend gleitet sein flüchtiger Globus vorbei,
> Und man glaubt seine Form lautlos herumirren zu sehen,
> Wie die Seele eines toten Kindes, das nachts heimkehrt,
> Um seine Mutter im Schlafe zu betrachten.

Was also ist es, das den Menschen aufrecht hält? Das ihn veranlaßt, das Leben zu lieben, zu lachen, sich zu zerstreuen, glücklich zu sein? Die Illusion. Sie umfängt uns und lullt uns ein, indem sie uns fortwährend betrügt und umgaukelt! Sie läßt uns die Dinge blau sehen, sie läßt sie uns rosa sehen, sie fällt auf uns herab mit den Strahlen der Sonne, schwebt um uns herum im bleichen Schein des Mondes! Sie fließt mit den bezaubernden Flüssen vor uns her, wächst mit dem Gras, blüht mit den Blumen, gärt mit dem Wein, berauscht uns, verführt uns, betört uns. Sie verbirgt unser häßliches und ewiges Elend vor uns, verwandelt die Formen, sieht das allzeit gegenwärtige Unglück und zeigt uns das immer von uns fliehende Glück.

Was wären wir ohne sie? Was würde aus uns werden?

Sie trägt Namen wie ewige Hoffnung, ewige Fröhlichkeit, ewige Erwartung; sie heißt Poesie, sie heißt Glaube, sie heißt Gott! Ihr ist es zuzuschreiben, daß die Mütter über den Tod von Kindern hinwegkommen. Ihr ist es zuzuschreiben, daß Greise noch lachen können! Ist es nicht sonderbar, daß man mit grauen Haaren lacht, wo man doch nie mehr schwarze Haare bekommen wird.

Einige verlieren sie, diese Illusion, die große Lügnerin. Und plötzlich sehen sie das Leben, das wahre Leben, ohne schillernde Farben, in seiner Nacktheit. Das sind die, die sich töten, die sich von Brücken in Flüsse stürzen, die den Phosphor von Zündhölzern oder das weiße Arsenpulver trinken, die sich einen Revolver in den Mund stecken.

Es genügt, daß der Schleier der Betrügerin einen Augenblick lang gelüftet wird, eine enttäuschte Liebe, eine vereitelte Hoffnung reicht schon. Sie haben begriffen: Sie ziehen es vor, sofort mit allem Schluß zu machen.

Andere spüren ebenfalls, wie sich dieses ruhige Vertrauen ins glückliche Morgen verliert. Aber der Gedanke an den Tod versetzt sie in Schrecken, und der Zweifel läßt sie davor zurückschaudern. Diese trinken die den Verstand trübenden Getränke und essen Opium!

Männer und Frauen stechen sich zu Tausenden täglich mit einer kleinen Spritze in den Arm, die einige Tropfen Morphium enthält, das sie einen Augenblick lang in diese tröstende Illusion zurückbringt und sie für ein paar Momente in den allumfassenden Traum versetzt, aus dem sie vorher aufgewacht waren.

*

Es gibt aber auch Leute, die diese Illusion unwiderruflich für immer verloren haben und nicht mehr zu ihr zurückfinden können. Gustave Flaubert stößt in seinen Briefen immer wieder den großen Schrei, den großen jammervollen Schrei der zerborstenen Illusion aus.

»Ich glaube nicht, daß das *Glück möglich* ist, wohl aber die Gemütsruhe.« Das ist einstweilen nur eine Negation. Blättern wir weiter:

»Sobald ich kein Buch in der Hand habe oder nicht davon träume, eines zu schreiben, erfaßt mich eine jämmerliche Langeweile. Alles in allem scheint mir das Leben nur erträglich, wenn man sie vertuscht.

Ich verliere mich in meine Kindheitserinnerungen wie ein alter Mann ... Ich erwarte vom Leben nichts mehr als eine Reihe von Blättern, die ich mit schwarzer Tinte bekleckere. Es scheint mir, als würde ich eine Einsamkeit durchwandern, hin zu einem Ziel, das ich nicht kenne. Und ich selbst bin zugleich die Wüste, der Wanderer und das Kamel.«

Und etwas weiter: »Warum bin ich nicht fürs Genießen ebenso begabt wie für das Leiden!«

Aber wenn diese Leute in der Gesellschaft verkehren, die großen Traurigen, und wenn sie den Menschen ihre trostlose Klage entgegenschleudern, dann drehen sich die anderen, die große Menge, die im Karneval tanzen und denen es Spaß macht, sich mit Gipsstaub zu bewerfen, überrascht, in ihrem lustigen Treiben gestört um. Sie geraten in Ärger und Wut auf den Armseligen: »Was hat er denn bloß, der da, daß er gar so bedrückt dreinschaut? Kann er uns nicht in Ruhe lassen?«

Und sie stellen fest: »Der ist krank!«

Das Exil

Das Exil ist mit Sicherheit die schlimmste aller Strafen, die man über einen gewissen Menschenschlag verhängen kann. Abgesehen von dem hehren Ideal, das man ›Vaterlandsliebe‹ nennt, existiert auch noch eine eigentümliche Zärtlichkeit, eine instinktive und fast sinnliche Zärtlichkeit für das Land, in dem wir geboren sind, das uns mit seiner Luft, seinen Pflanzen und seinen Früchten, dem Fleisch seiner Tiere, dem Saft seiner Reben und dem Wasser seiner Quellen genährt hat.

Unser Körper ist ganz aus seinem Stoff gemacht; unsere Organe sind an seine Temperaturen und an seine äußeren Formen gewöhnt; unsere Haut hat den Farbton und die Widerstandsfähigkeit, die sein Sonnenlicht verleiht und die sein Klima notwendig macht. Wir sind die Söhne der Erde in höherem Maße als die Söhne unserer Mütter. In zwanzig Meilen Abstand hiervon ist der Mensch schon nicht mehr derselbe, weil ihn jede Parzelle Land anders formt und anders haben will.

Jemanden ins Exil schicken, das bedeutet soviel wie ein Lebewesen aus seinem Erdboden herausreißen, die Wurzeln seiner Gewohnheiten und seines Lebens durchtrennen, um sie auf einen Fleck zu tragen, wo er womöglich niemals heimisch werden wird. Das heißt, dem moralischen Leiden ein nicht geringeres und fortwährendes und grausames physisches Leiden hinzufügen.

Das Exil ist das Mittel, dessen sich die Regierungen am häufigsten bedienen, um sich Leute, vor denen sie Angst haben, vom Hals zu schaffen; aber oft geschieht es im Gegenzug, daß diese Leute die Macht, die sie verbannt hat, am Ende dann doch niederwerfen.

Die Geschichte ist voll von tröstlichen Beispielen, die den Regierenden zur Warnung gereichen sollten.

Ein zu Unrecht Eingesperrter kann vergessen; ein Verbannter verzeiht niemals. Die ärgsten Gegner des

Kaiserreichs waren diejenigen, die es aus Frankreich vertrieben hatte. Manche von ihnen sitzen heute im Parlament; man frage sie nur, ob ihr Zorn nun erloschen ist.

*

Wenn die Logik die Gehirne regieren würde, so müßte das Exil allem Anschein nach als das abscheulichste Mittel zur Ausschaltung derer gelten, die man fürchtet, macht es doch aus Leuten, die vordem friedlich waren, gefährliche Aktivisten.

Es gibt ihnen ihre Handlungsfreiheit zurück, entzieht sie der Möglichkeit zur Überwachung, befreit sie von allen Skrupeln, von jedem moralischen Zwang, erlöst sie geradezu von jeglichen Interessenkonflikten, auf die sie vorher Rücksicht zu nehmen hatten. Um ein Beispiel herauszugreifen: Stellen wir uns einmal vor, der Herzog von Aumale habe einen Augenblick lang mit dem Gedanken gespielt, die Macht an sich zu reißen.

Ganz bestimmt hätte er in diesem Fall das Für und das Wider abgewogen und sich gesagt:

»Ich gehe hier ein erhebliches Risiko ein. Wie groß wird mein Nutzen sein, wenn die Sache gutgeht? Der Allerjüngste bin ich nicht mehr. Ich habe keine Kinder. Also müßte ich einen Neffen zum Nachfolger machen. Außerdem könnte ich von einem Tag zum anderen vom Thron verstoßen werden, in diesem Land, das alle zehn Jahre von einer Revolution erschüttert wird; ja, es ist sogar ziemlich unwahrscheinlich, daß ich mich bei der herrschenden Mentalität so oder so länger als zehn Jahre halten kann.

Wohnen müßte ich im Elysée-Palast, der die Tuilerien nicht aufwiegt. In der Nacht hätte ich keine ruhige Minute.

Wenn die Sache schiefgeht, werde ich vielleicht hingerichtet, ganz bestimmt aber verbannt.

Nun, ich habe Geld wie Heu. Ich habe Paläste, wie sie selbst Könige nicht besitzen. Ich bin ein Fürst, man sucht meine Gesellschaft, erweist mir Respekt. Chantilly ist prächtiger, als es Compiègne war. Ich kann alle Herrscher der Welt, die in meiner Heimat Station machen, als ebenbürtiger Gastgeber empfangen. Mein Ehrgeiz hält sich in Grenzen, meine Wünsche bleiben im Rahmen, und sollte mein Land in Gefahr geraten, so könnte ich es als einer seiner obersten militärischen Führer verteidigen.

Wäre ich da nicht hirnverbrannt, das Sichere für das Unbekannte aufzugeben, meinen ruhigen Lebensabend aufs Spiel zu setzen und alles dazu, was ich besitze, nur um eine Macht zu erobern, die zu dem, was ich habe, nur wenig hinzufügen könnte? Bleiben wir also, was wir sind.« Wenn die Regierung aber den Herzog von Aumale verbannt, ihm sein Vermögen, seine Besitztümer, seinen Luxus, den prächtigen Lebenswandel und das ganze Lebensglück raubt, so braucht dieser Fürst von Stund an nichts und niemanden mehr zu schonen; bei einem Staatsstreich, bei einem Versuch, die Macht, die ihn verjagt hat, zu stürzen, könnte er ja nur gewinnen.

Thronaspiranten, die in Saus und Braus und glücklich und zufrieden leben, stellen kaum eine Gefahr dar; zu fürchten sind nur die ausgehungerten Anwärter.

⋆

Ich habe Exilanten gesehen.

Schon sechs Tage folgte ich zu Fuß, der Küste Korsikas entlang, der großen Straße, die sich von Ajaccio aus gen Norden um das Meer schlängelt. Das wilde und mächtige Gebirge war mit Kastanien, mit Oliven- und Orangenbäumen und Dickicht bedeckt. Beim Durchqueren der Dörfer traf ich Scharen untätiger Bauern, die auf Bänken aus Granit im Schatten herumsaßen, mit dunklen Kleidern und schwarzen, breitkrempigen Hüten auf dem Kopf, Leute von kleinem Wuchs und braunem Teint, die ein wenig an die Bretonen erinnerten. Die ernst dreinschauenden Frauen ähnelten stark elsässischen Bauersfrauen.

Eines Abends also, als ich so auf Calvi zu marschierte, erblickte ich in der Ferne zwei große weiße Gespenster, die aufrecht auf einem kleinen Felsvorsprung dem Meer zugewandt standen.

Die Sonne sank am Horizont herab und war gerade dabei, in die Wellen einzutauchen; und die zwei reglosen Lebewesen schienen das untergehende Gestirn zu betrachten. Ich ging mit großen Schritten auf sie zu, da ich diese Männer für Mönche hielt, die angesichts dieser grandiosen Abendszene in Ekstase geraten waren. Plötzlich, als die gleißende Sonnenkugel das Wasser berührte, hoben sie die Arme mit einer ernsten und feierlichen Bewegung und senkten sie dann wieder, verneigten und verbeugten sich, so als wollten sie die Sonne respektvoll grüßen, und mit einem Mal warfen sie sich mit der Stirn und der Brust auf die Erde nieder, indem sie die Beine nach hinten wegzogen.

Und als ich ganz nahe bei ihnen war, sah ich, daß sie Araber waren; es waren zwei bedeutende Stammesfürsten, die bei dem Versuch, ihr Land gegen die französischen Invasoren zu verteidigen, in Gefangenschaft geraten waren.

Nachdem sie wieder aufgestanden waren, gingen sie langsamen Schrittes zu der Festung zurück, die auf sie wartete; dabei blieb ihr Blick immer aufs Meer gerichtet.

Weit unten, hinter dem Horizont, lag Afrika! Sie hatten schwarze, eingefallene Gesichter, wahre Raubvogelköpfe, eine majestätische und resignative Art zu gehen.

Da mußte ich an die Löwen im Botanischen Garten denken, an die Geier in ihren Käfigen, an alle die, Menschen oder Tiere, die der häßliche Willen des Mächtigeren an einen Fleck fern dem heimatlichen Boden geworfen hat.

★

Wollen Sie selbst einmal Exilanten sehen?

Sie brauchen nur jeden Sonntag auf die Festungsanlagen von Paris zu spazieren und dort den gemeinen Soldaten zuzuschauen, die da zu zweit herummarschieren und dabei von ihrem Dorf reden. Sie plaudern über den Bauernhof, die Nachbarn, über Freunde, Verwandte. Sie seufzen, und manchmal weinen sie auch, diese Männer im roten Rock, denen ein Säbel um die Schenkel baumelt. Sie blicken in die Ferne, mit feuchten Augen, und in ihrer Erinnerung schweifen sie zu ähnlichen Abenden zurück, an denen sie sich zu den Vogelnestern schlichen oder Haselnüsse holten.

Man kann sich eines Lächelns nicht erwehren, wenn man sie in ihrer linkischen Art, einen Ladestock putzend, vorübergehen sieht. Ein Vierteljahr später liegt vielleicht einer von ihnen in einem Lazarettbett; ihn hat die sonderbare Krankheit erwischt, die man ›Heimweh‹ nennt. Und wenn man ihn dann nicht in das traurige Nest zurückschickt, von dem seine Gedanken nicht loskommen, dann stirbt er so sicher wie wenn ihn eine Kugel ins Herz getroffen hätte, denn gegen diese Krankheit ist kein Kraut gewachsen.

Das Mitleid

Dr. de Cyon veröffentlichte hier vor kurzem eine Studie über die Vivisektion und die lächerliche Gerührtheit, die angesichts der grausamen Versuche der Physiologen bei den guten Seelen Entrüstung entfacht. Seit diese Frage von neuem die öffentliche Meinung erregt, habe ich oft sagen hören: »Die Tiere im Namen einer wildgewordenen und oft ohnmächtigen Wissenschaft so zu quälen, gehört eigentlich verboten.« Nun fiele es freilich nicht schwer, die hierdurch zum Nutzen der Menschheit bereits erzielten außerordentlichen Leistungen aufzuzählen. Die breite Öffentlichkeit vermag sie indes nicht richtig einzuschätzen, weil dieser Nutzen nicht sogleich offen zutage tritt. Das ist pure Ignoranz von ihrer Seite. Aber, wenn wir nun schon einmal einen dermaßen großen Vorrat an Mitleid zu vergeben haben, könnte man ihn wenigstens besser einsetzen.

Es gibt nämlich ein bedauernswertes Tier, dessen ganzes Leben nichts ist als ein einziges schreckliches Martyrium, ein Tier, dessen Leben Stunde für Stunde im Dienst für uns steht, das keine Ruhe kennt, keine Freude, kein freies Herumtollen, keine Verschnaufpause in seinem fürchterlichen Lebensrhythmus von empfangenen Schlägen, qualvollen Strapazen, gewaltiger, pausenloser, tödlicher Arbeit, ein Tier, das wir auf der Straße sehen, wie es unter dem scheuernden Kummet leidet, mit scheußlichen Wunden an den Flanken, mit von zu harter Arbeit verformten Beinen, ächzend und röchelnd, wenn es jäh bergauf geht oder wenn es wieder einmal Schläge mit dem Riemen oder Peitschenknauf gibt. Das ist das Pferd. Und das entsetzliche Los dieses bejammernswerten Tieres finden wir ganz natürlich, weil sein Leiden von morgens bis abends uns nützlich ist. Seelenruhig spazieren wir an Regimentern von Skeletten vorüber, die an Tannenholzkästen – Fiaker mit

Namen – angeschnallt sind; mit dicken Trinkgeldern als Dank für schnelle Fahrten tragen wir auch noch dazu bei, die Agonie dieses Kutschensträflings zu beschleunigen. Und wenn wir die Opfer unserer häßlichen Gleichgültigkeit auf dem Straßenpflaster liegen sehen, vor Angst schnaubend, mit herzzerreißendem Blick, völlig ermatteten Beinen, bleiben wir stehen, um wie bei einem spannenden Zwischenfall zu gaffen. Na gut, nachdem es Leute gibt, die ein Gesetz gegen die Vivisektion fordern, gibt es denn niemand, der im Namen des Mitleids für die Tiere, die wir unseren Bedürfnissen gnadenlos opfern, das Recht auf einen Monat Wiesenurlaub pro Jahr verlangt und beantragt, so wie die Angestellten Recht auf den freien Sonntag haben?

Das wird manchem absurd erscheinen. Dabei ist es weniger absurd als diese unangebrachte Rührseligkeit für die Hunde, denen in ihren Versuchsanstalten weniger Schmerz zugefügt wird als den Pferden auf der Straße, denen tags darauf ohnedies ein qualvolles Ende im Hinterhof gewiß ist.

★

Wir verwechseln fast immer Sentimentalität mit Empfindsamkeit. Um im Leben selbst das lebendige Geheimnis unserer Schwächen aufzuspüren, opfert man einige todgeweihte Tiere, und schon heulen wir auf. Wenn man dann, um irgendwelcher ehrgeiziger Pläne, um irgendwelcher veralteter Vorurteile von Ehre und Nationalstolz willen Tausende von Männern zu Schlacht und Tod auf den unfruchtbaren Boden Afrikas schickt, finden wir das klar und natürlich. Der Tod dieser Tiere geschieht zu unserem Nutzen; jener der französischen Kinder nützt uns gar nichts; über den einen regen wir uns auf; den anderen nehmen wir klaglos hin. Wo bleibt da das, was man die Vernunft nennt?

Das Mitleid mit den Tieren ist im übrigen eines der respektheischendsten Gefühle, die es gibt. Es ist zudem ein zuverlässiges Kennzeichen hochentwickelter Zivilisationen. Der Bauer grenzt unmittelbar ans Tier, sein Herz ist zu den Tieren hart, seine Hand grausam. Die Kutscher, diese an ihrem schleppenden Gang zu erkennende Spezies, die kaum sprechen können, weil sie nicht denken, bringen ihre Pferde um, sobald sie nicht mehr die Kraft haben, ihre gar so schweren Lasten zu ziehen. Die Stadtleute dagegen sind gut zu den Tieren. Ich habe soeben Afrika erwähnt. Das ist das Land der Gleichgültigkeit gegenüber jeglichem Leid, der Lebensverachtung, des Stoizismus in seiner häßlichen Ausprägung. Dort habe ich das tiefste Mitleid empfunden, dessen man überhaupt fähig ist. Die unauslöschliche Vorstellung von diesem kurzen und deutlichen Bild eines in den letzten Zügen liegenden Tiers verfolgt mich, sucht mich förmlich heim; und vor meinem geistigen Auge sehe ich alles vor mir, die Landschaft, die Stelle, die kleinsten Details dieser Szene, die mich beinahe bis ins Mark hinein erschüttert hat.

Seit zwei Wochen durchquerten wir zu Pferd unendliche Strecken verbrannter Erde; die Nacht verbrachten wir im Zelt in der Nähe von Beduinen, um noch vor Sonnenaufgang wieder weiterzuziehen.

Während der ersten Tage waren wir durch Ebenen gekommen, wo man noch gelegentlich auf Büschel vertrockneten Grases stieß, eine Art kleingehackten Heus, das über ein halbes Jahr ohne einen Tropfen Wasser vom Himmel von der Sonnenglut geröstet worden war. In diesen Gefilden wanderten auch Viehherden herum. Mal waren es Scharen von sandfarbenen Schafen. Mal zeichneten sich am Horizont sonderbare Tiere ab, die die Entfernung schrumpfen ließ und die man mit ihrem höckerförmigen Rücken, dem großen, gebogenen Hals und ihrer langsamen Gangart leicht auch für große Truthähne hätte halten können.

Wenn man dann näher herankam, erkannte man sie als Kamele, mit ihrem auf beiden Seiten wie zwei Ballons, wie ein übergroßer Schlauch aufgeblähten Bauch, der bis zu sechzig Liter Wasser aufnehmen kann. Auch sie hatten die Farbe der Wüste, wie alle die Lebewesen, die in diesen gelben Zonen der Einsamkeit geboren sind. Der Löwe, die Hyäne, der Schakal, die Kröte, die Eidechse, der Skorpion, ja selbst der Mensch, sie alle nehmen dort sämtliche Nuancen des kalksteinartigen Bodens an, vom leuchtenden Fuchsrot der Wanderdünen bis zum steinigen Grau der Berge. Und noch die kleine auf den Ebenen zu findende Lerche ähnelt dem Staub der Erde so sehr, daß man sie überhaupt nur sehen kann, wenn sie auffliegt.

Dann traf man nicht einmal mehr kleine Vögel. Es gab keinen Brunnen, keine Quelle, keinen Tropfen Wasser auf zweihundert Kilometer um uns herum. Fünfhundert Meter vor unserer kleinen Reisegruppe ritt ein einheimischer Kavalleriesoldat, der uns als Führer diente und uns den Weg durch die trübsinnige geradlinige Einsamkeit wies. Zehn Minuten lang ritt er im Schritt, reglos im Sattel sitzend, und sang in seiner Sprache ein sich hinziehendes Lied, mit diesen eigenartigen dort üblichen Rhythmen. Wir paßten uns seiner Gangart an. Mit einem Mal wechselte er in den Trab über, ohne deshalb ins Wackeln zu kommen, mit flatterndem Burnus, mit aufrechtem Körper in den Steigbügeln stehend. Und wir taten es ihm gleich, bis zu dem Moment, wo er anhielt, um wieder eine gemächlichere Gangart einzuschlagen.

Ich fragte meinen Nachbarn:

»Wie schafft er es, uns durch diese völlig kahlen Zonen zu führen, ohne jegliche Orientierungspunkte?«

Er antwortete mir:

»Nur mit Hilfe der Kamelknochen.«

Tatsächlich, alle Viertelstunden kamen wir an irgendeinem riesigen Knochen vorbei, der von den Tieren abgenagt und von der Sonne ausgedörrt, völlig blank, als

Fleck im Sand dalag. Manchmal war es ein Stück Bein, manchmal ein Stück vom Kiefer, manchmal ein Stück von der Wirbelsäule.

»Woher kommen all diese traurigen Reste?« fragte ich.

Mein Nebenmann erwiderte:

»Die Karawanen lassen jedes Tier, das nicht mehr mitkommt, auf der Strecke liegen; und die Schakale nehmen nicht alles mit.«

Und so haben wir mehrere Tage lang diese monotone Reise fortgesetzt, hinter dem immergleichen Araber, in der gleichen Reihenfolge, immer zu Pferd, fast ohne miteinander zu reden.

Eines Nachmittags – wir sollten am Abend an eine Oase kommen – erblickte ich, in großer Entfernung vor uns, eine braune von der Luftspiegelung noch vergrößerte Masse, deren Form mich in Erstaunen versetzte. Als wir an die Stelle hinkamen, flogen zwei Geier auf. Das war ein trotz der Hitze noch geifernder toter Tierkörper, dem das verfaulte Blut einen lackartigen Anstrich verlieh.

Nur die Brust war noch übrig, alle sonstigen Teile waren offenbar schon von den gierigen Aasfressern abgerissen und fortgeschafft worden.

»Vor uns zieht eine Karawane«, sagte der Leutnant.

Ein paar Stunden später kamen wir in eine Art Schlucht, in einen Engpaß, einen schrecklichen Brennofen mit wie bei einer Säge gezackten Felsen, die sich – wie es schien – spitzig, zornig, rebellisch zum Himmel reckten. Da lag ein anderer Körper. Ein an ihm herumbeißender Schakal lief eilends davon. Später, in dem Augenblick, als wir von neuem in die Ebene hinauskamen, war eine graue, ausgestreckte Masse vor uns, die sich leicht bewegte, und langsam nahm ich am Ende eines überlangen Halses den aufgerichteten Kopf eines Kamels im Todeskampf wahr. Es mochte wohl seit zwei oder drei Tagen so auf der Seite dagelegen haben, vor Mattigkeit und Durst sterbend. Seine langen Gliedmaßen, die man für einen Haufen lebloser Ziegelsteine hätte halten können, lagen auf dem glühendheißen Boden. Und als es uns hatte kommen hören, hatte es seinen Kopf wie einen Leuchtturm aufgerichtet. Seine von der unerbittlichen Sonne zernagte Stirn war nur noch eine einzige offene Wunde; es schaute uns schicksalsergeben nach. Es gab keinen Seufzer von sich, machte keinen Versuch aufzustehen; man konnte sich des Eindrucks nicht erwehren, daß das Kamel Bescheid wußte, daß es schon ausreichend viele seiner Artgenossen auf den langen Reisen durch die Welt der Einsamkeit hatte sterben sehen, um die Mitleidlosigkeit des Menschen zu kennen. Nun war es eben selbst an der Reihe, das war alles. Wir zogen vorbei. Als ich mich nach geraumer Zeit nochmals umdrehte, konnte ich noch immer den aus dem Sand hochstehenden Hals des verlassenen Tieres sehen, das seinerseits den letzten Lebenden, die zu sehen ihm vergönnt war, so lange nachschaute, bis sie am Horizont verschwunden waren.

⋆

Ein anderes Mal war es ein Hund, an einen Felsen gekauert, das Maul aufgerissen, mit hellglänzenden Zähnen, unfähig, auch nur ein Bein zu bewegen, das Auge auf zwei Geier gerichtet, die nicht weit von ihm weg die Wartezeit bis zu seinem Tode damit zubrachten, ihr Gefieder zu putzen. Der Schauder vor den geduldig auf sein Fleisch lauernden Tieren hatte so sehr von ihm Besitz ergriffen, daß er nicht ein einziges Mal den Kopf von ihnen abwandte, daß er auch nicht die Steine spürte, die ein Spahi beim Vorüberziehen nach ihm warf.

Wieder ein anderes Mal war es ein Mensch, den ein Sonnenstich auf den Boden hingestreckt hatte. Man trug ihn bis zur nächsten Karawanserei (es war im Land der Kabylen), und dort ließ man ihn auf einem Bündel Stroh im Schatten einer Mauer sterben.

Niemals aber, niemals wurde mein Herz so tief bewegt wie beim Anblick des traurigen Kamels, das hinter uns in der Wüste zurückbleiben mußte.

Im Seebad

Früher, da fuhr man ans Meer, um zu baden und zu schwimmen. Heutzutage sucht man die Strände auf, um sich einer völlig anderen Tätigkeit hinzugeben, für die man auch gar nicht die Nähe zum Wasser benötigt. Von früh bis spät begegnet man auf den Straßen des Küstendorfs und den angrenzenden Wegen, Wiesen, Feldern, am Waldrand, kurzum überall Männern, Frauen, Kindern, Greisen, Jungfrauen ebenso wie Hausmüttern, denen man fünf oder sechs Geburten nicht zu ihrem Vorteil ansieht. Die Männer tragen weiße Flanellanzüge, die Frauen eine kleine Uniform mit einem kurzen schwarzen Flanellrock, und alle haben einen Schläger in der Hand.

Dieser Schläger, dieser vermaledeite Schläger, ein fürchterlicher Alptraum, man kann keinen Schritt vor die Tür tun, ohne ihn zu erblicken. Alle tragen ihn von morgens bis abends unter dem Arm, sie geben ihn nicht aus der Hand, behandeln ihn wie ein Kinderspielzeug, werfen ihn in die Luft, schwingen ihn, setzen sich darauf, schauen einen durch die Saiten hindurch an wie durch die Gitterstäbe eines Gefängnisses oder zupfen auf ihm wie auf einer Gitarre herum. Man findet ihn in den Häusern, in allen Häusern, auf den Tischen, Stühlen, hinter den Türen, auf den Betten, überall, überall.

Nachdem man ihn den ganzen Tag über gesehen hat, sucht er einen in den Träumen heim, und durch stürmische Traumgesichte hindurch erblickt man immer die Hand, nichts als eine Hand, riesig und verrückt, wie sie am leeren Firmament einen überdimensionalen Schläger bewegt.

Diese Leute, diese armen Irren, die diesen Spezialausweis ihres Wahnsinns mit sich herumtragen, so wie einstmals die Narren ihren Schellenstab schwangen, sind von einer Krankheit erfaßt, die aus England kommt und die man Rasentennis nennt.

Ihre Anfälle haben sie auf Wiesen, denn für ihre krampfartigen Zuckungen ist viel Platz notwendig.

Man sieht sie, wie sie sich haufenweise ganz verzückt bewegen, laufen, hüpfen, vor- und zurückspringen, mit Geschrei, mit Verrenkungen, mit fürchterlichen Grimassen, unkoordinierten Gesten, und das gleich durch mehrere Stunden hindurch, nur von einem Netz aufrechtgehalten, das ihren Aufwallungen etwas Mäßigung verschafft.

Sieht man ihnen von weitem, aus großer Entfernung zu, so könnte man annehmen, daß es sich um Kinder handelt, die an irgendeinem ungestümen und einfältigen Spiel ihren Spaß haben. Aber sowie man näher kommt, verschwindet jeder Zweifel. Man erkennt, worin ihre Krankheit liegt, denn reife Männer, ältere Herren, grauhaarige Damen, beleibte, glatzköpfige, bucklige Herrschaften, all die, die man an einem anderen Ort für besonnene und vernünftige Menschen halten würde, führen sich bei diesem Verrenken der Gliedmaßen noch viel toller auf als die Jungen.

Und ihre Sprünge, ihre Armschwünge, ihre Laufbewegungen enthüllen dem völlig verdutzten Spaziergänger sogleich den tierischen Charakter, der in jedem menschlichen Gesicht noch insgeheim steckt und in eigentümlicher Weise alle versteckten Ticks des Körpers zum Vorschein bringt.

Und während einem beim Zuschauen fast schwarz vor den Augen wird und einem fast die Sinne schwinden, hebt ein Totentanz mit behosten und berockten Hunden, Böcken, Kälbern, Ziegen, Schweinen, Eseln in Menschengestalt an, die mit großen Schwüngen von Bauch, Brust und Hüften, mit Fußtritten und Kopfstößen ein heftiges und lächerliches Spektakel vollführen.

So vertreibt man sich die Zeit, und um nichts anderes als

sich tagtäglich diesen krampfartigen Anfällen hinzugeben, kommt man im Jahr 1887 in die Badeorte am Meer.

*

Die Badegäste von Etretat kamen unlängst in den Genuß einer ganz anderen Form des Zeitvertreibs, der die Gemüter dieser kleinen Stadt in beträchtliche Aufwallung brachte.

Ein bemerkenswerter Magnetiseur, der auch als Zauberkünstler großes Geschick hat, Pickmann mit Namen, hat seine Zuschauer mit Hypnoseexperimenten in Staunen und Schrecken versetzt.

Die Hypnose, die im Augenblick dabei ist, sich zu einer neuen Religion zu mausern und die ihre Wunder, ihre Apostel, ihre fanatischen Anhänger und ihre Ungläubigen hat, unterscheidet sich von den herkömmlichen Religionen darin, daß fast alle ihre Priester Doktoren der Medizin sind, nicht länger solche der Theologie. Das auffälligste Ergebnis, das sich bislang infolge hypnotischer Vorgänge einstellte, ist ein spürbarer Preisanstieg bei den Nadeln, besteht doch die wichtigste Probe darin, solche überall, in den Vorhängen, auf den Sesseln, auf den Kleidern, unter den Tischen zu verstecken, auf daß der ›Seher‹ sie da finde. Stellt man einen Verlust von fünfzig Prozent in Rechnung, so hat der durchschnittliche Nadelverbrauch einen beträchtlichen Aufschwung erlebt, und die Häuser der Gläubigen sind zu bedrohlichen Stätten geworden, weil von der mit diesen Nadeln gespickten Sitzgelegenheit, soweit sie eben unentdeckt bleiben, ernsthafte Gefahren ausgehen.

Unter den Experimenten der Leute, die einigermaßen mit wissenschaftlicher Vernunft gesegnet sind, gibt es gleichwohl einige, deren Wirkung kaum zu leugnen sein dürfte, die deshalb ein sonderbares und starkes Interesse ausstrahlen. Es ist bekannt, daß diese Magnetiseure ihren vorher eingeschläferten Versuchsobjekten den Anblick beliebiger Personen oder Gegenstände suggerieren können. Soweit ist an der Sache noch nichts Erstaunliches.

Man sagt: »Da ist eine Katze, ein Hund, ein Wolf, ein Glas, eine Uhr.« Und schon sieht der Hypnotisierte eine Katze, einen Hund, einen Wolf, ein Glas oder eine Uhr.

Ich sage bewußt ›sieht‹, und nicht ›glaubt zu sehen‹; denn eine Untersuchung des Auges mittels eines Prismas im Moment der Halluzination zeigt in der Tat auf der Netzhaut das Spiegelbild des suggerierten – in Wahrheit gar nicht vorhandenen! – Gegenstandes. Dieser Sachverhalt wird in seriösen Medizinhandbüchern bestätigt; und er stellt einen Beweis für die Theorie dar, wonach im Leben alles Illusion sei. Die philosophischen Konsequenzen, die sich aus dieser bizarren Beobachtung ergeben, sind unendlich und überaus beunruhigend.

Ferner ist man auch mit Hilfe des hypnotischen Schlafes dazu gelangt, auf seltsame Weise die Funktionsunabhängigkeit jeder Gehirnhälfte nachzuweisen, nämlich indem man simultane wechselseitige Illusionen und Halluzinationen unterschiedlichen Charakters für jede Seite bei den Probanden auslöste.

Wie oft haben wir nicht schon insgeheim in uns dieses doppelte Gehirn arbeiten gespürt, bei dem schon die geringste Funktionsdisharmonie so viele Phänomene von gespaltenem Willen, Glauben, Urteil und etliche Widersprüche in uns denkenden und vernunftbegabten Wesen erklären kann.

Unter dem praktischen Gesichtspunkt der Nützlichkeit betrachtet, vermag man allerdings noch nicht so recht zu erkennen, worin die Vorteile der Hypnosetechnik im Alltag liegen sollen.

Nachdem es keinem Zweifel unterliegt, daß manche Menschen unter der Einwirkung dieser partiellen Lähmung der Gehirnfunktionen bei gleichzeitiger extremer Überreizung gewisser anderer ihrer Fähigkeiten die Sklaven des Magnetiseurs werden, während des Schlafs seine Befehle entgegennehmen und beim Erwachen ausführen, blindlings und ohne Erinnerung daran, sie je empfangen zu haben, können die Mörder der Zukunft die Gefahr der Guillotine dadurch umgehen, daß sie einige Lektionen in Hypnose nehmen und sich dann ein geeignetes Medium besorgen, das sie vorher mit Hühnern und Hasen üben lassen.

Kann es sein, daß Pranzini, ohne es zu wissen, nur das ausführende Organ eines Kameraden war und daß sein hartnäckiges Leugnen ganz einfach das Ergebnis des in seinem Gedächtnisapparat fortwirkenden Schlafs ist?

Ein anderer Vorteil wird in der Möglichkeit liegen, die eigenen Domestiken jeden Abend in Dämmerschlaf zu versetzen und ihnen dann minuziös ihre Aufträge für den nächsten Tag zu erteilen. Auf diese Weise wird man sich unverschämte Antworten, unfreundliche Kommentare und vor allem jede Art von Ungehorsam ersparen. Die Kunst des Herrn Pickmann ist freilich noch nicht bis zu diesem Grad der Vollendung gediehen. Doch immerhin habe ich ihn eine höchst überraschende Aktion ausführen sehen, die ich einmal einen mentalen Zaubertrick erster Güte nennen möchte.

Eines Abends in ein Haus geführt, das er vorher noch nie betreten hatte, ist es ihm gelungen, einen Gegenstand zu erraten, an den der Hausherr gedacht hat, sowie mit verbundenen Augen in das obere Stockwerk durch ihm unbekannte Zimmer zu gehen und diesen Gegenstand zu suchen, zu finden und herbeizubringen. Er schien mir in einem verblüffend höheren Grad als seine Zunftgenossen dieses eigentümliche, nervöse Gespür zu besitzen, dessen Beschaffenheit uns Cumberland offenbart hat und über das sonderbarerweise auch, wie es den Anschein hat, Garnier, der Erbauer der Oper, verfügt.

Übrigens gibt es ein höchst simples Experiment, das allen Schürzenjägern, die die Straßen und Gassen von Paris unsicher machen, bestens vertraut ist und das ohne Zweifel in den Bereich der Hypnose gehört. Wenn ein Mann, der für das weibliche Geschlecht schwärmt, ein paar Schritte vor sich auf dem anderen Trottoir einer breiten Straße eine Tournüre erblickt, die sein Begehren weckt, so genügt es, daß er hartnäckig und bestimmt seinen Blick auf Taille und Nacken dieser Frau richtet, die da vor ihm durch die Menge flieht, und immer wieder, nach einer oder zwei Minuten dieses mysteriösen Appells, dreht sich die Frau um und sucht ihn ebenfalls mit ihrem Blick.

Auch in einem Theater kann man von seiner Loge aus den Blick eines Fremden auf sich ziehen und herbeiholen, der ganz überrascht nach wenigen Augenblicken den eigenen sucht und auf ihn trifft.

Ich überlasse es anderen, diese Phänomene, deren Existenz mich persönlich nicht im geringsten verwundert, zu erklären – so wenig wissen wir immer noch über die Eigenschaften und Kräfte unserer Organe Bescheid.

Unsere Optimisten

Der Pessimismus soll gefälligst Ruhe geben. Darauf etwa läuft die Kritik Ludovic Halévys hinaus, die dieser vom hohen Sockel der Académie Française auf Schopenhauer losgelassen hat.

Musset hatte Voltaire zugerufen:

> Schläfst du zufrieden, Voltaire, und dein häßliches Lächeln
> Flattert es noch immer über deinen fleischlosen Gebeinen?

Den gleichen Fluch erhebt nun Ludovic Halévy wider den bewundernswürdigen und allmächtigen deutschen Philosophen, dessen Genie heutzutage das Denken fast der gesamten Jugend der Welt lenkt und beherrscht.

Das selbstzufriedene Lächeln des seligen Akademiemitglieds bekundet seinen Unwillen über das diabolische Lächeln des außerordentlichen Skeptikers, der das Leben ebenso verachtet wie den Menschen und der uns nach etlichen anderen darüber aufklärt, daß das eine wie das andere nicht allzuviel taugt.

Die joviale Lustigkeit des geistreichen Schriftstellers, dessen charmanter Erfindungsgabe wir die ›Cardinal‹ zu verdanken haben, kann sich gegen die hinterhältige und schreckliche Lustigkeit des großen Ironikers dieses Jahrhunderts nicht behaupten.

In der Tat, sie waren nicht dazu geschaffen, einander zu verstehen.

Halévy, ein glücklicher Mensch, ein Autor, dem das Glück hold war, dem alle nur möglichen Erfolge in den Schoß fallen und der *sie auch verdient,* hält das Leben für eine herrliche Sache und seine Nachbarn in der Académie Française für außerordentliche Wesen. Und daraus folgt für ihn, daß alle Menschen vollkommen sind und daß es mit der Welt zum besten steht.

Es kommt mir so vor, als hätten wir einen gewissen

Doktor mit ähnlicher Meinung schon mal in einer Erzählung von Voltaire erlebt.

Warum bloß wollen diese glücklichen Leute, die nach langem Streben den Einzug in die Académie Française endlich geschafft haben, die übrigen daran hindern, ein anderes, schwierigeres, ja sogar unerreichbares Ideal zu haben? Und überhaupt, was soll's! Worauf es ankommt, ist, mit allen Mitteln zu verhindern, daß wir noch länger mit dem Thema Pessimismus behelligt werden, das sich zur großen Nervensäge dieser unserer Dritten Republik auswächst. Neulich erst hat uns Ferdinand Brunetière, nebenbei auf höchst bemerkenswerte Weise, in der ›Revue bleue‹ zum gleichen Thema die Leviten gelesen; dabei hat der Redakteur der ›Revue des Deux Mondes‹ ein Ausmaß an Wissenschaftlichkeit, Scharfsinn und Sachkenntnis entfaltet, an die die elegante Rede des ruhmvollen Mitglieds der Académie nicht heranreichte.

Aber gleichviel, ob man nun dafür oder dagegen ist, Hauptsache, ihr hört endlich mit dem Pessimismus auf; verschont uns um Himmels willen mit diesem Thema.

Das einzig sichere praktische Mittel zur Erlangung dieses Ziels wäre eine Eingabe an unsere Parlamentsabgeordneten, die ja nicht allzuviel Positives zuwege bringen, sie möchten doch ein Gesetz ungefähr folgenden Inhalts verabschieden:

Gesetz
zur Verhinderung des derzeit herrschenden Pessimismus

Artikel 1. Jedem des Lesens und Schreibens mächtigen Franzosen ist die Lektüre oder Abfassung von Schriften über den derzeit herrschenden Pessimismus untersagt.

Artikel 2. Unter Androhung von zwei bis zwanzig Jahren Zwangsarbeit ist es strikt verboten, unglücklich, krank, häßlich, skrofulös etc. etc. zu sein oder zu erscheinen,

ferner ist verboten, bei einem Verkehrs-, Zug- oder sonstigen Unfall ein Glied zu verlieren, es sei denn, man erklärt sogleich seine Befriedigung über diesen Vorfall.
Artikel 3. Allen Franzosen, ob volljährig oder nicht, ist es untersagt, vor Hunger zu sterben.
Artikel 4. Diejenigen, die keinen festen Wohnsitz haben und gezwungen sind, eiskalte Nächte auf Parkbänken und unter Brücken zu verbringen, sind für die Zeit von sechs Uhr abends bis sechs Uhr morgens zum Absingen heiterer und wohlgesitteter Lieder verpflichtet, um gegenüber den heimkehrenden Wohnungsinhabern ihr Wohlbehagen zu bekunden.
Artikel 5. Jeder Reiche, der sich als Pessimist bezeichnet, ist unverzüglich hinzurichten.
Artikel 6. Ausgenommen hiervon ist nur, wer ein Einkommen von unter tausend Francs und mehr als zehn Kinder hat.
Artikel 7. Ausgenommen hiervon sind ferner diejenigen, die aufgrund außergewöhnlicher Umstände an chronischen Herz-, Magen-, Leber- oder Gehirnkrankheiten leiden, an Beschwerden, deren Beschaffenheit Charaktermängel indiziert.
Artikel 8. Jedem begüterten gesunden Franzosen ist es untersagt, das Schicksal der Armen, der Landstreicher, der Schwachen, der mittellosen Alten, der ausgesetzten Kinder, der Grubenarbeiter, der Arbeitslosen und grundsätzlich aller Leidenden, die zwei Drittel der Bevölkerung ausmachen, zu bemitleiden, weil dergleichen die intakten Gemüter auf die schiefe Bahn des Pessimismus bringen kann.
Artikel 9. Wer immer von Decazeville oder ›Germinal‹ spricht, wird mit dem Tode bestraft.
Artikel 10. Wer des Erwerbs oder Besitzes von ›Germinal‹ überführt wird, wird mit einer Geldstrafe von 1000 Francs belegt. Zu diesem Zweck wird eine Wohnungsdurchsuchung durch die Polizei vorgenommen; es

ist verboten, auf die diese Aktion durchführenden Beamten zu schießen.

Artikel 11. Nachdem die Neigung zum Pessimismus aus einer falschen Denkweise der neuen Generation herrührt, ist die Regierung dank der kostbaren Unterstützung durch die sechsunddreißig Mitglieder der Académie Française unter dem Vorsitz von Ludovic Halévy der Auffassung, einige abwegige und gefährliche Vorstellungen, die in der Bevölkerung umlaufen, auf folgende Weise richtigstellen zu müssen.

Da das Unglück nicht existiert bzw. nur auf einer falschen Einschätzung der Welt beruht, wird es zur Erlangung beständigen und dauerhaften Glücks ausreichen, sich klarzumachen:

1. Daß auf dieser Welt alles vollkommen ist, von der Höflichkeit der Fiakerkutscher bis hin zur Intelligenz der Parlamentsabgeordneten.

2. Daß materieller Wohlstand eher ein Unglück denn ein Segen ist und umgekehrt die Armut eher ein Glück als ein Übelstand.

3. Daß der Hunger hervorragend dazu geeignet ist, den köstlichen Geschmack von trockenem Brot zu würdigen, wenn einem ein Passant fünf Centimes geschenkt hat; daß der Durst ein ausgezeichnetes Mittel gegen die Trunksucht ist; daß die Krankheiten nützliche Prüfungen sind, die Epidemien ein bewährtes Verfahren für die Überlebenden, um Karriere zu machen, daß der Krieg ein sehr praktischer Aderlaß ist, und speziell der in Tonkin ein schlaues Verfahren darstellt mit dem Zweck, unsere gesamte Panzerflotte in China zu verschrotten und gegen billige Minenboote einzutauschen.

4. Jeder Mißstand ist von Haus aus als ein vorübergehender anzusehen. Auf diese Weise betrachteten die Republikaner von gestern das zweite Kaiserreich als den sichersten Weg zur Herstellung der Republik, und so betrachten die Reaktionäre von heute die Republik als die beste Methode der Rückkehr zur Monarchie.

Mit dieser Sehweise ist keinerlei Pessimismus mehr möglich.

Nach dem Beispiel vieler Menschen, die bereits so denken, sollte außerdem jeder Franzose

– den Tod seiner Kinder als Erleichterung ansehen;

– jenen seiner Eltern als Steigerung seines Wohlbefindens;

– jenen von entfernten Verwandten als kleines Familienfest;

– und den eigenen als eine Befreiung.

N. B. Insofern das Wort ›Befreiung‹ als seit Jahrhunderten gebräuchliche Formel den Anschein erwecken könnte, daß das Leben ein leidvoller Zustand ist, empfiehlt es sich, ihn durch die Bezeichnung ›letzter Triumph‹ zu ersetzen.

*

Nachdem diese Vorkehrungen noch nicht völlig ausreichen, hat die Académie Française, deren Mitglieder allesamt den Titel ›Ehrenoptimist‹ erhalten, folgendes Ideal aufgestellt, auf das jeder nach seiner Klassenzugehörigkeit Anspruch hat. Denn es ist jedem Franzosen absolut verboten, über seinen gesellschaftlichen Rang hinaus zu träumen.

Es ist unziemlich, daß die Aspirationen des Arbeiters über den Eintopf hinausgehen, sich etwa gar aufs Brathuhn richten.

Wenn er es nicht weiter als bis zur Arbeit im Hochofen bringt, so braucht man sich nicht länger für ihn zu interessieren.

Jeder Bürger wird sein Sinnen und Trachten auf die Ehrenlegion richten. Diese Auszeichnung wird so freizügig vergeben werden, daß die Optimisten innerhalb der Bourgeoisie über eine breite Mehrheit verfügen werden.

Jeder Abgeordnete wird danach streben, Minister zu werden. Es ist dafür zu sorgen, daß die Minister so gleichmäßig ausgewechselt werden, daß jeder unserer Abgeordneten diese hohe Aufgabe wenigstens acht Tage pro Jahr wahrnehmen kann.

Jedes verheiratete Individuum, Mann oder Frau, wird auf Ehescheidung drängen – und sie auch erhalten.

Was die Dichter angeht, die das Blaue vom Himmel haben wollen, so wird man es ihnen ›in Schmalz herausbacken lassen‹ oder sonstwie verabreichen, weil es eben nicht in Frage kommt, daß es irgendein unerreichbares Ideal gibt.

Ebenfalls unter strenges Verbot fällt jegliche Proportionalrechnung, die auf folgenden Gedankengang hinauslaufen könnte:

Nachdem aufgrund gegensätzlicher Vorstellungen die Meinungen zu Glück und Unglück zu Streitigkeiten Anlaß geben könnten, scheint es ratsam, sich an das kleine Einmaleins zu halten, an dessen Ergebnissen nun mal nicht zu rütteln ist.

Stellen wir also einmal eine Bilanz über das Positive und Negative auf, indem wir als Recheneinheit die nach Berufsgruppen geordneten Menschen hernehmen. Wenn die Guten durchschnittlich unbestreitbar besser abschneiden als die Schlechten, wird unser Urteil ohne langes Zögern zugunsten des Optimismus ausfallen und umgekehrt.

Also: sind unter zehn Königen fünf, die etwas taugen? Schauen wir uns einmal die wichtigsten Phasen der französischen Geschichte an.

Franz I.: einer, der fortwährend Schlachten vom Zaun gebrochen hat, von denen er mehr verloren als gewonnen hat. Macht eins.

Heinrich II.: unterschrieb den Vertrag von Cateau-Cambrésis, wodurch Frankreich eines Teils seiner Eroberungen verlustig ging. Schlechter König. Macht zwei.

Franz II.: regierte nicht mehr als ein Jahr. Zählt nicht.

Karl IX.: erbärmlich. Gibt also drei.

Henri III.: Ho! Ho! und dann noch seine Gespielen. Damit hätten wir vier.

Heinrich IV.: ein großer König. Eins.

Ludwig XIII.: schlecht, schlecht. Fünf.

Ludwig XIV.: großer König. Zwei.

Ludwig XV.: schnell mit dem Schleier des Vergessens über ihn. Sechs.

Ludwig XVI: ließ durch seine unverzeihliche Schwäche die Revolution zu dem werden, was sie dann war. Sieben.

Macht unter dem Strich zwei gute gegen sieben schlechte.

Wenn wir uns nun in unserer eigenen Zeit umschauen, finden wir da einen guten Minister auf zehn, einen intelligenten Abgeordneten auf hundert, eine gute Köchin auf tausend, eine gute Flasche Wein auf zehntausend, eine gute Flasche Schnaps auf fünfzigtausend? Wohl kaum.

Weiter: Gibt es unter hundert Schriftstellern einen guten? Ein gutes Buch unter hunderttausend? Einen seriösen Finanzmann unter zehntausend? Einen anständigen Gewerbetreibenden unter zwanzig? Ein gutes Theaterstück unter hundert? Einen guten General unter fünfzig? Einen guten Arzt unter tausend? Wohl kaum.

Weiter: Treffen wir mehr als eine hübsche Frau auf fünfhundert? Nein! Mehr als ein schönes Pferd auf fünftausend? Nein! Mehr als einen schönen Tag auf zwanzig? Nein! Mehr als einen gebildeten Menschen auf fünfzigtausend? Nein! Mehr als einen beachtlichen Maler auf hundert? Nein! Mehr als einen guten Domestiken auf hundert? Nein!

Wenn man also nach Berufsgruppen eine durchschnittliche Verteilung von eins zu neunundneunzig für das Verhältnis von gut zu schlecht errechnet, so kommt man der Wahrheit recht nahe, denn es ist nicht zu leugnen, daß fast all unsere Minister nichts taugen, daß fast all unsere Köchinnen entsetzlich schlecht kochen, daß fast all unsere Abgeordneten unfähig sind, daß fast unser gesamter Wein fürchterlich schmeckt, daß fast unsere sämtlichen Schriftsteller mittelmäßig sind (kommt man bei den vierzig Mitgliedern der Académie Française denn auf mehr als zehn – allerdings glänzende – Ausnahmen?), daß fast alle unsere Händler Gauner sind (man frage nur einmal im städtischen Amt für Lebensmittelkontrolle nach), daß fast alle Theaterstücke, die man uns vorsetzt, langweilig sind, die Frauen fast allesamt häßlich (wieviel Schönheiten in dem, was man die besseren Kreise nennt, zehn?), fast alle unsere Domestiken faul, etc. Woraus zwingend folgt? ...

Aber das lassen wir besser sein, denn dann stünde uns sofort ein neuer Schwall von Überlegungen zum Pessimismus ins Haus.

Und so ist es besser, schnellstens über die Dinge zu lachen, um nicht – wie schon irgendwo geschrieben steht – über sie weinen zu müssen.

Die Architektur liegt im Sterben, die Architektur ist tot. Das Aussterben dieser Kunst ist übrigens schnell festgestellt, aber bedenkt man es etwas näher, so trifft die Architekten hierbei die geringste Schuld.

Wenn wir von Zeit zu Zeit in Paris ein scheußliches neues Bauwerk in die Höhe wachsen sehen, sollten wir daran denken, daß zwei- oder dreihundert Entwürfe, wenn nicht mehr, von einer Kommission unter dem Vorsitz eines Ministers oder eines Mitglieds des Institut de France vorher begutachtet wurden. Man muß also das Institutsmitglied (Ehre, wem Ehre gebührt), dann den Minister und schließlich die gesamte Kommission behandeln, wie sie es verdienen. Wenn ein Herr Eiffel, Eisenhändler, in Paris das schreckliche Horn aufpflanzt, von dem allein schon die Entwürfe und die ersten sichtbaren Zeichen das ganze Ausmaß der Häßlichkeit des fertigen Baus erahnen lassen, so muß man deshalb sicher nicht dem Herrn Eiffel gram sein, der mit seinem Eisen eben tut, was er so kann. Aber wenn es uns dann erlaubt ist, dieses Denkmal des zeitgenössischen schlechten Geschmacks in seiner ganzen Höhe und Scheußlichkeit zu betrachten, werden wir die Namen der Förderer dieses Eisenhaufens laut und deutlich in die Welt hinausposaunen, damit man unter keinen Umständen etwa an sie denkt, wenn wieder einmal das Kunstministerium zur Besetzung anstehen wird.

Die Millionen, die am Bau dieses Blitzableiterkäfigs mitwirkten (der bei uns den Wunsch nach einem Kommuneaufstand aufkommen läßt, der alles kaputtschlägt), hätten sie ihre Schaffenskraft nicht sinnvoller in den Dienst eines unbekannten Architekten stellen können, der neue Konzepte für Gebäude mit sich herumträgt? Die armen jungen Leute, die heutzutage auf der Suche nach dem Geheimnis der Schönheit der Linienführung und der Ornamente von Bauten sind, sind dazu verdammt, sich dem Geschmack eines Bürgers zu unterwerfen, der sein Schloß bei ihnen in Auftrag gibt, oder auch der ministeriellen Kommission, die aus lauter verkalkten Fossilien besteht, die über die Vorstellungen der griechischen Antike, des Mittelalters oder der Renaissance nicht hinausgekommen sind.

Wenn somit das mangelnde Niveau der zeitgenössischen Denkmalsarchitektur auch in erster Linie dem zurückgebliebenen oder gar nicht vorhandenen Geschmack unserer Regierenden anzulasten ist, so trägt die Mittelmäßigkeit der reichen Bourgeoisie ebenfalls ein gerüttelt Maß an Schuld hieran.

Betrachtet man einmal die Frage etwas genauer, was die Leute in unseren Tagen so mit ihrem Reichtum anfangen, so kommt man schon zu einem merkwürdigen Ergebnis.

Diejenigen, die früher einmal die Herren, die großen Herren waren, trugen in ihrem Herzen eine Neugier, eine Leidenschaft, eine Tollkühnheit, die sie zu Abenteuern verlockten. Hatten sie dann ihren Krieg, in dem sich ihre Abenteuerlust gefiel, beendet, bauten sie Schlösser oder Kathedralen. Ist nicht ganz Frankreich mit wunderbaren Bauwerken bedeckt, keines wie das andere, die von Jahrhundert zu Jahrhundert von (in ihrer Zeit) modernen, geduldigen, überzeugten Künstlern im Auftrag von unwissenden und prachtliebenden Fürsten erbaut wurden? Diesen abenteuerlustigen Feudalherren und diesen großen, oft unbekannt gebliebenen Künstlern verdanken wir das bewunderungsheischende Museum historischer Bauten, mit denen unser Heimatboden übersät ist. Es genügt, die berühmten französischen Schlösser aufzuzählen, die des Nordens und die des Zentrums, die des Ostens und die des Westens, um vor unserem geistigen Auge eine eindrucksvolle Galerie von Palästen auftauchen zu sehen, in der in zahlreichen verschiedenen und glänzenden Erscheinungsformen das ganze architektonische Genie unserer Rasse konkrete Gestalt angenommen hat. Jedes Jahrhundert hat unzählige Spuren hinterlassen, wunderbare Beispiele seiner immer wieder sich erneuernden Kunst. Und von Epoche zu Epoche können wir alle die Veränderungen des unsterblichen Einfallsreichtums verfolgen. Heutzutage ist davon nichts mehr zu merken. Fehlt es uns an Künstlern? Warum sollten ausgerechnet die Architekten in Frankreich ausgestorben sein, wo wir doch auch hervorragende Bildhauer und sehr bemerkenswerte Maler haben? Bestimmt gibt es welche, die morgen schon Musterbeispiele von Denkmälern schaffen könnten, wie es die anderen früher auch gemacht haben! Woran es bei uns mangelt, das ist zum Beispiel der großzügige Mann mit Geld, der den Wagemut und die Mittel zur Finanzierung dieser Versuche aufbrächte.

*

Gewiß, der Reiche, der wirklich Vermögende von heute, ist von minderer Natur als der Mächtige und Reiche von ehedem.

Gehen wir ein wenig der Frage nach, worauf unsere Krösusse der Gegenwart ihre Zeit, ihr Geld und das, was sie so an Intelligenz haben können, verwenden.

Ihr größter Ehrgeiz ist im allgemeinen darauf gerichtet, das öffentliche Gespräch auf sich zu lenken, zu glänzen und mit Hilfe ihres Vermögens Einfluß zu gewinnen. Dieser Ehrgeiz ist ganz natürlich; aber über die Mittel, deren sie sich zu seiner Ausführung bedienen, kann man – milde ausgedrückt – streiten.

Das am häufigsten verwendete Mittel ist das Pferd. Dieses Tier ist wirklich die edelste Eroberung des Menschen geworden, wie es der missionarische Prophet Buffon einmal feierlich ausgedrückt hat, denn es verleiht Ruhm und Ansehen. Ich will hier nicht vom Nutzpferd sprechen, auf das man steigt und das man anschirrt, sondern von dem scheußlichen, schmächtigen Tier, das Rennpferd genannt wird, auf dessen Rücken man einen gleichfalls mageren Mann setzt, dessen Genie darin besteht, die Flanken des Tieres mit der Peitsche so zu traktieren, daß es ihn mit größerer Hingabe als das daneben laufende Pferd trägt und so als ersten ins Ziel eines Rennens kommen läßt, bei dem er nicht selbst gelaufen ist.

Diese Spielereien sind durchaus respekterheischend als Vergnügen, um Zuschauer anzulocken, und auch als Anlaß für Wetten, obgleich ich die kleinen Pferde des Kasinos vorziehe, die einem bei erheblich geringeren Herstellungskosten die gleichen Emotionen verschaffen können.

Und überhaupt, was soll's. Es geht hier nicht darum zu kritisieren, zu nörgeln, zu verurteilen, zu moralisieren, sondern einfach um die Feststellung, daß die größte intellektuelle Anstrengung der Reichen unserer Zeit darin besteht, Tiere galoppieren zu lassen sowie unvergleichlich gute Jockeys zu entdecken, und nicht originelle Künstler, die den Namen ihres Mäzens für immer irgendeinem Bauwerk anheften würden. Ist der Reiche aufgrund seiner inneren Einstellung oder weil sein Körperbau es ihm unmöglich macht an Sport uninteressiert, so wird er garantiert Kunstliebhaber und Sammler.

Dann gilt er im öffentlichen Ansehen vielleicht nicht ganz soviel wie ein einfacher Anhänger des Turfs, wie man im modisch schicken Kauderwelsch des Pferdesports sagt, denn der Besitzer von Rennställen treibt dem so gut wie sicheren Ruin entgegen, wogegen der Sammler hinter einem sich edel gebenden Geschmack eine raffgierige Krämerseele versteckt. Nicht um den Künstler zu ermutigen, kauft er, oder um ihn zu unterstützen, er versucht nicht, neue Talente zu entdecken und ihnen Anstöße zu geben, ihnen die Mittel zu gewähren, die es ihnen erlaubten, ihr Genie vollgültig und in aller Freiheit auszubilden; vielmehr kauft er, nach eingehender Prüfung durch kompetente Leute, seltene Gegenstände, deren Wert höher rangiert als Geldanleihen des Staates. Was dabei in seinem Fall wirklich bizarr und merkwürdig ist, ist der Umstand, daß er sich überhaupt nicht in Nippessachen auskennt. Infolge des vielen Anschauens bekommt er einen Blick für den gängigen Preis von geläufigen Objekten; aber er zaudert vor Stücken mit ausgesprochenem Seltenheitswert, da er unfähig ist, ihre Herkunft zu erkennen und sie auf Authentizität hin zu prüfen. Im Grund ist er nur ein Knauser, der nicht Gold zusammenträgt, sondern Vasen, Bilder, Möbel, Schmuck, wobei er bei seinen Akquisitionen sich immer von Vergleichen, nie von intuitiven Regungen leiten läßt. Wenn er im Zweifel ist, holt er sich Rat beim Experten, was klar beweist, daß er den Gegenstand seines Sammelns gar nicht liebt, daß ihn die Schönheit, die Anmut der Sache in keiner Weise interessiert, sondern daß es ihm nur auf den sehr zuverlässigen Schätzwert ankommt.

Und dank ihm und seinetwegen hat sich, so wie der Vorstehhund für den Jäger, die ängstliche Rasse der Experten entwickelt. Einige von ihnen üben diesen Beruf so geschäftsmäßig aus wie Notare oder Anwälte, aber die treffsichersten unter ihnen sind hochbegabte Amateure, die wirklich für die Nippessammlerei geboren sind; die sind es, die, ohne Eigenvermögen zu besitzen, ihre natürlichen Fähigkeiten einsetzen, ihren Riecher, ihren Sinn für das Schöne, das Seltene, das Ausgefallene, Anmutige, Unauffindbare, und so suchen sie mit sicherem Auge das, was man ihnen zeigt, oder das, was sie irgendwo einmal zufällig gesehen haben, stöbern es auf, erkennen es wieder, taxieren es, beurteilen es, finden Gefallen an ihm und ordnen es ein.

Es gibt in Frankreich mehr als hundert Sammlungen, die für sich allein mehr gekostet haben, als man benötigen würde, um die märchenhafte Abtei des Mont-Saint-Michel nochmals zu erbauen.

Wo stecken sie, diese Sammlungen? Sie sind aufgeräumt in Vitrinen, eingesperrt in Schränke, geordnet wie Herbarien oder Münzkollektionen. Dienen sie zur Ausschmückung irgendeines originellen oder adeligen Prachtbaus? Nein. Der stolze Bau scheint im Gegenteil zu keinem anderen Zweck errichtet zu sein als zur Aufbewahrung dieser Sachen, so wie ein Laden dazu gemacht ist, Waren aufzunehmen. Und es sind weiß Gott Händlerseelen, die diese Dinge gekauft haben, Händler mit der unablässigen Angst, betrogen und bestohlen zu werden; dann haben sie sie beisammen, selig im Wissen, was sie alle wert sind, sie haben sie schön aufgereiht, abgestaubt, numeriert und katalogisiert – mit der pingeligen und kindlichen Sorgfalt, die sehr ordnungsliebenden und sehr reichen Leuten nun einmal eigentümlich ist.

⋆

Einer von ihnen sagte eines Tages zu seinem Freund, der seinen Palast besichtigte: »Hier sehen Sie nun also mein Badezimmer, es ist, meine ich, ein Ausbund an Komfort.«

Der Freund schaute sich dieses wirklich sehr hübsche Zimmer mit eingelassenen alten Kirchenfenstern und alten italienischen Fayencen, die von oben bis unten die Wände bedeckten, in Ruhe an und gab seiner Bewunderung Ausdruck, bevor er antwortete: »Alles sehr schön, aber doch ziemlich überholt. Sie sind ja über die Badewanne nicht hinausgekommen.«

»Über die Badewanne nicht ... Natürlich nicht! Was wollen Sie denn an ihre Stelle setzen?«

»Oh! Ich, wenn ich im Besitz von Eurem gewaltigen Vermögen wäre, dann hätte ich ein Schwimmbad aus rotem Marmor, in dem Tag und Nacht wohltemperiertes Wasser plätschern würde, so wie ein Fluß, der durch eine Wiese hindurchfließt. Zwanzig Personen fänden darin Platz zum Schwimmen. Am Rande dieses Beckens würden sich von den besten Bildhauern meiner Zeit hergestellte Statuen – eine mit den Füßen im Wasser, eine andere aufrecht und im Begriffe, sich die Haare auszuwringen, eine dritte auf den Knien, ihr Spiegelbild betrachtend, wieder eine andere in Lektüre versunken, eine weitere, die gerade singt – abwechseln mit feineleganten Säulen, die die Deckenkonstruktion aus weißem Marmor tragen. Und am Ende der geräumigen Galerie befänden sich prächtige Farbfenster sowie Pflanzen und Blumenarrangements.

Und meine Freunde kämen zum Schwimmen zu mir, anstatt ihre Kopfsprünge in irgendwelche Waldseen oder im öffentlichen Bad Rochechouart zu machen.

Und diese hübsche Laune würde nicht einmal eine halbe Million kosten.« Der reiche Mann hörte zu, völlig perplex, und brachte dann, nach langem Schweigen, nur noch »Aber das ist ja der helle Wahnsinn!« hervor.

Konflikte zum Lachen

Seit der geräuschvollen Vertreibung der Mönche ist bei uns das Zeitalter der Streitereien zwischen der weltlichen und der geistlichen Macht angebrochen. Mal werden die Bewohner eines Departements verblüffte Zeugen eines heldenhaft ausgetragenen Duells zwischen ihrem Präfekten und dem Bischof; mal staunt ganz Frankreich Bauklötze angesichts des seltsamen Zweikampfs eines Ministers und eines Kardinals.

Aber die Konflikte zwischen den beiden Mächten, die bisher das Land in zwei Lager teilten, gewinnen ein ganz besonderes Spannungspotential immer dann, wenn sie sich zwischen einem einfachen Bürgermeister und einem schlichten Pfarrer, zwischen einem Klosterbruder und einem Volksschullehrer abspielen. Solange es nicht um die respekterheischenden Fragen des Glaubens selbst geht, kann man wahrlich an höchst erheiternden Scharmützeln teilnehmen.

In dieser Zeitung wurde neulich auf einen Artikel von Henri Rochefort hingewiesen, und zwar anläßlich des neuen Gesetzes zur Bekämpfung unzüchtiger Schriften, ein Gesetz, das allen künftigen Pinards und Bétolauds viel Munition für Moralgewitter an die Hand gibt; und in diesem Zusammenhang brachte der bissige Schriftsteller in Erinnerung, daß viele Denkmäler durch den blinden Übereifer fanatischer Geistlicher verstümmelt wurden. Ihm sei deshalb die folgende Geschichte gewidmet, die zwar nicht mehr die allerneueste, doch in jedem Punkt wahrheitsgetreu ist.

*

Ein kleines Dorf in der Normandie besaß eine sehr alte Kirche, die unter Denkmalschutz stand. Nur der zuständige Konservator konnte also Veränderungen oder Reparaturen genehmigen.

Freilich wird diese Rechtslage nicht mit allergrößter Peinlichkeit berücksichtigt, wenn es um kirchliche Denkmäler geht. Die romanische Kirche von Etretat zum Beispiel zieren heutzutage Gemälde und Fensterscheiben, die bei allen Künstlern Schreikrämpfe auslösen, und die häßlichen Ausschmückungen des Jesuitenstils haben eine stattliche Anzahl von bemerkenswerten Bauwerken für alle Zeiten verschandelt.

Das Kirchlein, von dem ich hier spreche, hatte ein mit einer Skulptur ausgestattetes Portal, eines jener halbkreisförmigen Portale, auf denen die ungezügelte Phantasie naiver Künstler biblische Szenen in ihrer ursprünglichen Einfachheit und Nacktheit dargestellt hatte.

Als Hauptfigur war in der Mitte Adam zu sehen, wie er Eva seine Huldigung darbrachte. Unser irdischer Stammvater stand da, so wie Gott ihn geschaffen hatte, und Eva, unterwürfig wie es sich für jede Ehefrau geziemt, nahm diese Gunstbeweise ihres Herrn hingebungsvoll entgegen.

Wie in einem zweifachen Strom traten aus ihnen beiden die nachfolgenden menschlichen Generationen hervor, die Männer aus Adam und die Frauen aus der Urmutter Eva.

In diesem Dorf nun amtierte ein höchst rechtschaffener Pfarrer, dessen Schamgefühl aber jedesmal, wenn ihn sein Weg an dieser allzu freimütig gestalteten Gruppe vorbeiführte, bis aufs Blut gereizt wurde. Anfangs litt er, obwohl es ihm in der Seele weh tat, still vor sich hin. Aber was tun?

Als er eines Morgens, nachdem er seine Messe gelesen hatte, die Kirche verließ, fingen zwei durchreisende Fremde, die vor dem Kirchenportal stehengeblieben waren, plötzlich zu lachen an.

Einer von ihnen fragte ihn gar: »Sagen Sie mal, Herr Pfarrer, ist das Ihr Schild?« Und dabei deutete er auf unsere Stammeseltern, die regungslos in ihrer freizügigen Aufmachung für alle Zeiten dastanden.

Bis an den Rand der Tränen gedemütigt, verletzt bis in seine tiefste Seele, ergriff der Priester die Flucht und sagte sich, daß seine Kirche in der Tat ein Kainsmal auf der Stirn trug, wie eine Stätte des Unheils.

Und er suchte alsbald den Bürgermeister auf, der dem Pfarrgemeinderat vorstand. Dieser Bürgermeister war Freidenker.

Ich überlasse es dem Leser, sich auszumalen, wie die Argumente des Priesters und die Antworten des Staatsbürgers lauteten.

Der aufgebrachte Geistliche bettelte und flehte die weltliche Macht an, doch wenigstens die Erlaubnis zu einer minimalen Verkleinerung an unserem Vater Adam zu erteilen, zu nicht mehr als einer ganz kleinen Veränderung nach türkischer Manier. Das würde den optischen Eindruck nicht im geringsten stören, ganz im Gegenteil. Und im übrigen würde der Denkmalspfleger sowieso nichts bemerken. Doch der Bürgermeister blieb hart und ließ den Vikar bei der Verabschiedung spüren, daß er ihn für einen Reaktionär hielt.

Am Sonntag darauf stellte die Dorfbevölkerung zu ihrer Verblüffung fest, daß Adam eine Hose trug. Ja, eine richtige Stoffhose, die ihm sorgfältig übergezogen und mit Siegellack befestigt war. Auf diese Weise blieben das Denkmal wie auch der erste Mensch intakt, und zugleich blieb das Schamgefühl gewahrt.

Aber der Vertreter der weltlichen Macht platzte vor Wut und beauftragte den Flurhüter von Amts wegen, unserem Ahnen die Hose wieder auszuziehen. Was denn auch vor den Augen der erheiterten Pfarrkinder geschah.

Daraufhin wandte sich der Pfarrer brieflich an seinen Bischof, der Bischof an den Konservator. Der hinwiederum gab nicht nach.

*

Nun traf es sich, daß im Dorfe eine Wallfahrt zu Ehren eines mit Heilkräften gesegneten Heiligen abgehalten werden sollte, dessen Wunder wirkende Statue im Chor der Kirche aufgestellt worden war. Und dieses Mal konnte der Pfarrer die Vorstellung, daß all die vielen Leute, die da aus allen vier Winkeln des Departements zusammenkommen und in feierlicher Prozession unter unserem in Stein gehauenen unzüchtigen Vorfahren durchziehen sollten, nicht ertragen.

Die Unruhe ließ ihn vom Fleisch fallen; er flehte den Himmel um eine Erleuchtung an. Der Himmel erleuchtete ihn, aber schlecht.

Eines Nachts wurde ein Dorfbewohner, der sein Haus nahe der Kirche hatte, von einem sonderbaren Lärm geweckt. Er hörte näher hin. Es waren heftige, vibrierende Schläge. In der Umgebung heulten die Hunde. Der Mann stand auf, nahm ein Gewehr und ging hinaus. Vor der Kirche machte sich ein seltsamer Trupp zu schaffen, beim Licht einer Laterne schien jemand auf die Kirche steigen oder eher in sie einbrechen zu wollen; denn die Schläge klangen ganz so, als ob jemand versuchte, die Kirchentür aufzubrechen. Wahrscheinlich, um den Opferstock für die Armen und den Altarschmuck zu stehlen.

Verstört, doch furchtsam wie er war, lief der Anwohner erst einmal zum Bürgermeister, der alarmierte seine Beigeordneten, die sich bewaffneten und zudem die Feuerwehr verständigten. Den Bauern schlossen sich auch noch ihre Knechte an, und vor Sensen, Heugabeln und Feuerwaffen starrend rückte die Heerschar in vorsichtigen Kreisbewegungen in Richtung auf den Ort des Geschehens vor.

Die Diebe waren noch da. Anscheinend gab die Tür nicht so schnell nach. Mit tausend Vorsichtsmaßnahmen schlichen sich die Verteidiger der öffentlichen Ordnung an der Mauer des Denkmals entlang; und plötzlich rief der Bürgermeister, der als letzter hinterdrein marschierte: »Auf, auf! Marsch, marsch! Ergreift sie!« Die Feuerwehrleute stürzten los ... und sahen den Pfarrer und seine Haushälterin, wie sie – auf zwei Stühlen stehend – dabei waren, die Figur des Adam etwas kleiner zu machen.

Die Haushälterin, im Unterrock, hielt mit zwei Händen ihre Laterne, während der Priester mit aller Kraft auf den harten Stein einhieb, der just in diesem Augenblick nachgab.

»Im Namen des Gesetzes, Sie sind verhaftet!« brüllte der Vertreter der öffentlichen Ordnung und ließ den verzweifelten Geistlichen mitsamt seiner in Tränen aufgelösten Haushälterin abführen, während der Flurhüter das Stück Stein, das dem Erzeuger des Menschengeschlechts vor kurzem abhanden gekommen war, nebst Laterne und Hammer als Beweismittel einsammelte.

Es bedurfte langwieriger Unterredungen zwischen dem Bischof und einem konzilianten Präfekten, um diesen ernsten Vorfall wieder aus der Welt zu schaffen.

★

Ein zweiter Streitfall.

Mehrere Zeitungen veröffentlichten unlängst den entrüsteten Brief, den ein wackerer Pfarrer dem Lehrer seines Dorfes schrieb, um diesen Schulmeister aufzufordern, ohne Wenn und Aber zu erklären, ob er die Heilige Schrift als *Lügenmärchen* behandelt hatte oder nicht.

Die kirchlichen Blätter regten sich auf; die liberalen ergingen sich in hochgelehrten Argumenten.

Nun ja, das Problem scheint mir heikel und schwer zu lösen.

Nach dem neuen Gesetz sieht es so aus, als sei es den Volksschullehrern untersagt, die Heilige Schrift im Unterricht zu behandeln. Wer also soll es tun? – Niemand. – In diesem Fall werden die Kinder sie niemals kennenlernen.

Wird aber dem Lehrer gestattet, die Abenteuer aus dem wunderbaren Anekdotenschatz darzulegen, welcher Altes Testament heißt, kann man dann von ihm verlangen, daß er die Erschaffung der Welt in sechs Tagen, das Anhalten der Sonne durch Josue, die Zerstörung von Jericho durch Musik, den Ausflug des Jonas im geheimnisvollen Inneren eines Wals usw. als Glaubensartikel ausgibt?

Wenn er den künftigen Wählern beizubringen versucht, nicht an die magischen Haselnußstäbchen der Zauberer zu glauben, soll er ihnen dann umgekehrt das Wunder erzählen, das Moses so à la Rambuteau wirkte, indem er nach einer Methode Wasser sprudeln ließ, die nach dem Verständnis der Bibel gar nicht zu unnormal erscheint? Wenn er als wahr hinstellen soll, daß Frau Loth in eine Salzsäule verwandelt wurde, mit welchem Recht will man ihm dann verbieten, nachdrücklich die Ansicht zu vertreten, daß auch die Metamorphosen, wie Ovid sie erzählte, die reine historische Wahrheit sind? Wenn er die Heilige Schrift auf die gleiche Stufe stellt wie die Mythologie, wenn er also das eine als den ›Bericht der heiligen Fabeln der christlichen Kirche‹ und das andere als den ›Bericht der heiligen Fabeln des Heidentums‹ bezeichnet, ist ihm dann ein Vorwurf zu machen, verdient dies eine Rüge?

Wahrlich, ich sage Ihnen, von einem Ende Frankreichs bis zum anderen kommt es in diesem Augenblick zu ganz unerhörten Streitfällen.

Und wie gern würde man die Argumente erlauschen, die diese nicht zu besänftigenden Rivalen abends, im Schulgarten oder unter dem Gewölbe des Presbyteriums, mit ihren Parteigängern und Widersachern austauschen!

Die Ehrfurcht

Von den dem französischen Nationalcharakter geradezu angeborenen Krankheiten ist die Ehrfurcht eine der schlimmsten und ältesten. Wenn ich deshalb alte Leute, diese älteren Herrschaften mit durchlöchertem Gedächtnis, viel Sinn für Tradition und wenig Verstand unter Kopfschütteln die Formel herleiern höre: »Die Ehrfurcht stirbt aus; die Ehrfurcht stirbt aus!«, dann muß ich zwangsläufig denken: »Ja, wenn sie doch nur schon weg wäre.« Die Ehrfurcht ist die Höflichkeitsbezeigung, mit der wir am knausrigsten umgehen sollten; statt dessen verschleudern wir sie am allermeisten. Wir erweisen Ehrfurcht nach links und nach rechts, ohne Maß und Ziel, weil wir nämlich Ehrfurcht mit Plattheit verwechseln.

Und aus diesem Grund möchte ich wenigstens einmal, auch auf die Gefahr hin, daß man mich bezichtigen wird, die geheiligtsten Grundlagen unserer Gesellschaft zu untergraben, frei von der Leber weg sagen, was ich von all diesen Dingen halte, denen wir mit Ehrfurcht begegnen. Und beginnen möchte ich mit einer Anekdote, die der Tod des Prinzen Pierre Bonaparte ins Gedächtnis zurückgerufen hat.

Es gilt als ausgemacht, nicht wahr, daß jeder Polizeibeamte einen Angeklagten respektvoll als Unschuldigen zu behandeln hat, solange dieser nicht verurteilt ist. Einige echte Skandale, an die wir uns noch gut erinnern, haben den Beweis dafür geliefert, daß die Gerichtspräsidenten von dieser Art, Respekt zu erweisen, nicht allzuviel verstehen.

Andere wiederum verfahren völlig anders; und wenn der Angeklagte reich, hochgestellt und mächtig ist, so behandeln sie ihn mit so viel ausgesuchter Höflichkeit, daß sich ihre Rolle schon beinahe auf den Satz zu beschränken scheint: »Angeklagter, Sie haben recht« – wie in dem Lied von Pandore.

Besagter Prinz Pierre Bonaparte feuerte also diesen berüchtigten Pistolenschuß auf Victor Noir ab, bei dem die Kugel bis zum Thron flog. Die Opposition, die keine Gelegenheit zum Demonstrieren ausließ (was im übrigen ihr gutes Recht, ja sogar ihre Pflicht als Opposition ist), hatte eine riesige republikanische Prozession zum Grab dessen organisiert, aus dem man – weil es für den Prozeß günstig schien – einen Märtyrer gemacht hatte.

Diese Inszenierung der Beerdigung hatte im ganzen Land eine kolossale Wirkung hinterlassen; an allen Ecken und Enden wurde darüber gesprochen, und der des Mordes angeklagte Prinz hatte wie die anderen das Bedürfnis, auch aus seiner Sicht ein Wort dazu zu sagen.

Er stand seinen Richtern gegenüber, die ihn befragten; da ließ er in einem rhetorischen Schachzug folgenden umwerfenden Satz los, der bei weitem nicht den ihm gebührenden Erfolg hatte: »Der Zulauf dieser Menge von Müßiggängern zum Grab dieses Mannes offenbart eine ungesunde Neugier, die ich nicht gutheißen kann!« – Das war schon mal nicht schlecht; aber es kommt noch besser. Sogleich ruft der Gerichtspräsident begeistert aus: »Das Gefühl, dem Sie soeben Ausdruck verliehen haben, gereicht Ihnen zur Ehre!!!« Das muß ihm erst einmal einer nachmachen. Darin steckt ein solches Höchstmaß von kriecherischer Ehrfurcht, von unsagbarem Karrierestreben und unbewußter Katzbuckelei, daß jeder Kommentar hierzu nur armselig wirken kann und den Effekt abschwächen müßte. »Das Gefühl, dem Sie soeben Ausdruck verliehen haben, gereicht Ihnen zur Ehre!!!« Etwas Schöneres gibt es nicht. – Dieser Satz verfolgt mich seitdem, läßt mich nicht mehr los, nicht einmal im Schlaf; und wie der Barbier des Königs Midas habe auch ich das Bedürfnis, ihn irgendwo laut in die Menge zu rufen, mit der Hoffnung, daß die Schilfrohre, die denkenden Schilfrohre sich ihn vorsagen mögen, das eine dem anderen.

»Das Gefühl, dem Sie soeben Ausdruck verliehen haben, gereicht Ihnen zur Ehre!!!«

*

Wir werden nun, wenn es Ihnen recht ist, in schöner alphabetischer Reihenfolge eine kleine Liste der Dinge aufstellen, die man besser mit Ehrfurcht behandeln sollte, wenn man nicht als ungehobelter Kerl, als Flegel oder einfach als Pedant gelten will.

Ehre, wem Ehre gebührt: Die Académie Française. – Nun gut, ich respektiere sie ja, ich respektiere auch die Leute, die noch den Mut aufbringen, dafür zu kandidieren. Die Witze zu diesem Thema haben ja schon einen Bart.

Die Autorität. – Aber die Autorität wurde doch nur eingerichtet, um dem Gesetz den nötigen Respekt zu verschaffen! Wollen Sie also, daß ich vor dem Knebel, den man mir in den Mund steckt, auch noch einen tiefen Diener mache? Ich fürchte das Gesetz und befolge es ohne Unterlaß; aber auch noch Ehrfurcht davor haben, das ist etwas anderes. Sollte ich unglücklicherweise nur ein einziges Mal, dann aber gründlich, den Hahn meiner Gedanken aufdrehen und meinen Gefühlen über alles sowie meiner Verachtung für alle brav hingenommenen Scheinheiligkeiten, Niedrigkeiten, Gaunereien, für den Schmutz und die allgemein akzeptierten, glorifizierten, bejubelten Infamien freien Lauf lassen, so würde ich unter Garantie ein Vierteljahr, wenn nicht mehr, hinter den Gefängnismauern von Sainte-Pélagie verbringen dürfen.

Darum halte ich lieber meinen Mund.

Graue Haare. – Ein altes französisches Sprichwort sagt, daß man den grauen Haaren Ehrfurcht schuldet. Nur deshalb, weil sie grau sind? Und die Greise, deren Haar im Zuchthaus ergraute oder ganz einfach in den Etablissements der Rue Duphot, verdienen sie unsere Ehrfurcht? Einem Menschen nur deshalb Ehrfurcht entgegenzubringen, weil er alt ist, halte ich für einen Gipfel der Frivolität. Und überhaupt – denen, die gar keine Haare mehr auf dem Kopf haben, was schulden wir denen?

Die Streitkräfte. – Die Eroberer. – Die großen Generäle. – Die Vernichtungsmacht. – Da kann man ja gleich für die Syphilis und die Cholera Ehrfurcht verlangen!

Die Toten. – Die Ehrfurcht vor den Toten wird, heißt es, gerade in Paris mit besonderem Feingefühl betrieben. In anderen Gegenden dagegen springt man mit den Toten höchst salopp um. Ich kann ja nachvollziehen, daß ein infamer Lump an Achtung gewinnt, sobald er abkratzt. Aber bei einem rechtschaffenen Menschen liegen die Dinge anders. Und ich vermag nicht einzusehen, warum man für jemand ausgerechnet dann, wenn er nur noch ein lebloser Körper ist, der begonnen hat, in Fäulnis überzugehen, mehr Ehrfurcht empfindet als vorher.

Die Meinungen. – »Jede aufrichtige Meinung verdient Respekt«, verkündet Prudhomme.

Verdient die ehrliche Meinung des Herzogs de Broglie aus der Sicht des Grafen de Rochefort Respekt, und ist umgekehrt die aufrichtige Meinung des Grafen de Rochefort für den Herzog de Broglie achtungswürdig?

Genauso läßt sich fragen, ob die Opportunistenpartei die Position der Commune achtet, die Communarden jene der Opportunisten; die Orleanisten jene der Bonapartisten usw. usw.?

Verdient es die Religion des Monsignore Freppel, daß Littré ihr mit Ehrfurcht begegnet? Werden die philosophischen Positionen Littrés von den religiösen Ultras respektiert?

Merke: Jeder respektiert seine ureigene Meinung und verachtet zutiefst die der anderen.

Lyrik. – Ehrfurcht vor der Lyrik ist zu einer Pflicht geworden, von der kein Literaturprofessor entbunden werden kann, der sich auf seine Seriosität etwas zugute hält.

Das Handelsunternehmen mit Namen *Comédie Française* spielt der Reihe nach die erstaunlichsten Ausgeburten unserer lyrischen Gehirne. Auf Stücke wie ›Jean Dacier‹ folgt ›Rome vaincue‹; das Stammpublikum verrenkt sich beim Gähnen zwar den Kiefer, klatscht aber trotzdem Beifall, lobt, *zollt dem interessanten Versuch seine Unterstützung,* fördert die Anstrengung des Künstlers, macht brav bei dem Kasperltheater der allgemeinen Bewunderung mit. Und warum? Nur weil die Lyrik die allerhöchste Ehrfurcht verdient. Was für ein schlagendes Argument!

Die Grundsätze. – Welche, bitte schön? Die von 1789 oder die der rechtmäßigen Monarchie? Die von heute oder die von gestern? Die einen dünken mir noch nicht reif, die anderen allzusehr. Wäre es da nicht besser, die Finger ganz davon zu lassen?

Der Reichtum. – Was gibt es Ehrfurchtgebietenderes als eine herrschaftliche Kutsche mit zwei munteren Pferden vorneweg? Sagen wir mal, zwei schöne Rappen. Wie nimmt die Ehrerbietung gleich noch zu, wenn zwei Lakaien in Kniehosen oben auf dem Kutschbock sitzen! Und wie sie schließlich in die reinste Verehrung übergeht, wenn diese Lakaien auf dem hinteren Brett stehend fahren! Wie oft habe ich nicht schon eine respektvolle, aber auch schwachsinnige Menge gesehen, wie sie hingerissen eine der glänzendsten Equipagen anschaute, die eine Baronin lenkte, bei der die Pariser Gesellschaft ein und aus geht, obwohl ihr Betragen weiß Gott nicht so engelhaft ist, wie es ihr Name vermuten lassen könnte!

Was ist denn noch alles Gegenstand unserer Ehrfurcht? Der Erfolg – unabhängig von den Mitteln, mit denen er erzielt wurde; statt dessen sollten wir die rechten Mittel achten und respektieren, ganz gleich, ob sie zum Erfolg führen oder nicht.

Die Traditionen. – Das ist nichts anderes als die Summe dessen, was unsere Vorfahren uns an Ignoranz, Borniertheit, Vorurteilen und Dummheit hinterlassen haben.

Wir haben Ehrfurcht vor allem, sage ich Ihnen, ganz besonders aber vor dem, das sie am allerwenigsten verdient.

★

Ich für meinen Teil hege eine spezifische Verehrung für historische Zitate, und nach der eindrucksvollen Perle, die ich schon zum Ergötzen des Lesers gepflückt habe: »Das Gefühl, dem Sie soeben Ausdruck verliehen haben, gereicht Ihnen zur Ehre!!!«, erlaube ich mir, nun noch eine zweite anzuführen, diesmal aus königlichem Munde stammend, nämlich von Ludwig XIII. Auch sie ist nicht weiter bekannt, obwohl sie Michelet aufgelesen hat, dem ich sie wiederum entnehme.

Der unglückselige Herzog von Berry war von Louvel tödlich getroffen worden. Blutüberströmt war er in sein Haus zurückgebracht worden, wo der Todeskampf einsetzte, und so hatte er die ganze Nacht in Erwartung des Todes dagelegen. Der König, der alsbald unterrichtet worden war, hatte, glaube ich, den Fürsten kurz aufgesucht und war dann ins Bett gegangen. Aber beim ersten Morgengrauen stand er auf und eilte ans Bett des erlauchten Sterbenden. »Mein Sohn«, sagte er zu ihm seelenruhig, »jetzt gehe ich nicht mehr von Euch weg. Meine Nachtruhe habe ich gehabt.« – *Meine Nachtruhe habe ich gehabt.*

> Ach! Nur gemach! Laßt mit Verlaub mich Atem holen.
> Gebt uns, wenn's Euch beliebt, Zeit zur Bewunderung.
> Bei diesem Wort fühlt man ein Strömen unbekannt
> In tiefster Seel' – und weg ist der Verstand.

★

Nun muß ich nur noch um Vergebung bitten für all die paradoxen Wahrheiten, die ich hier zum besten gegeben habe.

Besitzer und Flieder

Nun kommt die Jahreszeit, in der der Flieder blüht, in der die Nachtigallen schlagen und in der die Besitzer von Landhäusern aufblühen. Schon gegen Ende März wird der Hausbesitzer, der in Paris den Winter verbringt, unruhig. Auf der Straße hebt er die Nase, atmet tief das Lüftchen ein, prüft die vorübertreibenden Wolken, grämt sich über drohende Fröste, jubiliert, wenn Regen aufzieht, und wie der ›Gefangene am Ufer des Mohrenlandes, der von der fernen Heimat träumt‹, ist er mit seinen Gedanken von früh bis spät bei seinem Besitz.

Daß wir uns recht verstehen: Ich spreche hier vom Typ des vorstädtischen Besitzers, von jener seltsamen Spezies, bei der der Besitz eines viereckigen Stücks unfruchtbaren Sandbodens und einer Art Hasenstall aus Gips am Rande einer Bahnstrecke Knospen der Lächerlichkeit sprießen läßt und Blüten der Albernheit treibt.

Als Besitzer muß man geboren werden, lernen kann man es nicht. Der Mensch, der im Grünen, in einem Herrenhaus, einer Villa oder einem Bauernhof geboren ist und unter den Bäumen eines Parks, eines Gartens oder eines Hofs aufwächst, findet es ganz natürlich, eine Wohnung auf dem Lande zu besitzen und sich dorthin zurückzuziehen, sobald der Sommer naht. Der Städter aber, der ein *Gut* erst im Lauf seines Lebens erwirbt, gewöhnt sich nie an die Vorstellung, daß er der Herr eines Hauses mit etwas Grünem drumherum ist, und er wird zeitlebens sein Staunen, daß sein *Besitztum* ihm gehört, nicht los, bis zu seinem Tode.

Diese zwei Rassen (der Eigentümer von Geburt auf und der Eigentümer, der es erst mit der Zeit zu seinem Besitz gebracht hat) lassen sich an einem todsicheren, unverkennbaren, unveränderlichen Zeichen erkennen und unterscheiden. Der eine empfängt seine Gäste auf dem Land nicht anders als in der Stadt; man kennt von seiner Wohnung nicht mehr als das Wohn- und das Eßzimmer; der andere aber läßt einen seinen Besitz besichtigen. Er führt einen jeden vom Keller bis zum Speicher, den Bäcker, der das Brot bringt, den Briefträger, der die Post bringt, die Leute, die auf der Straße vorbeikommen und unvorsichtigerweise vor dem Gartentor stehenbleiben. Was die Freunde angeht, oh weh! die besichtigen bei jedem Besuch und sind zu lebenslänglicher Besichtigung verurteilt.

Nehmen wir uns nun einmal seinen Besitz vor!

Wir kennen ihn alle. Es ist die häßliche kleine Baracke aus dem Sandstein der Gegend, mit Gipsverputz, mit Wänden so dünn wie Papier, die in der trübseligen Ebene von Asnières und Nanterre entlang der Eisenbahnlinie wie Pilze zu wachsen scheint. Im Garten, der so groß und viereckig ist wie ein Taschentuch, stehen zwei raupenzerfressene Pappeln, die aussehen, als wären sie gleich den künstlichen Nürnberger Spielzeugbäumen in die Erde gerammt worden. In der Mitte des gelb gewordenen Gartens liefert eine Kugel aus poliertem Metall ein verzerrtes Spiegelbild vom Haus, von den Besitzern und den Gästen, das die Gegenstände noch scheußlicher erscheinen läßt, als sie von Natur aus schon sind. Vor dieser Kugel des Trostes (denn ihre einzige Aufgabe kann weiß Gott nur darin liegen, die Leute über ihre Häßlichkeit hinwegzutrösten, indem sie ihnen zeigt, daß sie noch schlimmer aussehen könnten) –, vor dieser Kugel also murmelt ein Springbrunnen mit der Form einer Klistierpumpe.

Er murmelt, dieser Brunnen, aber unter welchen Anstrengungen! Sehen Sie da oben, auf dem Dach der elenden Hütte, diesen Gegenstand aus Weißblech, der wie eine riesige Sardinenbüchse aussieht? Das ist der Tank, meine Damen. Und jeden Morgen, bevor er sich in seine Amtsstube begibt (denn er arbeitet irgendwo als Angestellter), kommt der Herr des Hauses in Hemd und Hose herab und pumpt, er pumpt und pumpt bis an den Rand der völligen Erschöpfung, um sein ländliches Bewässerungsgerät ausreichend mit Wasser zu versorgen. Manchmal erscheint seine Frau, die das eintönige und nicht enden wollende Rumpeln des Wassers aufschreckte, das am Haus entlang hochsteigt – in dem Rohr hinter der dünnen Mauer, an der ihr Bett steht –, in der Nachthaube am Fenster und ruft: »Du wirst dir noch etwas zuziehen, mein Bester, es ist höchste Zeit, wieder ins Haus zu kommen.« – Aber er schüttelt nur ablehnend den Kopf, ohne sein rhythmisches Gewackel auch nur zu unterbrechen. Er würde pumpen, bis er eine ausgewachsene Schwindsucht hätte, nur um ja nicht auf das Glück verzichten zu müssen, am Abend nach dem Essen den kaum wahrnehmbaren Wasserstrahl betrachten zu dürfen, der, kaum daß er den spitzen Apparat verlassen hat, in kleine Tropfen zerstäubt und als Wasserdampf auf die zwei Goldfische und den gezähmten Frosch niedergeht, der abgemagert in dem Zementbecken lebt, aus dem er unablässig Fluchtversuche startet.

Aber vor allem der Sonntag ist es, an dem der Besitzerstolz des Hausherrn die größten Blüten der Albernheit hervortreibt. Da hat er ein Gewand angelegt, das voll und ganz in Einklang mit seiner Position steht: Zwillichhose, Leinenjacke und Panamahut. Der Springbrunnen ist seit dem Morgen in Aktion: Besuch wird erwartet. Die Gäste treffen in drei getrennten Gruppen ein, was jedesmal eine Besichtigung des gesamten Hauses auslöst.

Dann wird gegessen, mit Eiern, die über Paris aus der Normandie gekommen sind und alles andere als frisch sind. Das Gemüse hat die gleiche Anreise hinter sich, und man kaut eine beträchtliche Zeit, ohne es kleinzubekommen, an diesem unüberwindlichen Vorstadtfleisch herum, dem Abfall der Pariser Metzgereien. Das Fenster steht weit auf; Schwaden von Staub dringen in die gute Stube und legen sich auf die Leute und die Speisen; und jeder vorbeifahrende Zug bringt die Tischgesellschaft dazu, aufzustehen und den Zugreisenden lustig mit den Servietten zuzuwinken. Selbst der rußige Rauch der Lokomotive zieht ins Eßzimmer herein und hinterläßt auf der Nase, der Stirn der Anwesenden und auf dem Tischtuch kleine schwarze Flecken, die beim Wegwischen dicke Schlieren ergeben.

Danach zieht sich der Tag quälend hin. Ohne einen Spaziergang in die Umgebung, ohne einen Wald, ohne Baum. Im Haus, das wie ein Öfchen glüht, ist es nicht zum Aushalten. Der Frosch und die Goldfische bewegen sich nervös im kochenden Wasser des Beckens. Jede Minute fährt ein Zug vorbei. Der Hausherr aber strahlt: er ist selig zu Hause. Der Sonntag, das ist sein Tag. Den Rest der Woche nimmt seine Frau Revanche. In dieser einsamen Wohnung ganz allein gelassen, hat sie nicht lange gebraucht, um auf die natürliche Zerstreuung einer Frau, die sich langweilt, zu kommen. Also gelangt auch sie dazu, diesen für Eskapaden geeigneten Besitz zu schätzen. So herrscht eine vollkommene Harmonie im Haus.

Wenn Sie vom Fenster Ihres Zugabteils aus alle diese lächerlichen kleinen Bauwerke betrachten, die gleichförmig, häßlich und kümmerlich den Bahndamm entlang hingepflanzt sind, sollten sie nicht vergessen, daß sich auch die Besitzer so ähneln wie ihre Häuser. Sie sind von der gleichen Rasse, der gleichen Familie, von der gleichen Gehirnsubstanz. Und seien Sie versichert, daß man in allen diesen Wohnungen alle Tage ausgiebig die gleichen Dinge wiederholt, die gleichen Tätigkeiten verrichtet, sich für die gleichen Nichtigkeiten interessiert. Die Aufzucht von vier Setzlingen Veilchen, von drei Stiefmütterchen und einem Rosenstrauch beschäftigt all diese Geister in gleicher Weise. Und falls man gar eine Umfriedungsmauer bauen läßt, um Birnen im Spalier zu haben, dann ist das ein so hochbedeutendes Ereignis, daß hierdurch eine neue Ära der Familiengeschichte eingeleitet wird; und danach besteht große Lust in der Familie, die Korrespondenz mit dem Vermerk ›im Jahr II der Brandmauer‹ zu versehen, wie es manche Zeitungen machen, die mit wahrer Begeisterung ihre Leser mit den Revolutionsbenennungen der Monate wie Germinal und Floreal von 1789 durcheinanderbringen.

Man fragt sich vielleicht, wieso nun alle diese Leute ein unwiderstehliches Bedürfnis empfinden, in diesen schweißtreibenden Dosen zu wohnen, die man hochtrabend Landhaus nennt. Was wollen Sie? das ist ein weiterer Auswuchs dieses unaufhörlichen BEDÜRFNISSES NACH POESIE, das uns foltert. Was wir auch tun, wonach wir auch streben, wir werden von dumpfen Wünschen, Anwandlungen der Seele verschiedener Art, von einem beständigen Drang hin zu unbekannten, ätherischen, höheren Dingen gequält. Unaufhörlich bemühen wir uns darum, hochfliegende Hoffnungen in die Tat umzusetzen; und das *Leben auf dem Land,* eine poetische Angelegenheit, ist eines der Mittel, die für alle erschwinglich sind. Es ist trügerisch wie der Rest, wie alle Poesie. Was tut es schon! Der Eigentümer hat für sein Haus nur den Blick eines Liebhabers; er sieht es niemals in seiner häßlichen Wirklichkeit.

Das Land, das ist für den Pariser Meudon, Saint-Cloud, Asnières oder Argenteuil. Da findet er seine Zerstreuung und Unterhaltung. Würde man ihn allerdings aufs wahre Land verfrachten, mitten in stille, ruhige, reglose Äcker hinein, wo das Getreide dicht wächst, wo nichts als ein gelegentlicher Vogelschrei, das Muhen einer Kuh die stumme Einsamkeit durchziehen, würde er alsbald von Unruhe erfaßt und verlangen, daß man ihn in seine kleine Landwelt mit lärmenden Ruderern, Eisenbahnen und Kneipen zurückbringt.

*

Will nun jemand dennoch im Umland von Paris ein ganz spezifisches, einzigartiges, unbekanntes Stück Landschaft sehen, so würde ich ihm das Land des Flieders nennen, den Hügel von la Frette.

Gegenüber dem Park von Maisons-Laffitte, zwischen dem Dorf Sartrouville und dem Weiler La Frette zieht sich ein kleiner Hügel hin, der dem Lauf der Seine folgt und mit dem Fluß eine Biegung macht. Dieser Hügel, der den Rest des Jahres über ganz grün ist, scheint in diesen Tagen ganz in die Farbe Lila getaucht, und wenn man am Fuß dieses Hügels spazierengeht, durchdringt und berauscht einen ein köstlicher und starker Geruch; denn das ist der Ort, wo all der Flieder gezüchtet wird, der in wenigen Tagen Paris mit seinem Duft erfüllen wird. Man baut hier den Flieder an wie in Argenteuil den Spargel, den Wein im Burgund, wie das Korn oder den Hafer in der Normandie. Es sind schräg abfallende Felder, bepflanzt mit Sträuchern, die alle auf gleicher Höhe gehalten werden; und gegenwärtig zieht sich über die ganze Oberfläche des Hügels gleichsam ein Tischtuch von Sträußen, die im Begriff sind, aufzublühen; die Erntehelferinnen beginnen damit, sie zu pflücken, sie dann in Garben zu binden und jede Nacht in die Markthalle für die Blumen zu schicken. In diesen duftenden Büschen verlieren sich kleine Wege; und manchmal nimmt sich inmitten dieses violetten Hügels ein Schlehdornstrauch wie ein Schneeball aus. In zwei Wochen wird die ganze Ernte eingebracht sein, und die ihrer Blüten beraubten Büsche werden nur mehr ihr grünes Laub haben, auf dem sich da und dort noch ein paar verspätete Blütentrauben sehen lassen. An einem Sonnentag gibt es nichts, was eigenartiger, reizvoller wäre als dieser von einem Ende zum andern mit Flieder überzogene Hügel. Nur da erfahren die, die den Süden, die Heimat der Düfte, nicht kennen, was diese exquisiten und heftigen Gerüche sind, die aus einem ganzen Volke von gleichen Blumen hochsteigen, die über einen Landstrich hinweg blühen. Hier, in der Lauheit eines heißen Tages, kann man diese seltene, eigentümliche und mächtige Empfindung verspüren, die das fruchtbare Land denen spendet, die es lieben, diese Trunkenheit des wohlriechenden Saftes, der um einen herum in den Pflanzen arbeitet, diese tiefe, instinktive, irrationale Freude, die die über die Felder strahlende Sonne verströmt; und dann hat man Lust, ganz konkret zu einem dieser ländlichen Wesen zu werden, die die alten Mythologien erfunden haben, einer jener Faune, die die Dichter einstmals besangen.

Die Redseligen

In der Privatkorrespondenz von Berlioz, die vor kurzem veröffentlicht wurde, las ich dieser Tage folgendes: »Seit meiner Rückkehr aus Italien lebe ich umgeben von Leuten, die im höchsten Maße prosaisch und verknöchert sind. Trotz meiner inständigen Bitten, es zu unterlassen, gefällt man sich darin, ja versteift man sich darauf, unablässig mit mir über Musik, Kunst, hohe Lyrik zu sprechen; diese Leute nehmen diese Begriffe mit größter Kaltblütigkeit in den Mund; man könnte meinen, sie reden über Wein, Frauen, Aufstand oder andere Schweinigeleien. Vor allem mein Schwager bringt mich mit seiner schrecklichen Geschwätzigkeit noch um. Ich fühle, daß ich mit meinen Gedanken, meinen Leidenschaften, meinen Liebschaften, meinen Feindschaften, den Objekten meiner Geringschätzung, mit meinem Verstand, meinem Herzen, mit allem von dieser Gesellschaft völlig abgeschnitten bin.«

Diese heftige und stolze Boshaftigkeit ließe sich auch heutzutage auf alle oder fast alle Salongesellschaften anwenden, so banal, flach, abstoßend, gestanzt, monoton ist die Konversation mittlerweile, daß jeder Dummkopf mitreden kann. Das fließt nur so dahin, kommt den Leuten nur so über die Lippen, über die kleinen Frauenlippen, die eine anmutige Falte kräuselt, über die bärtigen Lippen der Männer, denen ein rotes Ordensbändchen in der Knopflochleiste Intelligenz zu bestätigen scheint. Das fließt in einem fort, entsetzlich, so dumm, daß es zum Weinen ist, ohne eine Abwechslung, ohne Glanz, ohne Witz, ohne geistiges Feuerwerk.

In der Tat spricht man über Musik, Kunst und hohe Lyrik. Dabei wäre es hundertmillionenmal interessanter, einen Metzger fachkundig über Blutwurst reden zu hören als mitzubekommen, wie Herren im Frack und Damen von Welt bei ihren Besuchen den Hahn ihrer Geschwätzigkeit aufdrehen und ihre banalen Meinungen über die einzigen großen und schönen Dinge dieser Welt plätschern lassen. Glauben Sie, daß diese Leute das, was sie da so daherreden, auch einmal durchdacht haben? Daß sie sich die Mühe machen, den Dingen, über die sie sich unterhalten, auf den Grund zu gehen, ihrem geheimnisvollen Sinn nachzuspüren? Aber nein; sie plappern nur nach, was üblicherweise zu diesem Thema ohnehin schon oft genug gesagt wurde. Das ist alles. Und so meine ich auch, daß es in allem eines übermenschlichen Mutes, einer gehörigen Portion Geduld und einer mehr als heiteren Gelassenheit bedarf, um heutzutage sich an dem zu beteiligen, was man das gesellschaftliche Leben nennt, und um mit lächelnder Miene diese deplazierten Oberflächlichkeiten entgegenzunehmen, die man zu allem und jedem zu hören bekommt.

Gewiß, es gibt auch einige Ausnahmen, aber diese Häuser sind selten, sehr selten.

Ich will wirklich nicht verlangen, daß jeder im ersten besten Salon sogleich über Lyrik mit der Autorität eines Victor Hugo, über Musik mit der Kompetenz von Saint-Saëns, über Malerei mit dem Wissen Bonnats mitreden kann, daß man in einer Plauderei von zehn Minuten den tieferen Sinn auch noch des kleinsten Ereignisses herausarbeiten muß, daß man das gewisse Etwas, das einer Sache ihren Reiz verleiht und das den innersten Zauber eines Kunstwerks ausmacht, bis ins letzte durchschaut und daß man jedes angeschnittene Thema ad infinitum diskutiert. Nein. Es gehört eben auch etwas dazu, sich gar nicht darauf einzulassen, die großen Fragen oberflächlich zu behandeln; aber damit man seinen Fuß überhaupt in die Salons, die es derzeit so gibt, setzen kann, wäre es als Voraussetzung nötig, daß die Leute wenigstens die Kunst des Plauderns beherrschen!

*

Plaudern! Was ist das? Plaudern, meine Dame, das war früher einmal die Kunst, ein Mann oder eine Frau von Welt zu sein; das war die Kunst, niemals langweilig zu wirken, die Fähigkeit, alles so zu sagen, daß es interessant wurde, mit irgend etwas Belanglosem Gefallen zu erregen, mit einem Nichts die anderen zu bezaubern. Heute wird geredet, erzählt, gestichelt, geschwatzt, getratscht, aber eine echte Unterhaltung kommt nicht mehr zustande, niemals. Der impulsive Musiker, den ich zitierte, ruft aus: »Man könnte meinen, sie reden über Wein, Frauen, Aufstand oder andere Schweinigeleien.« – Ja nun, die Kunst der Unterhaltung besteht aber gerade darin, über den Wein, über die Frauen, über Aufruhr und ... andere Bagatellen zu sprechen, ohne daß daraus, wie Berlioz meint, ...

Wie soll man das intensive und doch flüchtige Berühren der Dinge mit den Worten definieren, dieses Pingpong mit geschmeidigen Wörtern, diese Art leichten Lächelns der Gedanken, das die wahre Plauderei kennzeichnet? Heutzutage bleibt man im bloßen Erzählen stecken. Der Reihe nach erzählt jeder fade und weitschweifige Privatangelegenheiten, die keinen Gesprächspartner interessieren. Passen Sie einmal auf, von zwanzig, die reden, sprechen neunzehn von sich selbst, berichten Vorkommnisse, die ihnen selbst widerfahren sind, und dies ganz gemächlich, so daß man nach jedem Wort in Gefahr ist, den Faden zu verlieren, so daß der Verstand der Zuhörer nach jedem Satz gleichsam gähnen muß, so daß man also immer Lust verspürt, diesen Leuten zu sagen: »So halten Sie doch endlich den Mund, lassen Sie mich wenigstens in Ruhe vor mich hin träumen.«

Und dann schleppt sich die Konversation immer über die banalsten Geschehnisse des Tages oder Vortages hin; nie schwingt sie sich mit kräftigem Flügelschlag auf, um sich auf einer Idee, einer schlichten Idee niederzulassen und von dort auf eine andere zu hüpfen und von dort wieder auf eine andere.

Ich habe oftmals Gustave Flaubert sagen hören (und diese Beobachtung schien mir von einer merkwürdigen und tiefsinnigen Wahrheit zu sein): »Hört man den Menschen zu, wie sie plaudern, dann kann man diejenigen unter ihnen heraushören, deren Geist auch zu Höherem imstande ist; diese nämlich gehen stets von den bloßen Fakten zum Allgemeinen über, führen den Sachverhalt weiter, bis sie hinter ihm eine Art Gesetz ausfindig machen; das Ereignis dient ihnen also immer nur als Sprungbrett.«

Das ist es, was die Philosophen, die Historiker, die Moralisten machen. Und das war es, was, natürlich in bescheidenerem Maße, auch die köstlichen Plauderer des vergangenen Jahrhunderts machten. Sie speisten ihre Unterhaltungen mehr mit den Ideen als mit den Anekdoten. Heutzutage kommt man übers Anekdotische nicht hinaus. Wenn man zufällig einmal in einer Salonkonversation den Strom der wohlvorbereiteten Sätze, der gängigen Phrasen und nachgeplapperten Meinungen unterbricht, so doch nur, um – übrigens ganz ohne witzige Kommentare – irgendein Abenteuer, das im Alkoven oder zwischen einer Theaterkulisse spielt, zum besten zu geben.

⋆

Übriggeblieben sind nur noch monologisierende Dauerredner. Das sind raffinierte Leute. Als sie gemerkt haben, daß nach dem Aussterben der Kunst der Unterhaltung niemand mehr da war, der ihnen die passende Antwort hätte geben können, sind sie zu einer Art Conferenciers für Abendessen und andere Abendveranstaltungen geworden. Man kennt sie, man spricht von ihnen, man lädt sie ein. Die Académie Française weiß sogar mehrere von ihnen in ihren eigenen Reihen. Der eine agiert vor allem im trauten Zwiegespräch, der andere lieber vor großem Publikum. Sie haben ihre vorbereiteten Themen, ihre Plauderschubladen, ihre Argumente, ihre Tricks.

Der berühmteste von allen, im übrigen ein überaus freundlicher Herr, hat die Plauderei über Herzensdinge zu zweit, wobei nur er spricht, zu einer solchen Spezialität ausgearbeitet, daß seine Rivalen vor Eifersucht förmlich bibbern. Niemals, ach! unter keinen Umständen wendet er sich damit an Männer! Er plaudert ausschließlich mit Frauen. Die ernste Ausstrahlung, die von seiner Intelligenz ausgeht, sein gravitätisch und sanft entfaltetes Wissen, all seine rhetorischen Anstrengungen gelten nur ihnen. Er weiß aber auch, wie man es anstellen muß, um ihnen zu gefallen, um sie zu bezirzen, ihre Seele in Besitz zu nehmen! Da haben wir mal einen, der Schopenhauer verachten muß! Und wie Schopenhauer es ihm erst heimgezahlt hätte!

Schön? Nein, schön ist er nicht, aber er schaut nicht schlecht aus. Bei ihm stimmt einfach alles: sein Gesicht, sein Aufzug, seine Redeweise, seine Bildung, seine Stellung, eben alles. Diese Mischung aus Vorzügen bei ihm ist schon fast beängstigend; und aus der Sicht der Männerwelt wären ein paar Pluspunkte weniger immer noch ausreichend.

Aus der Sicht der Frauen ist er aber der Traum schlechthin. Er kann es mit allen, ohne Eifersucht aufkommen zu lassen. Er bestimmt die Auserwählte des Tages, und – wie stellt er es nur an? ich habe keine Ahnung – ehe man sich's versieht, sind sie schon allein, in einer stillen Ecke, ganz allein, und plaudern. Er spricht leise, sehr leise; keiner in der Umgebung (außer ihr) kann ihn hören; er bleibt ernst, aber immer charmant, obwohl er kaum einmal lächelt; während sie ihn entweder mit starrem Blick oder in Schüben anhimmelt, ohne jemals das verzückte Lächeln, das auf ihren Lippen liegt, zu verlieren. Er ist wirklich der Donato des Wortes!

Trotz seines überaus galanten Auftretens steht er dennoch nicht im Ruf, ein besonderer Schwerenöter zu sein; er kann es eben mit den Frauen, das ist alles.

Warum bin ich so ausführlich auf ihn eingegangen?

Weil alle Frauen, wenn man seinen Namen auch nur erwähnt, ausrufen: »Was für ein Plauderer!« – Tja, eben nicht, ein richtiger Plauderer ist er nun gerade nicht; es gibt auch gar keine Leute mehr, die wirklich plaudern können, von vier oder fünf Ausnahmen einmal abgesehen; und selbst diese werden mit der Zeit zu solchen Dauerrednern, weil sie keine Partner mehr finden, die ihnen bei diesem zauberhaften, aber schwierigen Florett die Stirn bieten können.

Die bescheidenen Helden

Wie viele Menschen sind kein bißchen bescheiden und trotzdem keine Helden! Die Zeit der Helden ist vorbei, so war es unlängst zu hören, wir leben im Jahrhundert der Rechtsanwälte und Finanzleute. Zeigt mir also einen Helden! Es gibt sie, und sogar solche, die diesen Ehrentitel ebensosehr verdienen wie seine berühmtesten Träger. Nur, man kennt sie eben nicht.

Was macht denn den Helden nach der ursprünglichen Bedeutung dieses altmodischen Wortes aus? Reicht es, tapfer, sehr tapfer, verwegen zu sein? Gewiß nicht. Von den sehr seltenen Ausnahmen angeborener und unheilbarer Feigheit einmal abgesehen, kann jeder Mensch, wenn es darauf ankommt, tapfer sein, um am nächsten Tag wieder ganz der alte zu sein. Die Tapferkeit hängt nicht selten vom Magen ab, der für die entsprechende geistige Einstellung sorgt. Nach der Mahlzeit ist man oft zu einem tollkühnen Akt fähig, den man nüchtern nie gewagt hätte. Wer wird also schon, wenn er selbst von heftigem Unwohlsein befallen ist, sein Leben riskieren, um jemand zu retten? Wer also wird im Hochgefühl des gestillten Hungers vor der allergrößten Gefahr zurückschrecken?

Was aber wirklich selten vorkommt, das ist auf der anderen Seite die ausdauernde Tapferkeit, ohne Verzagtheit, mit der noch dazu eine ausdauernde Opferbereitschaft einhergeht! Es ist diese Art Instinkt, die den Menschen dazu bringt, die eigene Haut aufs Spiel zu setzen, wann immer die der anderen in Gefahr ist, und zwar ohne Zögern, ohne Überlegen, ohne sich zu fragen, was, falls er umkäme, aus seiner Frau und seinen Kindern würde – denn die Mitglieder der eigenen Familie zu opfern, das heißt erst recht sich selbst opfern.

Ich behaupte, daß es gar nicht so wenige Männer gibt, die furchtlos sind, ohne daß jemand dabei zuschaut, und aufopferungsvoll, ohne daß sie dafür eine Belohnung gewärtigen.

Ich kenne mehrere solcher Fälle. Einen davon will ich heute in ein paar Worten schildern, dies um so lieber, als dem Betroffenen etwas Unterstützung im Moment bei der Bewerbung um eine bescheidene Stellung nützlich sein könnte.

*

Er heißt Alexandre Poret und ist Lotse in Fécamp. Sein bisheriges Leben sieht, in wenigen Worten, so aus: Seit seiner Jugend fährt er zur See und rettet Menschenleben, wann immer sich eine Gelegenheit dazu ergibt, so daß er mittlerweile vierhundertzehn Monate Meer hinter sich hat, davon zweiundzwanzig Jahre als Lotse, drei Jahre im öffentlichen Dienst, und daß er Träger einer Goldmedaille Erster Klasse ist, zweier weiterer Medaillen sowie Inhaber von zwei Urkunden für hohen Mut bei Rettungsaktionen. Er ist außerdem Kommandant des Rettungsboots des Hafens ... und Vater von neun munteren Kindern.

Kann man von einem Manne mehr an Dienst für das Vaterland verlangen? Vor der Gefahr ebensowenig zurückschrecken wie vor der Zeugung so vieler Kinder, heißt das nicht, seine Bürgerpflichten bis zum Übermaß erfüllen?

Das Merkwürdigste an diesem Neufundländer aber ist, daß er nicht schwimmen kann.

Dieses inmitten von Stürmen und Seefahrerdramen geführte Leben begann selbst mit einem Drama. Wir Städter haben nur eine grobe Vorstellung von diesem wechselvollen Leben auf den Wogen, diesem pausenlosen Kampf mit den Wellen, dieser ständigen Nähe zum Tod. Wohl erscheint auch uns der Tod als eine jederzeit mögliche Sache, die wir aber doch immer weit von uns entfernt, in jedem Fall in Glücksträumen gut bemäntelt wähnen; und überhaupt denken wir nur ungern an ihn. Diese Leute von der Seewacht haben die Aufgabe, ihn ohne Unterlaß zu bekämpfen, ihm bei jeder Gelegenheit ins Auge zu blicken. Mit dem Tod zu kämpfen ist ihr Beruf; also denken sie jede Minute an ihn, übrigens ohne Angst vor ihm zu haben, so wie jeder an den Beruf denkt, für den er sich entschieden hat. Jeder Matrose fängt einmal als Schiffsjunge an. Der junge Poret wurde also Schiffsjunge auf einem Fischdampfer. Nun, zur damaligen Zeit warfen die Einfuhrzölle auf fremde Waren fette Gewinne für Schmuggler ab; entlang der normannischen Küste wurde also kräftig geschmuggelt.

Da der Kapitän und die Mannschaft des Fischdampfers befürchteten, der Schiffsjunge könnte nicht dichthalten, ließen sie ihn an einem nebligen Abend auf offenem Meer im kleinen Landungsboot allein, wohl um ohne ihn verbotene Güter von einem englischen Schiff an Land zu bringen.

Aber der Nebel, der anfangs schwach war, wurde bald immer dichter; die Flut trug das Boot, in dem das Kind schlief, noch weiter ins Meer hinaus, und als sie ihn dann wieder holen wollten, war er spurlos verschwunden. Die Nacht ging vorbei; es kam der Tag und nochmals die Nacht. Der kleine Schiffsjunge, der immer weiter abgetrieben wurde und vor Hunger und Durst beinahe starb, fing an zu angeln. Er fing ein paar Fische und aß sie, roh. Was er trank, darf der Leser selbst erraten.

Erst am dritten Tag wurde er von einem vorbeikommenden Schiff weit draußen auf dem Meer aufgelesen.

So ein Auftakt eines Seefahrerlebens kommt auch nicht alle Tage vor.

Die Rettungsaktion, die ihm seine große Goldmedaille einbrachte, ist ebenfalls von ganz besonderem dramatischen Reiz.

Bei einem heftigen Seesturm wollte sich ein in Not geratenes Schiff in den Hafen von Fécamp flüchten, dabei verfehlte es aber die Hafeneinfahrt und zerschellte an den Klippen. Ein Teil der Besatzung konnte sich an Land retten; aber unter dem niedergerissenen Hauptsegel, das jede Welle mit einer großen Menge Wasser überschwemmte, war ein Mann begraben und versuchte sich daraus zu befreien; man sah von weitem seine Anstrengungen, und es gab niemand, der es gewagt hätte, ihm zu Hilfe zu kommen. Da faßte sich der Lotse Poret ein Herz und machte sich bangen Mutes auf die Suche nach vier Matrosen, die sich bei diesem Orkan hinauszufahren getrauten, um ihn an Bord des havarierten Schiffes zu hieven. Viele weigerten sich, mit ihm zu kommen; aber schließlich fand er doch noch vier wagemutige Kerle, die mit ihm in einen Kahn stiegen und losfuhren. Zwanzigmal gab man sie schon verloren; aber zuletzt legten sie doch am Schiff an: Poret packte ein Tau und kletterte zwischen zwei Wellenschüben auf die Brücke. Mit seinen Zähnen hielt er ein blankes Messer, und immer wieder an den kleinsten Gegenständen Halt suchend, ließ er die entsetzlichsten Wellenbäche über sich hinwegbrausen. Endlich gelang es ihm, unter das Segel zu kriechen; aber da gab plötzlich der Boden unter ihm nach, und er stürzte in den überschwemmten Laderaum, dessen Tür er nicht hatte sehen können. Schon glaubte er sich verloren; unter Aufbietung aller Kräfte bekam er aber doch den Rand der Einstiegsluke zu fassen, und er konnte wieder hinaufsteigen. Bei dem Sturz war ihm nun aber sein Messer entfallen, und so mußte er, als er den zu diesem Zeitpunkt schon bewußtlos gewordenen Mann erreicht hatte, mit den Zähnen dessen in ein Seil verwickelte Finger öffnen.

Dieses Mal war all sein Mut umsonst; als er mit dem Mann zurückkam, war dieser tot. Das war für den Retter ein großer Kummer.

Ein anderes Mal war erneut ein Schiff an der Hafenmole zerschellt, wo der Lotse Dienst tat; plötzlich erblickte er im Schaum der Wellen einen ertrinkenden Matrosen.

Unter Mißachtung der Vorschrift und der Tatsache, daß er nicht schwimmen konnte, sprang er ins Meer, packte den Ertrinkenden und zog ihn an Land.

Bei dieser Gelegenheit erhielt er keine Belobigung; denn er hatte pflichtwidrig seinen Posten verlassen!

Nun, da er merkt, daß er langsam in die Jahre kommt, fällt es ihm schwer, für den Unterhalt der vielköpfigen Familie zu sorgen; und das Meer bringt weniger ein als die Börse, obwohl es hier wie dort genug Schiffbrüchige gibt.

So kommt es, daß dieser tapfere Mann sich um eine bescheidene Stelle bewirbt, für die er auf die Zusage des Ingenieurs und des Präfekten angewiesen ist. Es wäre schön, wenn sie diese Zeilen zu Gesicht bekämen und wenn man seine Leistung für den Bevölkerungszuwachs ebenso würdigen würde wie seine aufopferungsvollen Taten auf dem Meer. Was das letztere angeht, könnte es freilich sein, daß seine Mitbewerber ähnliche Verdienste mitbringen wie er; denn unsere Seehäfen sind voll von diesen bescheidenen heldenhaften Rettern; aber nicht ganz so zahlreich sind jene, die wie er so *vielfältige* wie *vollständige* Leistungen aufweisen können.

*

Manchmal empfiehlt es sich, das Leben dieser anspruchslosen, braven Leute in etwas mehr als ein paar Worten zu schildern. Jeden Tag widmen die Zeitungen ganze Spalten talentlosen Schmierenkomödianten und Politikern, die gestern noch keiner kannte und die morgen schon wieder in der Versenkung verschwunden sein werden, und all diesen MITTELMÄSSIGEN FIGUREN, von denen so viele in Paris herumlaufen. Tag für Tag bekommen wir PORTRÄTS von weiß Gott wem vorgesetzt: von Malern, deren Kunst vor allem darin besteht, das Publikum über den Löffel zu balbieren, von Mitgliedern der besseren Gesellschaft, deren Namen Bilderrätseln gleichen, von

Leuten, die kein Mensch kennt und die nicht das Geringste geleistet haben, von all den berüchtigten Gaunern, die auf den Boulevards ihr Unwesen treiben. Sind denn die Menschen, die ohne jedes Aufsehen ihr Leben aufs Spiel setzen, nicht genausoviel wert wie diese Angeber?

Und nachdem man bei den einen mit Orden so schnell bei der Hand ist, warum werden die anderen so sträflich vernachlässigt?

Mir ist schon bekannt, daß im vorliegenden Fall dem Mann Versprechungen gemacht wurden, mit deren Einhaltung zu rechnen ist, und daß auch das Ordensband nicht mehr lange auf sich warten lassen wird. Aber er ist schüchtern, wird vor Verlegenheit immer gleich rot, er wagt um nichts zu bitten, versteht sich nicht aufs Antichambrieren. Er wartet darauf, daß die anderen zu ihm kommen.

Aber dennoch hat auch er einmal seinen stolzen Ehrentag gehabt. Als die Kaiserin von Österreich einen Sommer in der Nähe von Fécamp verbrachte, bat sie um einen erfahrenen Seemann, der den kleinen Dampfer, den ihr ein reicher Bewohner der Normandie für ihre Ausflugsfahrten entlang den Küsten zur Verfügung gestellt hatte, steuern könnte. Und kein anderer als der Lotse Alexandre Poret war es, dem man das Kommando der kaiserlichen Yacht anvertraute.

Die Frauen

Letztes Jahr erreichte uns aus dem Osten des Landes eine betrübliche Nachricht: »Der Krebs stirbt aus.« Da gab es eine große Panik. Der Krebs, diese Perle der klaren Quellen, dieses Tierchen, dessen exquisiter Geschmack einem wohlig den Gaumen hinaufzieht, dieses köstliche Nichts, dieser Traum der Leckermäuler! Traum fürwahr, denn unter seinem Panzer steckt nichts, so gut wie nichts, ein Krebs, das ist keine Speise, das ist ein einziger Geschmack, und dieser Hauch von zartem Tierfleisch erfüllt den Mund mit einem stärkeren Geschmackserlebnis als das wuchtige Fleisch von Wildbret.

Die Maas, heißt es, sei dabei, ihren gesamten Krebsbestand einzubüßen; alle Bäche seien leer! Man ging auf die Suche nach der Ursache dieses Desasters. Nach der Meinung der einen vergifteten die zahlreichen Fabriken die Gewässer. Nach der Meinung der anderen lag die Schuld an dieser traurigen Entwicklung an unserer Regierungsform. Und dennoch bekommt man immer noch, diesen Winter, Krebse auf den Tisch. Einige davon waren also übriggeblieben; oder sie hatten sich vermehrt; was weiß ich? Ganz ist der Krebs jedenfalls noch nicht ausgestorben.

Nun aber erreicht uns eine Schreckensbotschaft anderer Natur, diesmal kommt sie aus England: »Es gibt keine Französinnen mehr.« Eine ernsthafte Revue, eine Zeitschrift, die ihren Lesern mit Nachdenklichem aufwartet, hat diesen Schrei, der die Völker erzittern läßt, ausgestoßen.

Besagter Artikel dieser Revue beginnt mit einer Beschreibung der Französin, wie sie einmal gewesen sei, ihrer Vorherrschaft unter den Frauen der Welt, ihrem Charme, ihrer spezifischen erotischen Ausstrahlungskraft. Dann wird festgestellt, daß man heutzutage praktisch überhaupt keine Frauen mehr in den Pariser Salons zu sehen bekomme. Was den Schreiber dazu veranlaßt, im Namen von ganz Europa ein jämmerliches Lamento anzustimmen. Diese Leichenrede auf die Französin ist lang, sehr lang, in Teilen durchaus wahr, in anderen grotesk. Bevor ich zu einer Antwort ansetze, würde ich nur allzugern das Alter dieses verzweifelten Schriftstellers wissen. Nein, ganz gewiß gibt es aus der Sicht vieler Männer in Frankreich keine Frauen mehr ... Aus der unsrigen gibt es schon noch welche.

Sodann beschwört der englische Publizist feierlich die französische Republik, alles in ihrer Macht Stehende zu unternehmen, um Europa, dieses verlorengegangene Juwel zurückzugeben: die Pariserin. Es scheint fast so, als wolle er hiermit die Regierung bezichtigen, die Fabrikation dieses Spezialartikels eingestellt zu haben. Hat er unrecht? Hat er recht? Gehen wir einmal der Sache nach. Meine Aufregung über den Ausgang der Untersuchung hält sich allerdings in Grenzen. Auch Krebse bekommt man noch auf den Tisch.

*

Die Pariserin! Wer ist sie? Sie ist nicht als schön, bestenfalls als hübsch zu bezeichnen. Klassischen Schönheitsidealen hält ihr Körper nicht stand, dafür ist er zu klein und oft auch zu wenig rundlich, weshalb sie ihr Aussehen nicht selten mit Hilfe der Industrie künstlich verschönert; von wegen Griechin, eine Talmischönheit ist sie. Aber ihr ganzes Wesen ist Sprache, eine Sprache, die jedem feinsinnigen Menschen mehr zu sagen vermag als jeder noch so schöne Körper. Ihre Augen sagen, was ihr Mund verschweigt. Ihre Art, sich zu bewegen, zu lächeln, das Aufblitzen ihrer Zähne, das Spiel ihrer feingliedrigen Hände, das sanfte Schwingen ihres Kleides beim Aufstehen oder Niedersetzen, alles was sie von sich gibt, ihre hinreißende, boshafte, perfide Art zu plaudern, ihre kunstvolle Anmut, mit der sie einen einnebelt, alles was an mimosenhaftem Feingespür in ihr steckt, umhüllt einen mit unwiderstehlicher Anziehungskraft, mit einer köstlichen, alles durchdringenden, liebenswürdigen Atmosphäre. Wollte man sie in all ihren Einzelheiten beschreiben, so käme man auf nichts oder fast nichts: ein Geschmack ist es, ein Zauber. Ihre wahren Schönheiten entziehen sich näherer Beschreibung; aber dafür bringt sie unser Innenleben viel stärker durcheinander als all diese lebensgroßen wandelnden Statuen vollendeter Schönheit.

Schon wahr, die Pariserin von heute ist auch nicht mehr ganz das, was sie einmal war; es geht abwärts mit ihr, aber ausgestorben ist sie deshalb noch nicht. Ist daran die republikanische Regierungsform schuld? Darüber läßt sich streiten. Hier werden, wie ich meine, zwei Dinge miteinander vermengt, und zwar insofern als die Regierungsform stets den jeweiligen Zustand der Gesellschaft wiedergibt, während auch die Frau ein Spiegelbild dieser Gesellschaft ist. Der wahre Schuldige ist also, scheint mir, die Gesellschaft selbst.

Haben Sie das Buch ›Die Frau im 18. Jahrhundert‹ von Edmond und Jules de Goncourt gelesen? Das ist das wunderbarste Werk über die Kunst, Frau zu sein, das ich kenne. Darin stoße ich auf folgende Stelle:

»Verhaltensweisen, Physiognomik, Klangfarbe der Stimme, Art des Schauens, Eleganz des Auftretens, Gekünsteltheiten, Nachlässigkeiten, Geziertheiten, ihre Schönheit und Körperhaltung – alles muß die Frau erwerben, und sie bekommt es von der Gesellschaft.«

Wieviel Wahres steckt doch in diesem Wort der großen Romanciers! Die Frau wächst und verändert sich gemäß der Gesellschaft, in der sie lebt. In welcher Epoche hat sie in Frankreich ihre größte Vollkommenheit erreicht? Genau im Verlauf dieses 18. Jahrhunderts, dieses weiblichen Jahrhunderts par excellence, von dem uns unser Autorenpaar so einfühlsam berichtet. Damals war es, daß in

Paris erstmals diese verehrungswürdigen Geschöpfe auftauchten, deren Duft man noch immer einzuatmen glaubt, diese strahlenden Gestalten, diese Sterne am Himmel der Liebe, die uns bis auf den heutigen Tag in ihren Bann geschlagen haben. Herausgebildet haben sie sich in der von köstlichen Düften geschwängerten Luft dieser Epoche, die alle Arten von Eleganz hervorbrachte; und diese Frauen, sie waren wirklich die Früchte des 18. Jahrhunderts, in dem all die verfeinerten Anlagen unserer Rasse zu allerhöchster Blüte kamen, in dem die Grazie geboren und der Esprit erfunden sein könnten, in dem alle Welt auf Kunst und unendliche Verfeinerung geradezu versessen schien. Es ist das Jahrhundert Watteaus und Bouchers, das Jahrhundert Voltaires und auch Diderots, das Jahrhundert des Unglaubens, der Galanterie und der Liebe, das Jahrhundert, das einem selbst noch aus der Ferne die Sinne benebelt. Das ist das Jahrhundert Frankreichs, das einzige Jahrhundert, in dem unser Land so groß und bewunderungswürdig war, daß sich kein anderes mit ihm messen konnte, dieses zauberhafte Jahrhundert der gepuderten Perücken!

*

Andere Zeiten, andere Frauen. Sie haben die besondere und kostbare Eigenschaft, sich fast zwangsläufig an dem Milieu auszurichten, in dem sie sich befinden. Ausgestattet mit einem instinktiven, untrüglichen Gespür, einer sicheren Beobachtungsgabe, mit pulsierender Lebenslust, mit einer Empfänglichkeit für Eindrücke aller Art, mit ihrer leichten Beeinflußbarkeit, mit ihrer stets überraschenden Begabung, Dinge zu erraten, überall ihren Kopf durchzusetzen, sich durch Schwierigkeiten hindurchzuschlängeln, sich Listen auszudenken, Männer zu verführen, mit all dem nehmen die Frauen den Geist einer Epoche auf; prägen können sie ihn nicht. In der heutigen Zeit haben sie es freilich nicht leicht, sich in dieser Welt der Männer zurechtzufinden, die meist über eine gewisse Bildung verfügen, nach Tabak riechen, nach dem Abendessen im Rauchsalon verschwinden und von dort in ihren Club überwechseln, die regelmäßig die Börse aufsuchen, nicht aber die Salons, die nichts von dem lesen, was das Leben liebenswert macht, die die Kunst, ein Kompliment anzubringen, eine korrekte Kußhand zu geben, verlernt haben und oft nicht einmal wissen, wer ihnen nun lieber ist, die Kammerzofe oder die Frau des Hauses, die unter ihresgleichen zu essen pflegen und der käuflichen Liebe frönen!

»Es gibt keine Frauen mehr«, wird behauptet. Dabei müßte es eher heißen: »Es gibt keine Männer mehr, für die die Frauen begehrenswert erscheinen möchten.«

Aber all diese im Verborgenen schlummernden Eigenschaften, die durch unsere Schuld in der Atmosphäre der Salons unserer gehobenen Kreise nicht mehr gedeihen, leben nichtsdestoweniger weiter, diskreter, zurückgezogen, unter der Schale von Knospen, die jederzeit zu neuer Blüte bereit sind, sobald sich bei der Französin auch nur der kleinste Sonnenstrahl zeigt, bei ihr als der einzigen Sorte von Frau, in der der wahre Geist ihres Geschlechts wirkt; denn mögen auch die anderen Frauen etwas von der Liebe und vom Geliebtwerden verstehen, so ist es allein der Französin vorbehalten, hierbei zu den letzten Feinheiten vorzudringen.

Sie sind, in unserem Land, nicht länger die unangefochtenen Königinnen des Gesellschaftslebens, zugegeben. Aber wo steht geschrieben, daß sie deshalb nicht auch weiterhin im geheimen den Lauf der Ereignisse bestimmen? Wer kann schon mit Gewißheit sagen, daß ihre kleinen zarten Hände aufgehört haben, den großen Karren der Politik zu lenken? Ich weiß, einen schrecklichen Rivalen haben sie schon: das Geld. Einstmals reimten die Dichter nur für sie. Heute schmieden sie ihre Verse für alles mögliche! Und trotzdem sind sie noch mächtig und werden auch weiterhin mächtig bleiben.

Werfen wir einen Blick in ihr Reich. Es gibt in Paris Salons, oft verschwiegene Hinterzimmer oder kleine Wohnzimmer im vierten Stockwerk, wo eine Vielzahl von Fäden zusammenlaufen. Es gibt Frauen mit ganz unauffälligem Auftreten, die es in der Hand haben, mit einer kleinen, von unbedeutender Unterschrift gezeichneten Mitteilung Präfekten aus dem Amt zu jagen, für die Versetzung von Generälen zu sorgen oder das Beamtenheer ganzer Ministerien in helle Aufregung zu versetzen.

Daneben gibt es auch noch einige prachtvollere Salons, in denen, was auch immer man sagen mag, die legendäre Verführungskunst der Französin unvermindert fortbesteht. Es gibt andere . . . und es gibt noch ganz andere.

Wenn Sie Lust darauf haben, werden wir demnächst gemeinsam einige dieser typischen Pariser Salons besuchen.

Die Beamten

Wie ich so durch diese dichte Menschenmenge ging, durch diese träge, schwerfällige, teigige Masse, die sich letzten Sonntag langsam über den Boulevard dahinzog wie ein dicker menschlicher Brei, drang mehrfach das Wort ›Gehalt‹ an mein Ohr. In der Tat, was sich da mühsam den Bürgersteig entlangwälzte, war das Heer der Beamten.

Von allen Gruppen von Individuen, von allen Kategorien von Arbeitern, von allen Menschen, die tagtäglich den Kampf ums Überleben führen, haben sie das allerbeklagenswerteste Schicksal, kommen sie am allerwenigsten in den Genuß irgendwelcher Vergünstigungen.

Man glaubt es nicht. Man hat keine Ahnung davon. Sie sind nicht imstande, Klage zu führen und sich zu empören; sie bleiben gefesselt, geknebelt in ihrem Elend, ihrem mustergültigen Elend, ihrem Abiturientenelend.

Ach wie liebe ich sie, diese Widmung von Jules Vallès: »Für all diejenigen, die vollgestopft mit Griechisch und Latein den Hungertod gestorben sind!«

Gerade spricht man von der Erhöhung der Abgeordnetenbezüge oder, besser gesagt, die Abgeordneten sprechen davon, sich ihre Bezüge aufzubessern. Wer in aller Welt wird die Rede darauf bringen, auch jene der Beamten zu erhöhen, die weiß Gott ebensoviel nützliche Arbeit leisten wie die Schwätzer vom Palais Bourbon?

Ist überhaupt bekannt, was sie verdienen, diese Leute mit Abitur, diese Juristen mit bestandenem Staatsexamen, diese Junggesellen, die aufgrund von mangelnder Lebenserfahrung, schuldhafter Sorglosigkeit der Väter und der Protektion eines hohen Regierungsbeamten eines Tages als Mitarbeiter ohne feste Planstelle in ein Ministerium eingetreten sind?

Am Anfang 1500 oder 1800 Francs! Später erhalten sie alle drei Jahre eine Erhöhung von dreihundert Francs bis zum Maximum von *viertausend,* das sie mit circa fünfzig oder fünfundfünfzig Jahren erreichen. Ich spreche hier nicht von den höchst seltenen Auserwählten, die Abteilungsleiter werden. Dazu werde ich gleich noch ein paar Worte sagen.

Ist denn bekannt, was heute in Paris ein guter Maurer verdient? – Achtzig Centimes die Stunde, macht acht Francs am Tag, also zweihundertacht Francs im Monat, was ein Jahreseinkommen von ungefähr 2500 Francs ergibt.

Ein x-beliebiger Facharbeiter? Zwölf Francs am Tag. Macht also 3700 Francs im Jahr. Und von den wirklich Tüchtigen will ich erst gar nicht reden!

Nun denn, meine Herren von der Regierung, Sie wissen, was das Brot kostet und das übrige dazu, nicht wahr, wenn Sie sich schon selbst für unterbezahlt halten! Sie werden wohl nichts dagegen haben, daß Menschen, die in Amtsstuben arbeiten, heiraten wie Sie auch, Kinder in die Welt setzen wie Sie auch, sich wenigstens in bescheidenem Umfang kleiden müssen, zwar ohne Pelze, aber immerhin sollen sie ja mit etwas auf dem Leibe ins Amt kommen. Und Sie meinen im Ernst, daß heutzutage 2500 Francs durchschnittliches Monatseinkommen ausreichen, daß ein Mann damit eine Frau und mindestens zwei Knirpse haben (einen von jedem Geschlecht, um das Gleichgewicht in den künftigen Eheschließungen und in der französischen Bevölkerung sicherzustellen, was Ihnen doch so am Herzen liegt) und daß dieser Mann Hosen für sich und seinen Sohn sowie Röcke für seine Frau und seine Tochter kaufen kann? Spielen wir mal die Rechnung durch. Miete: fünfhundert Francs; Bekleidung und Wäsche: sechshundert; sonstige Unkosten: fünfhundert. Bleiben gerade noch neunhundert Francs, sprich zwei Francs und fünfundvierzig Centimes pro Tag, um den Vater, die Mutter und die zwei Kinder zu ernähren. Das ist abstoßend und empörend!

Und wie kommt es, daß nur die Beamten weiterhin so elend leben müssen, während die Arbeiter ein angenehmes Leben führen können? Warum ist das so? Weil sie weder sich beschweren, noch protestieren, noch streiken, noch die Stelle wechseln, noch auf einen Handwerksberuf umsatteln können.

Dieser Mann ist gebildet, er hat Achtung vor seiner Ausbildung und vor sich selbst. Seine Examen hindern ihn daran, Tapetenstoffe an die Wand zu nageln oder Gips von der Wand zu kratzen, auch wenn es ihm mehr Geld einbrächte. Wenn er seinen Beamtenposten aufgäbe, was könnte er denn machen? Wo könnte er denn hingehen? Man wechselt das Büro nicht wie eine Werkstatt. Außerdem gibt es da noch die Fo-or-ma-li-tä-ten. Protestieren kann er auch nicht; man würde ihn vor die Tür setzen. Er kann sich nicht einmal beschweren. Nur ein Beispiel: Vor einigen Jahren verfaßten die Beamten des Marineministeriums, als sie es leid waren, am Hungertuch zu nagen, und zusehen mußten, wie die Weltausstellungen und der allgemeine Anstieg des Lebensstandards alles teurer werden ließen, während ihre Gehälter weiterhin lächerlich gering blieben, ein untertänig gehaltenes Gesuch an Gambetta, den Parlamentspräsidenten. Durch die Amtsstuben ging ein Seufzer der Hoffnung. Alle unterschrieben. Abgeordnete hatten versprochen, hieß es, sich für die Sache einzusetzen. Ja nun, das Gesuch wurde unter Berufung auf die *Disziplinarordnung* und in Mißachtung der Rechtslage angezeigt und beschlagnahmt. Der damalige Minister, der Admiral Soundso, drohte den Unterzeichnern auf wüste Weise mit Amtsenthebung und versetzte die gesamte Verwaltung in Angst und Schrecken. Was blieb einem da übrig? Die Leute hielten den Mund und lebten weiter am Rande des Existenzminimums.

Und wenn man bedenkt, daß diese armen Teufel von Beamten auch noch aufgrund von was weiß ich für unerklärlichen, wundersamen Sparaktionen die Mittel aufbringen, ihre Söhne aufs Gymnasium zu schicken, um ihnen die Möglichkeit zu geben, später einmal dieses lächerliche und unnütze Zeugnis der höheren Reife zu erwerben!

Auf sie trifft wahrlich das kühne Bild zu, das da lautet: »Sie leben von nichts als von Entbehrungen.«

*

Werfen wir nun einen Blick auf ihre Lebensweise.

Auf das Portal der Ministerien müßte man in schwarzen Buchstaben das berühmte Dante-Wort schreiben: »Ihr, die ihr hier eintretet, laßt alle Hoffnung fahren.«

Im Alter von etwa zweiundzwanzig Jahren tritt man ein. Da bleibt man dann, bis man sechzig ist. Und während dieser langen Zeit passiert überhaupt nichts. Das ganze Leben verstreicht zwischen den düsteren, immer gleichen, mit grünem Karton tapezierten Wänden des kleinen Büros. Als junger Mann kommt man hin, in der Phase kühner Hoffnungen. Als alter Mann, an der Schwelle des Todes, verläßt man diese Stätte. Die ganze Palette von Erinnerungen, die wir im Laufe eines Lebens zusammensammeln, die unvorhergesehenen Ereignisse, die schönen oder tragischen Liebschaften, die aufregenden Reisen, all diese Unwägbarkeiten eines freien Lebens bleiben diesen Sträflingen unbekannt.

Alle Tage, Wochen, Monate, Jahreszeiten und Jahre sehen gleich aus. Zur immer gleichen Stunde kommt man an; zur gleichen Stunde macht man Mittag; zur gleichen Stunde geht man nach Hause; und das von zweiundzwanzig bis sechzig Jahren. Nur vier Vorkommnisse fallen aus dem Rahmen: die Hochzeit, die Geburt des ersten Kindes, der Tod des Vaters und der Mutter. Sonst nichts; pardon – und die Beförderungen. Vom normalen Leben, selbst von dem, was sich in Paris so tut, erfährt man nichts. Alles geht an einem vorbei bis hin zu den heiteren Sonnentagen auf der Straße und dem Herumvagabundieren auf den Feldern; denn man bekommt ja nicht vor dem offiziellen Dienstschluß frei. Um zehn Uhr morgens tritt man seinen Gefängnisdienst an; um fünf Uhr, wenn dann die Nacht hereinbricht, öffnen sich die Gefängnistore wieder. Aber zur Belohnung dafür darf man – dieses Recht ist allerdings umstritten, gefährdet, geneidet – fünfzehn Tage im Jahr das Haus hüten. Denn wo sollte man ohne einen Pfennig Geld denn schon hinfahren?

Der Zimmermann steigt zum Himmel empor; der Kutscher durchstreift die Straßen; der Lokomotivführer fährt durch die Wälder, durch die Ebenen, über die Berge, unaufhörlich fährt er von der Stadt zum blauen Horizont der Meere. Der Beamte verläßt sein Büro, diesen Sarg für Lebendige, niemals; und in ein und demselben kleinen Spiegel, in den er als Junger mit seinem hellen Schnauzbart blickte, betrachtet er sich auch noch – glatzköpfig, mit grauem Bart – an dem Tag, an dem er aus dem Dienst ausscheidet. Dann ist es vorbei, das Leben ist abgeschlossen, die Zukunft verbaut. Wie kommt es bloß, daß man – schon – an diesem Punkt angelangt ist? Wie konnte man alt werden, ohne daß irgendein besonderes Ereignis stattfand, ohne daß einen irgendeine Überraschung je aus dem Trott herausgerissen hat? Aber so ist es nun einmal. Platz für die Jungen, für die jungen Beamten!

Also tritt man ab, in noch größeres Elend, mit der dürftigen Pension. Man zieht sich ins Umland von Paris zurück, in ein Dorf mit Jauchegruben, wo man alsbald aufgrund des abrupten Bruchs mit dieser langen und grimmigen Gewohnheit des täglichen Bürodiensts, der stets gleichen Bewegungen, der gleichen Verrichtungen, der gleichen Aufgaben zu den gleichen Zeiten stirbt.

⋆

Kommen wir nun zu den Vorgesetzten.

Die paar vorgestern noch unbekannten Leute, die gestern als Minister aufgewacht sind, konnten keinen intensiveren Anfall von Stolz in sich aufwallen spüren als ein alt gewordener Beamter, der zum Amtsleiter ernannt wird. Er, der Unterdrückte, der Gedemütigte, der traurige Befehlsempfänger, er ist es, der nun Anordnungen trifft, ja das darf er, und nun nimmt er Rache. Er spricht mit lauter Stimme, schroff, unverschämt, und die Untergebenen beugen sich.

Man muß gewisse Ministerien hiervon ausnehmen wie das Erziehungsministerium, wo immer noch alte Traditionen des Wohlwollens und der Höflichkeit gepflegt werden. Andere aber sind wahre Galeeren. Ich habe schon das Marineministerium erwähnt; auf dieses komme ich nun zurück. Dort habe ich gearbeitet, da kenne ich mich aus. Dort herrscht der Befehlston von Offizieren auf der Kommandobrücke.

Es ist nicht das einzige; im übrigen kommt nichts an den Dünkel, an die Dreistigkeit und die Unverschämtheit hochgekommener pedantischer Schreiberlinge heran, die das Anciennitätsprinzip zu Königen des Büros, zu Despoten des Bürosessels aufsteigen ließ.

Der vom Polier beleidigte Arbeiter krempelt die Ärmel hoch und regelt die Angelegenheit mit einem Fausthieb. Dann packt er sein Werkzeug zusammen und sucht sich eine andere Baustelle. Ein Beamter, der auch nur ein bißchen Stolz zeigte, stünde am nächsten Tag brotlos auf der Straße, und zwar für lange Zeit, wenn nicht für immer.

Neulich hat ein Minister bei der Übernahme seines Ressorts vor den leitenden Beamten, den Abteilungsleitern und den übrigen Beamten ungefähr folgendes gesagt: »Und vergessen Sie nicht, meine Herren, daß ich von Ihnen Achtung und Gehorsam erwarte, Achtung, weil ich Anspruch darauf habe, Gehorsam, weil Sie ihn mir schuldig sind.«

Riecht das nicht arg nach dem Typus des autoritären Emporkömmlings?

Und stellen wir uns vor, was aus einem solchen Ausspruch wird, wenn er dann von einem Mund zum andern wandert, bis hinunter zum kleinsten Bürovorsteher, der seinen Sekretär entsprechend abkanzelt.

Ach! Es gibt schon etliche mitgenommene Gemüter in diesen großen Fabriken zur Herstellung von tintengeschwärztem Papier, und etliche traurige Herzen und Fälle von großem Elend, und genug *arme, kultivierte und fähige Leute, die es zu etwas hätten bringen können und die doch niemals etwas geworden sind* und die ihre Töchter in Ermangelung einer Mitgift mitnichten an den Mann bringen werden, es sei denn, er wäre Beamter wie sie selbst.

Erdbeben

Antibes

Die Einzelheiten, alle Einzelheiten des schrecklichen Erdbebens, das gerade die gesamte Mittelmeerküste verwüstet und ihre Bewohner in Aufregung versetzt hat, sind bekannt. Zur unseligen Präzision der Tatsachen kann ich nichts Neues beitragen, aber dafür möchte ich einige ganz persönliche Empfindungen mitteilen. Die Art und Weise, mit der ein so seltener Vorfall wie ein Erdbeben wahrgenommen und interpretiert wird, kann vielen Leuten, die niemals von diesen seltsamen Erdstößen geschüttelt wurden, die spezifische Beunruhigung und Erregung offenbaren, die ein solcher Vorgang in ihnen höchstwahrscheinlich hervorrufen würde. Es ist also die Auswirkung dieses Phänomens auf die Sinne und auf die Nerven, die ich aufzuzeichnen versuche, wobei ich mich um größtmögliche Genauigkeit bemühen werde.

Es war ein ausgesprochen schöner Abend gewesen, und ich war ziemlich lange aufgeblieben, um den sternenübersäten Himmel und da unten, auf der anderen Seite des Golfs, Nizza zu betrachten, das hell erleuchtete Nizza, das an diesem letzten Karnevalsabend sang und tanzte. Der Leuchtturm von Villefranche mit seinem sich drehenden Licht öffnete alle halbe Minute sein Feuerauge aufs Meer hinaus, während der unbewegliche Leuchtturm auf der Landzunge Antibes', der wie ein unnatürlicher Stern hoch oben auf dem Vorgebirge stand, den Horizont mit seinem starren kreisrunden Blick durchmaß. Dann hatte ich mit leidenschaftlicher Anteilnahme ›Poeuf‹, die kurze und wunderschöne Erzählung von Léon Hennique gelesen, eine ganz einfache und dabei so dramatische Geschichte, von ergreifender Schlichtheit und mit einem ganz neuen lebensnahen Tonfall erzählt.

Und dann, gegen ein Uhr nachts, war ich zu Bett gegangen, nachdem ich nochmals für einige Momente die fernen Lichter von Nizza betrachtet und mir dabei gedacht hatte, daß es da unten sicher recht ausgelassen zuging.

Ich lag in tiefem Schlaf, als ich von fürchterlichen Stößen geweckt wurde. In der ersten Aufregung glaubte ich ganz einfach, daß das Haus einstürzte. Aber als die ruckartigen Bewegungen meines Betts immer heftiger wurden, als die Mauern krachten, alle Möbel mit gräßlichem Lärm aneinanderschlugen, da wurde mir klar, daß wir von einem Erdbeben geschüttelt wurden. Ich sprang auf und wollte gerade zu meiner Zimmertür eilen, als mich ein heftiger Ruck an die Wand schleuderte. Nachdem ich mein Gleichgewicht wiedergefunden hatte, gelangte ich endlich zur Treppe, wo ich das unheimliche und bizarre Glockenspiel hörte, das sich wie von allein in Bewegung gesetzt hatte, wie wenn ein nervöses Zucken über es gekommen wäre oder wie wenn die Glöckchen als treusorgende Diener die Schläfer verzweifelt wachläuten wollten, um sie vor der Gefahr zu warnen.

Mein Domestik kam vom anderen Stockwerk herabgelaufen, und ohne noch recht zu durchschauen, was los war, glaubte er, ich wäre wohl von der Decke meines Zimmers erschlagen worden, so laut war das Krachen gewesen. Als schließlich alle das Vestibül erreichten und in den Garten hinausstürzten, hörte das Beben allmählich auf. Es war sechs Uhr früh; der Tag brach rosig und zart an, ohne einen Lufthauch, so rein, so ruhig! Diese absolute Ruhe des Himmels während dieses schrecklichen Durcheinanders war derart ergreifend, war so unvorhergesehen, daß sie mich mehr überraschte und innerlich aufwühlte als die Katastrophe selbst.

Diese zauberhafte Morgenröte hatte in unseren Augen etwas Erbitterndes, Umstürzlerisches, Zynisches an sich.

Dann aber ging ich ins Haus zurück, um mir Kleider, Decken und Geld zu besorgen für den ziemlich wahrscheinlichen Fall, daß das Beben erneut einsetzen und uns dazu zwingen würde, das Haus zu verlassen, sofern dieses einen weiteren Erdstoß überhaupt überstünde.

Ich holte gerade Mäntel aus einem Schrank, als ich von neuem das eigenartige Geräusch hörte, das mich schon beim ersten Erdbeben, noch bevor ich seine Bedeutung verstand, in Bann geschlagen hatte; und da schlug mir auch schon die Schranktür ins Gesicht.

Man hat gesagt und auch geschrieben, dieses Phänomen würde von einem Getöse begleitet, das einem heftigen Wehen des Mistrals ähnle. Diese Behauptung, die zu bestreiten ich nicht wage, müßte man sorgfältig überprüfen. Das fragliche bizarre Geräusch, das so eigentümlich war, daß ich es jederzeit wiedererkennen würde, schien mir einzig und allein vom heftigen Zittern der Wände und der Möbel herzurühren, vor allem der Wände, die bis in die Grundmauern erbebten, sowie vom Schlagen des Gebälks und der losgerissenen Dachziegel, des aufgebrochenen Verputzes, der geborstenen und aneinanderreibenden Ziegelsteine, also von dem ganzen in Auflösung begriffenen Gebäude.

Die Personen, die sich außerhalb des Hauses aufhielten, haben diesen Lärm nicht gehört, was mir ziemlich plausibel erscheint.

Da waren wir denn also wieder im Garten versammelt und verfolgten gezwungenermaßen den Tagesanbruch.

Von der Villa aus hat man einen Blick auf den ganzen Golf von Nizza und das ganze Kap von Antibes. Die Küstenstreifen ziehen sich, vom tiefblauen Meer umspült, bis weit über die italienische Grenze hinweg. Die den Strand säumenden Dörfer sehen von weitem aus wie auf den Sand gelegte Vogeleier; dahinter erhebt sich das Gebirge, das hier und da, auf einer Bergkuppe, eine kleine Stadt oder einen Weiler trägt. Und über all dem zieht sich der riesige verschneite Kamm der Alpen mit seinen spitzen, glitzernden und in diesem Moment ganz rosigen Gipfeln hin, einem durch die Morgensonne förmlich blendenden Rosa.

Man hat auch geschrieben, daß der Himmel im Augenblick der Katastrophe aussah, als ob er in Flammen stünde! Das war ganz einfach ein wunderbarer Sonnenaufgang, der nur die überraschen und erschrecken konnte, die es nicht gewöhnt sind, so früh aufzustehen.

Aber alles scheint beruhigt; und die Stille des Morgens beruhigt uns in so hohem Maße, daß ein jeder in sein Zimmer zurückkehrt. Ohne mich auszuziehen, werfe ich mich aufs Bett.

So vergehen zwei Stunden, ohne daß irgend etwas unsere Ruhe stört, und gerade als wir beginnen, der Ruhe zu trauen, glaube ich plötzlich eine kaum wahrnehmbare Erschütterung des Erdbodens zu verspüren. Zwar scheint sich nichts zu bewegen, aber man hat doch den Eindruck, als liefe ein Schauder über die Erde, ein alles durchdringender beständiger Schauder, der alsbald in ein Beben übergehen wird. Sofort stehe ich auf und rufe nach den anderen. Die Wände knacken von neuem mit dem seltsamen und unheimlichen Geräusch, von dem ich schon gesprochen habe. Wir machen einen dritten Erdstoß durch, der kürzer und schwächer als die früheren ausfällt.

*

Von diesem Augenblick an vibriert der Boden unaufhörlich. Er zittert nicht, scheint nur von einem fast unfühlbaren Bibbern erfaßt. Manchmal hört es einige Stunden lang auch auf, dann beginnt das leichte Zucken wieder, dauert eine Minute oder eine Viertelstunde und ebbt wieder ab, und wieder wird die Erde unter unseren Füßen sicher und stabil. Man meint, es handle sich in Wirklichkeit um das Zittern einer Lokomotive in Ruhestellung, deren Längsseiten unter Dampf stehen, der nicht abziehen kann.

Übrigens haben uns noch mehrere sehr deutliche Stöße hochgeschreckt: drei in der Nacht nach der Katastrophe, einer untertags und zwei in der darauffolgenden Nacht. Heute war nichts; aber der Boden hat nicht aufgehört zu vibrieren. Wir warten ab. In Antibes und auch an anderen Stellen der Küste hat eine andere Erscheinung die Bewegung der Erde begleitet.

Einige Sekunden nach dem ersten Stoß hat sich das Wasser ganz plötzlich zurückgezogen und so die Fischerboote und auch Fische auf dem trockenen Meeresstrand liegenlassen. Die kleinen Sardinen zappelten, ein dicker Aal wollte sich kriechend ins Meer retten, obwohl keiner auf die Idee kam, ihn zu verfolgen. Und dann schwappte eine zwei Meter hohe Welle, mehr eine Aufwallung als eine normale Welle, über den Strand, und das Meer hat sich wieder auf seinen üblichen Wasserstand eingepegelt.

Mehrere Fischer wollen nicht weit von der Küste entfernt Strudel und Wirbel gesehen haben; aber andere bestreiten es, und die Sache scheint doch recht zweifelhaft.

*

Es hat den Anschein, als ob dieses bizarre Phänomen eine ganz eigene Stimmung bei uns hinterlasse, eben nicht die von Unfällen bekannte Angst, sondern ein scharfes Gefühl der menschlichen Ohnmacht und Gefährdung. Gegen den Krieg kann man sich wehren; dem Sturm kann man geschickt ausweichen; gegen die Krankheit gibt es Arzneien und Ärzte, ob wirksam oder nicht. Gegen das Erdbeben gibt es nichts; und diese Gewißheit dringt nicht so sehr auf dem Weg des Verstandes in uns ein als über das bloße Faktum selbst.

Der Zufluchtsort eines jeden Menschen, der leidet oder bedroht ist, das ist sein Dach, das ist sein Bett. In diesen Krisen der Erde aber ist nichts gefährlicher als das Bett und das Dach. So macht die Unmöglichkeit, nach Hause gehen zu können, aus dem Menschen ein herumirrendes, verlorenes, völlig verängstigtes Tier auf der Flucht, das eine neue und unvorhergesehene Angst mit sich trägt, die Angst des Zivilisierten, der auf einmal wie der Araber sein Zelt im Freien aufschlagen muß.

Und was noch hinzukommt: bei allen Leuten aus Nizza, die ich getroffen habe, die in der Gegend um Antibes, wo kein Haus eingestürzt ist, Zuflucht gesucht haben, scheint die seelische Erregung durch den eigenartigen zeitlichen Zusammenfall des schrecklichen Vorfalls mit dem Ende des Karnevals gesteigert worden zu sein. Den ganzen Vortag lang haben sie Masken gesehen; mit diesen Gesichtern, diesen Grimassen, diesen grotesken Gestalten im Bewußtsein waren sie ins Bett gegangen und eingeschlafen; und nun wachen sie inmitten einer einstürzenden Stadt und einer vor Schreck fast verrückten Bevölkerung wieder auf.

Und dieser Gegensatz hat ganz offensichtlich sehr stark auf ihren Seelenzustand eingewirkt und hat dort eine geheimnisvolle Tätigkeit ausgelöst, die in einem gläubigen Zeitalter eine Religion noch weiter stärken würde, denn selbst ich fühle an mir, daß meine abendliche Lektüre so kurz vor dem Einschlafen, diese Geschichte vom Soldaten Poeuf, der seinen Vorgesetzten aus Eifersucht getötet hat, in meinem Bewußtsein an diese Aufregung des Erdbebens gebunden bleibt und bleiben wird. Jedesmal, wenn ich an diesen Vorfall zurückdenke, kommt in mir auch die Erinnerung an diesen Roman viel stärker als an irgendeine andere Lektüre hoch, und die Dinge, die da erzählt werden, vermengen sich, ganz ohne mein Zutun, mit den realen Vorkommnissen dieser Nacht.

Venedig

Venedig! Gibt es eine Stadt, die noch mehr bewundert, noch mehr gefeiert, noch mehr von den Dichtern besungen, von den Verliebten noch mehr ersehnt wurde, die mehr besucht und berühmter ist?

Venedig! Gibt es einen Namen in den Sprachen der Menschen, der mehr zum Träumen angeregt hat als dieser? Übrigens ist er hübsch, klangvoll und einschmeichelnd: Mit einem Schlag evoziert er eine glanzvolle Prozession herrlicher Erinnerungen und einen ganzen Horizont von zauberhaften Truggebilden.

Venedig! Dieses Wort allein löst in der Seele eine Hochstimmung aus, es ruft alles hervor, was es an Poetischem in uns gibt, es mobilisiert all unsere Fähigkeiten zur Bewunderung. Und wenn wir in dieser merkwürdigen Stadt ankommen, betrachten wir sie unweigerlich mit voreingenommenen und entzückten Augen, wir schauen sie uns mit unseren Träumen an.

Denn es ist dem Weltreisenden fast unmöglich, seine Phantasie nicht mit dem Anblick der wirklichen Welt zu vermengen. Man beschuldigt die Reisenden, zu lügen und die zu betrügen, die ihre Berichte lesen. Nein, sie lügen nicht, aber sie betrachten die Dinge viel mehr mit ihren geistigen Augen als mit den echten. Es genügt ein Roman, der uns bezaubert hat, es genügen zwanzig Verse, die uns erschüttert haben, es genügt ein Bericht, der uns für sich eingenommen hat, um uns in die besondere Lyrik der Weltenbummler einzustimmen, und wenn wir dann so, aus der Ferne, von der Sehnsucht nach diesem Land gepackt sind, dann schlägt es uns unwiderstehlich in seinen Bann. Kein Fleck der Erde hat mehr als Venedig Anlaß zu dieser Verschwörung zur Begeisterung gegeben. Wenn man zum erstenmal in die so gepriesene Lagune einfährt, ist es fast unmöglich, sich diesem vorher aufgebauten Gefühl zu entziehen, kann man gar keine Enttäuschung erleben. Derjenige, der etwas über Venedig gelesen, der von Venedig geträumt hat, der die Geschichte der Stadt, in die er einfährt, kennt, der durchdrungen ist von all den Meinungen derer, die vor ihm da waren, bringt seine Eindrücke bereits fix und fertig mit; er weiß, was er lieben muß, was er verachten muß, was er bewundern muß.

Der Zug durchquert zuerst eine Ebene, die mit bizarren Wassertümpeln durchzogen ist. Das Ganze macht den Eindruck einer Landkarte mit den Weltmeeren und den Kontinenten: dann verschwindet das feste Land allmählich; der Zug fährt anfangs über eine Böschung und hüpft dann auf eine endlose Brücke, die ins Meer hineinragt und auf die Stadt zustrebt, die man dort vorn wahrnehmen kann, mit ihren Türmen und Bauwerken, die über die unbewegliche und grenzenlose Wasserfläche herausstehen. Gelegentlich tauchen, links oder rechts, einige kleine Inseln mit Bauernhöfen auf.

Wir fahren in den Bahnhof ein. Längs des Bahnsteigs warten Gondeln. Lang, schlank und schwarz, mit spitz in die Luft stehendem Bug und Heck und einem seltsamen und hübschen Vorderteil aus schimmerndem Eisen ist die zarte Gondel zu Recht berühmt. Ein hinter den Passagieren stehender Mann steuert sie mit einem einzigen Ruder, das von einer Art Arm aus eigentümlich gedrehtem Holz getragen und gehalten wird, der auf der rechten Bordwand angebracht ist. Die Gondel hat ein kokettes und strenges, liebliches und kriegerisches Aussehen, und sie wiegt den auf einer Art Chaiselongue ausgestreckten Passagier auf angenehme Weise. Die Annehmlichkeit dieses Sitzes, das herrlich sanfte Tanzen dieser Barken, ihre lebhafte und ruhige Bewegung verschafft uns ein unerwartetes und wunderbares Gefühl. Man tut nichts und kommt doch vorwärts, man ruht sich aus und schaut, man wird von dieser Bewegung geistig wie körperlich gehätschelt, durchdrungen von einem plötzlichen und anhaltenden physischen Lustgefühl und einem tiefen Wohlbefinden der Seele. Wenn es regnet, befestigt man in der Mitte dieser Boote ein Kämmerchen aus geschnitztem Holz, mit Ornamenten aus Kupfer und einem Überzug aus schwarzem Stoff. Dann gleiten die Gondeln undurchdringlich, finster und verschlossen dahin, wie schwimmende Särge mit Trauerflor. Sie scheinen Geheimnisse des Todes oder der Liebe zu tragen, und hinter ihrem engen Fenster lassen sie manchmal ein hübsches Frauengesicht erkennen.

Wir fahren den Canal Grande hinab. Man ist zunächst überrascht vom Anblick dieser Stadt, deren Straßen Flüsse sind ... Flüsse oder doch eher nach oben offene Abflußkanäle.

Das ist wirklich der Eindruck, den Venedig einem vermittelt, sobald das erste Staunen sich verflüchtigt hat. Es hat den Anschein, als hätten witzige Ingenieure das Gewölbe aus Mauerwerk und Pflasterstein, das diese unreinen Wasserläufe in allen anderen Städten der Welt zudeckt, in die Luft gesprengt, um die Bewohner zu zwingen, auf ihren eigenen Abwässern herumzurudern.

Und dennoch, manche dieser Kanäle, die engsten, sind bisweilen auf köstliche Weise bizarr. Die alten vom Elend angenagten Häuser spiegeln ihre Mauern, deren Farben matt und schwärzlich geworden sind, darin und tauchen ihre schmutzigen und aufgesprungenen Füße ins Wasser, wie zerlumpte Arme, die sich in Bächen waschen. Die steinernen Brücken überspannen dieses Wasser und umrahmen es, indem sie ihr Spiegelbild hineinwerfen, mit einem doppelten Gewölbe, dessen eine Hälfte künstlich und die andere echt ist. Jemand hat sich im Traum eine große Stadt mit riesigen Palästen vorgestellt, so groß ist der Ruhm dieser alten Königin der Meere. Nun wundert man sich, wie klein, klein, klein das alles ist! Venedig ist nur Nippes, ein alter, zauberhafter, armer, zerfallener kleiner Kunstgegenstand, der aber von Stolz über seine einstige Glorie geschwellt ist.

Alles scheint verfallen, alles scheint unmittelbar an dem Punkt angelangt, wo es in dieses Wasser hineinbröckelt, das eine kaputte Stadt trägt. Die Paläste haben Fassaden, die von der Zeit zerstört, von der Feuchtigkeit befleckt, von der Lepra aufgefressen wurden, die die Steine und den Marmor vernichtet. Einige sind leicht nach der Seite hin geneigt, so als ob sie, vom langen Stehen auf ihren Pfählen müde geworden, dabei wären umzufallen. Plötzlich wird der Horizont größer, die Lagune weiter; da vorne, zur Rechten, erscheinen Inseln, mit Häusern bedeckt, und zur Linken ein wunderschönes Bauwerk im maurischen Stil, ein Wunderwerk orientalischer Anmut und imposanter Eleganz, das ist der Dogenpalast.

Ich werde nicht das Venedig beschreiben, von dem alle Welt schon berichtet hat. Der Markusplatz ähnelt dem Platz vor dem Palais-Royal, die Fassade dieser Kirche sieht aus wie die Vorderfront eines Konzertcafés aus Pappmaché, aber das Innere ist von einer solchen Schönheit, wie man sie sich reiner nicht vorstellen kann. Die auffällige Harmonie der Linien und der Töne, die Reflexe der alten mattschimmernden Goldmosaiken inmitten strengen Marmors, die wunderbaren Proportionen der Gewölbe und der Hintergründe, ein geradezu göttlicher Gesamteindruck, von dem man nicht sagen kann, wie er zustande kommt, im ruhigen Eingang des Tageslichts, das um diese Pfeiler eine religiöse Aura gewinnt, im Gefühl, das sich über die optischen Eindrücke dem Geist vermittelt, all dies macht aus San Marco die in jeder Hinsicht vollkommenste Sache, die es auf der Welt gibt.

Aber noch während man dieses unvergleichliche Meisterwerk der byzantinischen Kunst betrachtet, verleitet einen das Nachsinnen doch dazu, es mit einem anderen Sakralbau zu vergleichen, der ebenfalls in seiner Art einmalig und dabei so ganz anders ist, ein Meisterwerk der gotischen Kunst, auch inmitten des Meeres erbaut, in den grauen Fluten der Nordsee, nämlich dieses ungeheure Juwel aus Granit, das ganz für sich allein in der riesigen Bucht des Mont Saint-Michel aufragt.

Was Venedig absolut einmalig macht, ist die Malerei. Es war die Heimat, die Mutter von einigen erstklassigen Meistern, die man nur in seinen Museen, seinen Kirchen und seinen Palästen richtig kennenlernen kann. Tizian, Paolo Veronese offenbaren sich nur in Venedig recht eigentlich in ihrer genialen Pracht. Diese beiden freilich besitzen einen gewaltigen und ausgedehnten Ruhm. Es gibt andere, die wir in Frankreich viel zu wenig kennen und die fast an die Bedeutung dieser Künstler heranreichen, wie Carpaccio und vor allem Tiepolo, der erste Deckenmaler der vergangenen, gegenwärtigen und künftigen Zeiten. Keiner verstand es so wie er, die Anmut der menschlichen Konturen, die Verführungskraft der das Auge bestrickenden Feinheiten und den Zauber jener Traumvisionen, die die Kunst einen in diesem sonderbaren Rausch sehen läßt, auf einer Mauer aufzutragen. Elegant und kokett wie Watteau und Boucher, verfügt Tiepolo ganz besonders über eine bewundernswürdige und unwiderstehliche Macht, den Betrachter in seinen Bann zu schlagen. Man kann andere mehr als ihn bewundern, mit einer Bewunderung, die vom Verstand herkommt; er aber überwältigt einen mehr als jeder andere. Der Einfallsreichtum seiner Kompositionen, das mächtige und hübsche Element des Unvorhergesehenen in seinem zeichnerischen Konzept, die Vielfalt seiner Ausschmückungen, die gleichbleibende und einmalige Frische seiner Farbgebung lassen in uns ein merkwürdiges Bedürfnis entstehen, auf immer unter einer dieser unschätzbaren Decken zu leben, die seine Hand geschmückt hat.

Der Palazzo Labbia, der sich in höchst heruntergekommenem Zustand befindet, zeigt vielleicht das Wunderbarste, was dieser große Künstler hinterlassen hat. Er hat einen ganzen Saal, einen riesigen Saal ausgemalt. Alles hat er ausgestaltet, die Decke, die Wände, die Verzierung und die architektonischen Details, alles mit seinem Pinsel. Das Thema, die Geschichte der Kleopatra, einer venezianischen Kleopatra des 18. Jahrhunderts, wird über die vier Seiten des Raumes entwickelt, wandert durch die Türen, unter dem Marmor, hinter den imitierten Säulen hindurch. Die Figuren sitzen auf den Simsen, lehnen ihre Arme oder Beine auf die Ornamente, bevölkern als zauberhafte und farbenfrohe Ansammlung diesen Ort. Der Palast, der dieses Meisterwerk beherbergt, steht, wie es heißt, zum Verkauf an! Wie herrlich müßte es sein, darin zu wohnen!

Sieben Uhr. Ein Pfiff; wir fahren ab. Der Zug fährt über die Drehscheiben mit einem Lärm, wie ihn im Theater die Gewitterstürme machen; dann taucht er ein in die Nacht, keuchend, dampfend, und erleuchtet mit rotem Licht flüchtig Mauern, Hecken, Wälder und Felder.

Wir sind sechs, drei auf jeder Sitzbank, im Licht der Abteillampe. Mir gegenüber eine dicke Dame mit einem dicken Herrn, ein altes Ehepaar. Ein Buckliger hat die linke Ecke in Beschlag genommen. Mir zur Seite ein junges Ehepaar, oder zumindest ein junges Paar. Ob sie wohl verheiratet sind? Die junge Frau ist hübsch, macht einen bescheidenen Eindruck, aber sie hat ein aufdringliches Parfüm. Welcher Duft ist es gleich? Ich kenne ihn, kann ihn aber nicht identifizieren. Doch! Jetzt hab ich's. Peau d'Espagne. Das will nichts heißen. Warten wir's ab.

Die dicke Dame mustert die junge mit feindseligem Blick, der mich nachdenklich stimmt. Der dicke Herr schließt die Augen. Schon! Der Bucklige hat sich zu einer Kugel zusammengerollt. Ich kann seine Beine nicht mehr sehen. Man sieht nur noch seinen glänzenden Blick unter einer griechischen Kappe mit roter Quaste. Dann schlüpft er unter seine Reisedecke. Man hat den Eindruck eines kleinen Pakets, das jemand auf der Bank deponierte.

Nur die alte Dame hält sich wach, mißtrauisch, unruhig, wie ein Wächter, der damit beauftragt ist, über die Ordnung und Moral des Waggons zu wachen.

Die jungen Leute verharren regungslos, die Knie mit demselben Schal umhüllt; sind sie verheiratet?

Ich tue meinerseits so, als wolle ich schlafen, und verfolge insgeheim, was sich so tut.

Neun Uhr. Die dicke Frau kann nicht mehr, immer wieder fallen ihr die Augen zu, in Abständen kippt ihr

Kopf vornüber auf die Brust, und ruckartig richtet sie ihn wieder auf. Nun ist es aber doch passiert. Sie schläft.

O Schlaf, lächerliches Mysterium, das den Gesichtern die groteskesten Züge verleiht, du bist die Offenbarung der menschlichen Häßlichkeit. Du bringst alle Fehler, alle Unförmigkeiten, alle Flecken zum Vorschein! Du sorgst dafür, daß jedes Gesicht, das du berührst, sogleich zur Karikatur verkommt.

Ich stehe auf und decke die Lampe mit dem dünnen blauen Vorhang ab. Dann nicke auch ich ein.

Immer wieder wenn der Zug zum Stehen kommt, werde ich wach. Ein Schaffner ruft den Namen einer Stadt, dann geht es wieder weiter.

Nun zieht die Morgenröte herauf. Wir fahren nun entlang der Rhone, die zum Mittelmeer hinabfließt. Alles schläft. Die jungen Leute schlafen eng umschlungen. Durch den Schal hat sich ein Fuß der jungen Frau gebohrt. Sie trägt weiße Strümpfe! Wie trivial: sie sind verheiratet. Man fühlt sich nicht wohl im Abteil. Ich öffne das Fenster, um frische Luft hereinzulassen. Die Kälte weckt alle auf, mit Ausnahme des Buckligen, der unter seiner Decke mit der Regelmäßigkeit eines Kreisels schnarcht. Die Häßlichkeit der Gesichter nimmt im Schein des anbrechenden Morgens eher noch zu.

Mit gerötetem Gesicht, aufgelöster Frisur, schrecklich anzusehen, wirft die dicke Dame einen bösen Blick reihum auf ihre Nachbarn. Die junge Frau betrachtet lächelnd ihren Begleiter. Wäre sie nicht verheiratet, hätte sie erst einmal einen Blick in ihren Spiegel geworfen!

Da ist Marseille. Zwanzig Minuten Aufenthalt. Ich frühstücke. Dann geht unsere Reise weiter. Den Buckligen sind wir los, dafür sind zwei alte Männer dazugekommen.

Nun packen die beiden Paare, das alte und das junge, ihren Proviant aus. Hühnchen hier, kalter Kalbsbraten da, Salz und Pfeffer in Papier, Gürkchen in einem Taschentuch, alles, was einem das Essen auf alle Ewigkeit verleiden kann! Ich kenne nichts Gewöhnlicheres, Primitiveres, Unpassenderes, Ungehobelteres als in einem Zugabteil zu essen, in dem sich noch andere Reisende befinden.

Ist es kalt, öffnen Sie die Türen! Ist es heiß, machen Sie sie zu und schmauchen Sie eine Pfeife, auch wenn Sie Tabak ansonsten nicht ausstehen können; fangen Sie an zu singen, bellen Sie, geben Sie sich den lästigsten Absonderlichkeiten hin, ziehen Sie Stiefel und Socken aus und schneiden Sie ihre Zehennägel; geben Sie sich ruhig alle Mühe, diesen ungezogenen Nachbarn ihre mangelnde Lebensart mit gleicher Münze heimzuzahlen.

Ein Mensch mit Weitblick nimmt ein Fläschchen Benzin oder Petroleum mit, um die Sitze damit zu besprengen, sobald man um ihn herum anfängt zu essen. Alles ist erlaubt, alles ist zu mild für die ungehobelten Leute, die einen mit dem Geruch ihrer Essenssachen vergiften.

Wir folgen nun dem blauen Meer. Die Sonne prasselt wie Regen auf die mit reizenden Städten bevölkerte Küste hernieder.

Da ist Saint-Raphaël. Unten liegt Saint-Tropez, die kleine Hauptstadt dieses unbekannten und bezaubernden Wüstenlandes, das man das Maurengebirge nennt. Ein großer Fluß, über den sich keine Brücke spannt, der Argens, liegt zwischen dem Festland und dieser wilden Halbinsel, wo man einen ganzen Tag herumstreifen kann, ohne eine Menschenseele zu treffen, wo die auf den Bergen nistenden Dörfer ihren ursprünglichen Charakter bewahrt haben, mit ihren orientalischen Häusern, ihren Arkaden, ihren überwölbten, geschnitzten und niederen Türen.

Kein Zug, kein öffentliches Verkehrsmittel durchquert diese herrlichen bewaldeten Täler. Nur eine uralte Postkutsche bringt die Briefe aus Hyères und Saint-Tropez.

Weiter geht's. Da ist Cannes, so hübsch am Ufer seiner zwei Buchten gelegen, gegenüber den Lèrins-Inseln, die, könnte man sie mit dem Festland verbinden, zwei Paradiese für Kranke wären.

Nun sind wir am Golf von Juan; das gepanzerte Geschwader liegt da, als wäre es auf dem Wasser eingeschlafen.

Da ist Nizza. In dieser Stadt, scheint es, wurde eine Ausstellung organisiert. Die schauen wir uns an.

Man geht einen Boulevard hinauf, der wie ein Moor aussieht, und gelangt auf einer Anhöhe zu einem Gebäude zweifelhaften Geschmacks, das in vielfacher Verkleinerung dem großen Trocadero-Palast ähnelt. Im Inneren einige Spaziergänger inmitten eines Chaos von Kisten.

Die Ausstellung, schon seit langem eröffnet, wird wohl im nächsten Jahr ganz fertig sein.

Das Innere wäre durchaus hübsch, wenn es fertiggestellt worden wäre. Aber ... da ist noch weit hin. Zwei Abteilungen sind es, die mich anziehen: die ›Nahrungsmittel‹ und die ›Schönen Künste‹. O weh! Da gibt es viele kandierte Früchte aus Grasse, Dragées, tausend köstliche Naschereien ... Aber ... deren Verkauf ist verboten ... Man kann sie nur anschauen ... und das alles, um den Handel der Stadt nicht zu schädigen! Süßigkeiten ausstellen allein um der Freude des Anschauens willen und mit dem Verbot, davon zu kosten, scheint mir wahrlich eine der schönsten Erfindungen des menschlichen Geistes zu sein.

Die Schönen Künste sind ... im Stadium des Aufbaus. Immerhin hat man einige Säle geöffnet, in denen man recht schöne Landschaftsbilder von Harpignies, von Guillemet, Le Poittevin sieht, ferner ein vorzügliches Porträt von Fräulein Alice Regnault von Courtois, einen bezaubernden Béraud usw. Der Rest ... nach dem Auspacken.

Nachdem man, wenn man schon besichtigt, alles besichtigen muß, möchte ich mir von einem Ballon aus einen Blick von oben genehmigen, und so lenke ich meine Schritte zum Luftschiff der Firma Godard & Cie.

Der Mistral bläst. Das Luftschiff schwankt auf beängstigende Weise hin und her. Dann gibt es einen großen Knall. Es sind die Schnüre des Netzes, die reißen. Darauf wird der Öffentlichkeit der Zutritt zum Gelände untersagt. Auch ich werde vor die Tür gesetzt.

Ich steige in meine Kutsche und verfolge das weitere Geschehen.

Jede Sekunde bersten irgendwelche neuen Taue, und die braune Haut des Ballons will sich mit aller Gewalt aus den Fesseln, die festhalten, befreien. Und bei einer noch heftigeren Windbö schlitzt plötzlich ein riesiger Riß die große Kugel von unten bis oben auf, die daraufhin wie ein schlaffes, geplatztes und totes Leintuch in sich zusammensackt.

Beim Aufwachen am nächsten Morgen lasse ich mir die örtlichen Zeitungen bringen und lese zu meiner Verblüffung: »Der Sturm, der derzeit über unserem Küstenstreifen herrscht, hat die Verwaltung der Fessel- und Lenkballons veranlaßt, zur Vermeidung von Unfällen ihren großen Ballon zu entleeren.

Das Entleerungssystem, das Herr Godard angewandt hat, gehört zu seinen ehrenvollsten Erfindungen.«

Oh! Oh! Oh! Oh!
Oh brave Öffentlichkeit!

Die gesamte Mittelmeerküste ist ein Eldorado für Apotheker. Man muß schon zehnfacher Millionär sein, um es zu wagen, in einem dieser protzigen Geschäfte, die Brustbeersaft zum Preis von Diamanten verkaufen, eine einfache Schachtel Rachenpastillen zu erstehen.

Man kann von Nizza nach Monaco über die Uferstraße fahren, entlang der Küste. Es gibt nichts Hübscheres als die in den Felsen hineingebaute Straße, die um den Golf herum und unter Felsvorsprüngen hindurchführt, die am Abhang des Gebirges inmitten einer wunderschönen Landschaft in kreisförmigen Windungen verläuft.

Da ist nun Monaco auf seinem Felsen und dahinter Monte-Carlo. Pst ... Sofern man das Glücksspiel liebt, ist man von dieser hübschen kleinen Stadt hingerissen, das kann ich verstehen. Aber wie trüb und trist ist sie doch für all jene, die nicht spielen! Irgendein anderes Vergnügen, irgendeine andere Zerstreuung findet man dort nicht.

Etwas weiter liegt Menton, der Punkt der Küste, an dem das Klima am wärmsten und die Zahl der Kranken am höchsten ist. Hier reifen Orangen und genesen Lungenkranke.

Ich nehme den Nachtzug, um nach Cannes zurückzufahren. In meinem Waggon sitzen zwei Damen und ein Herr aus Marseille, der hartnäckig Dramen aus der Welt der Eisenbahn zum besten gibt, Morde und Raubüberfälle ...

»... Ich habe einen Korsen gekannt, Madame, der mit seinem Sohn nach Paris fuhr. Das ist schon eine Zeitlang her, es war in den Anfangsjahren der Linie P.-L.-M. Ich steige mit ihnen ins selbe Abteil, wir waren ja befreundet, und schon geht die Reise los.

Der Sohn, der zwanzig Jahre alt war, konnte vom Blick aus dem fahrenden Zug nicht genug kriegen, und so blieb er die ganze Zeit an der Tür stehen, um hinauszuschauen. Sein Vater sagte ständig zu ihm: ›He! Matheo, paß auf, lehne dich nicht zu weit hinaus, sonst passiert dir noch etwas.‹ Aber der Bursche antwortete darauf nicht einmal.

Ich sagte zum Vater:

›Ach was, laß ihn doch, wenn es ihm soviel Spaß macht.‹

Aber der Vater fing wieder damit an:

›He, Matheo, lehn dich nicht so hinaus.‹

Als nun der Sohn so gar nicht reagierte, packte er ihn

an seinem Gewand, um ihn ins Wageninnere hereinzuholen, und er zog und zog.

Aber da fiel mit einem Plumps sein Körper über unsere Knie. Er hatte keinen Kopf mehr, Madame, ... der war ihm von einem Tunnel abgeschnitten worden. Und der Hals blutete nicht einmal mehr; alles Blut war inzwischen schon auf die Bahnstrecke getropft ...«

Eine der Damen stieß einen Seufzer aus, schloß die Augen und kippte hinüber zu ihrer Platznachbarin. Sie war in Ohnmacht gefallen ...

Das grüne Erin

Vor fünfzig oder sechzig Jahren, da sprach man kaum von Irland, ohne es ›das grüne Erin‹ zu nennen. Die poetische Sprache, der wir ›das treulose Albion‹ und ›die fette Normandie‹ verdanken, hatte kein anderes Beiwort ausfindig gemacht, um dieses Land ewigen Elends, dieses zerlumpte und schäbige Land der Bettler, diesen Herd endlosen Aufbegehrens, blutrünstiger Religiosität und unausrottbaren Aberglaubens angemessen zu bezeichnen. Das *grüne Erin*! Beschwören diese Worte nicht eher eine Landschaft nach der Art Watteaus herauf? Aber wenn man ›Irland‹ sagt, was für Bilder von Tod, von Knechtschaft, von blutigen Kämpfen ziehen dann vor unseren Augen vorüber!

Wenn nach der in unserer feinen Gesellschaft gängigen schicken Typologie für die verschiedenen europäischen Völker Frankreich das Land der Eleganz, der Anmut und des Esprits ist, England das Land des Spleens, des Phlegmas und des Roastbeefs, Spanien das Land der Kastagnetten, Italien die Heimat der Künste und die Schweiz der Schauplatz des Kuhreigens, so ist Irland ohne Frage das Land der Armut. Das häßliche Elend hat sich dort mit aller Macht ausgebreitet; es hat das Land im Griff wie eine Sepia ihr Opfer, hält es fest, frißt es auf, übt auf diesem Boden, der ganz und gar ihm gehört, seine allmächtige Tyrannei aus, und zwar mit Hilfe des *Engländers,* seines Statthalters.

Ich will hier nicht die Geschichte der Eroberung und Herrschaft der Engländer neu aufrollen noch die ersten Akte dieses jahrhundertelangen schrecklichen Dramas erzählen, von dem demnächst wohl eine neue Szene vor unseren Augen ablaufen wird. »Lassen wir die Ereignisse selbst sprechen«, gemäß der Formel Prudhommes, wie sie in Parlamentskreisen gang und gäbe ist, und werfen wir ganz einfach einen Blick auf den Hauptdarsteller des

Stücks in seinem familiären Alltag, den traurigen und hungrigen irischen Bauern.

Es scheint, als wäre das Wort ›vegetieren‹ speziell für ihn erfunden worden; denn er vegetiert in schrecklicher Bedürftigkeit vor sich hin, sich mehr schlecht als recht ernährend, ständig Hunger leidend. Hordenweise schwemmt es diese armen Kreaturen als Bettler in die Städte, wie ausgehungerte Wölfe, die im Winter in die Dörfer einfallen.

Selbst der *reiche* Landbewohner kennt kaum ein anderes Gericht als die Kartoffel. So ist die Kartoffel der Schutzengel Irlands, wie es die Kastanie für Korsika ist. Man betet sie an wie einen Lebensretter, und man ordnet sie nach Klassen, Familien, die sich ganz nach den ihnen zugeschriebenen Vorzügen eines mehr oder weniger großen Ansehens erfreuen dürfen.

*

Durch Irland zu reisen, heißt, sich inmitten der erlesenen Kupferstiche Callots zu bewegen. Kein anderes Land der Erde ist reicher an Lumpen. Selbst die Frauen besitzen nur in den seltensten Fällen diese schmucken ländlichen Trachten, die man sonst allenthalben findet. Sie sind irgendwie mit irgend etwas bekleidet; jegliches Streben nach Eleganz scheint ihnen völlig fremd zu sein.

Das typische Merkmal ihrer Kleidung, das noch in weiten Teilen des Landes besteht, ist ein riesiger blauer Mantel mit großer Kapuze, ohne den sie niemals freiwillig ihr Haus verlassen, und sei es auch nur für die paar Schritte zum Nachbarhaus. Dieser Mantel hat für sie das ganze Gewicht eines Festgewands; er hat eine ansprechende Form und trägt sich im übrigen ganz angenehm und stattet das Paket schmutzigen Plunders, das man eben noch mit Abscheu betrachtete, im Handumdrehen mit einem Hauch von Schönheit aus. Sie tragen ihn das ganze Jahr über, winters wie sommers, bei Hitze und Kälte. Im Sommer wird die Kapuze auf den Rücken herabgeschlagen; im Winter zieht man sie weit über das Gesicht; das ist auch schon alles.

So gingen einst die Ritter aus Luxus selbst an den heißesten Tagen mit Pelz bedeckt.

Wenn zwei junge Leute heiraten, weist die Mitgift oft Züge seltsam grotesker Komik auf.

Ein Reisender erzählt folgende Anekdote:

Er kam einmal gerade an einem Landhäuschen vorbei, als wütende Schreie eines jungen Mannes seine Aufmerksamkeit erregten, der die Tür einschlagen wollte, brüllte, fluchte und davon sprach, einen umbringen zu wollen. Schließlich wurde er fortgebracht.

Dieser junge Mann sollte an dem nämlichen Tag ein Mädchen heiraten, das in diesem Haus wohnte. Das eingebrachte Hab und Gut war gleichwertig und ansehnlich. Er besaß eine Hütte (der zwar das Dach fehlte, aber das konnte man richten) und ein Schwein. Was sie betraf, so sollte sie zum Ausgleich für diese Reichtümer von ihrem Vater einen Tisch, einen Stuhl, einen Kochtopf und eine Decke mitbekommen. Alles lief somit für die zwei Brautleute nach Wunsch, da starb ausgerechnet am Morgen des Hochzeitstages das Schwein des Verlobten. Als der Brautvater das hörte, rief er: »Du bekommst meine Tochter nicht!« Der Bräutigam geriet in Ärger, in Wut; doch es war umsonst. Da schlug man ihm folgende Transaktion vor: Er solle die Frau nehmen, dafür aber den Eltern den Tisch, den Stuhl und den Topf lassen, deren Wert zusammen man dem des verblichenen Schweins gleichsetzte. Vehement lehnte er ab und beharrte auf dem Ganzen. Drinnen in der Hütte saß derweil schluchzend das Mädchen – als ein Rivale auf den Plan trat, ein Rivale mit einem lebenden Schwein, ein Rivale, der in Kenntnis der abgelaufenen Katastrophe schamlos aufkreuzte und sein Schwein und seine Hand anbot.

Beide wurden mit offenen Armen aufgenommen; das Mädchen tröstete sich alsbald; und der abgewiesene Liebhaber ertränkte seinen Kummer im Whisky.

*

Der Whisky ist der große Tröster dieser Elenden und gleichzeitig eine der Wunden Irlands.

Der bretonische Schnaps und der irische Whisky sind wohl mit die Hauptursachen für etliche Erscheinungen, für ganze Sippen von fantastischen Wesen, die diese beiden Länder heimsuchen.

Wie auf dem alten bretonischen Boden wachsen alle Arten von Aberglauben ungehemmt auf diesem Land der Knechtschaft und der Furcht. Der erste dieser *Geister,* auf die wir hier stoßen, ist der Glamour, der auch in Schottland sein Unwesen treibt. Das ist ein nächtlicher Herumtreiber, der es auf die Reisenden abgesehen hat. Hat er einen erwischt, verwandelt er vor seinen Augen die Form der Gegenstände, verführt er ihn mit Hilfe reizvoller und verfänglicher Truggebilde, lockt er ihn von einem Zauberbild zum nächsten, öffnet vor ihm die goldenen Tore von prächtigen Palästen und stößt ihn, wenn er dann gänzlich von Sinnen und von diesen Wahnvorstellungen außer sich ist, in die Tiefe eines fürchterlichen Abgrunds hinab.

Ist dies nicht ein einfaches Abbild des Lebens selbst, unserer stets zum Scheitern verurteilten Ideale, unserer stets trügerischen Träume und der abschließenden Ernüchterung, in die wir verzweifelt fallen?

Die Feen sind zahlreich, wohlwollend und sehr arm, wie es scheint, ganz so als ob in diesem Land der Lumpen aber auch wirklich niemand reich sein könnte. Man stößt, heißt es, auf viele Zwerge, Stammesbrüder der bretonischen Korrigane. Es wird behauptet, daß sie eine rote Mütze auf dem Kopf hätten, unter der ihre feurigen Haare brennen.

Die gewiß drolligste all dieser phantastischen Spukgestalten dieses Landes ist der lustige Pooka.

Das ist ein kleines schwarzes Pferd, das beim Einbruch der Nacht aus seinem unterirdischen Stall herauskommt.

Es galoppiert, es galoppiert über Berg und Tal auf der Suche nach einem Bauern, der sich verspätet hat. Der Mann erzittert schon beim fernen Geräusch der Hufeisen des Pferdegeistes; er bleibt stehen, vom Kopf bis zu den Füßen schlotternd, und der Pooka geht wie der Blitz auf ihn los, fährt ihm mit dem struppigen Kopf zwischen die Beine, hebt ihn hoch und wirft den völlig Verängstigten auf seinen Rücken, wo das Opfer auf schier unlösbare Weise fest klebenbleibt. Dann setzt er sich wieder in Bewegung, springt auf die Gipfel von Bergen, fegt über Abgründe hinweg, durchquert Flüsse, reißt dem Reiter an Mauern, Dornen und Baumstämmen die Beine auf, schlägt ihm den Kopf an die Äste der Bäume. Nichts kann ihn aufhalten, nichts bremst seinen stürmischen Lauf; dann, beim ersten Hahnenschrei, wirft er den unfreiwilligen Reisenden mit einem Ruck aus dem Sattel und läßt ihn halbtot, mit gebrochenen Knochen, blutend, mitten in einem einsamen Wald liegen.

Manchmal kommt er zwar verirrten und müde gewordenen alten Leuten zu Hilfe und bringt sie sicher ans Ziel ihres Marsches. Fast immer aber macht er sich über Trunkenbolde her, weshalb Pooka mir eines der Synonyme von Whisky zu sein scheint.

*

Gegen die Boshaftigkeiten solcher Quälgeister ruft man die Hilfe der Heiligen an, ganz besondes die der heiligen Latheerine. Zu ihren Lebzeiten war sie ein einfaches und schönes Mädchen und wohnte in der Nähe des Dorfs Cullen. Ihre erbärmliche Hütte, die nach allen Seiten den Wind hereinließ, konnte sie in keiner Weise gegen die Kälte schützen, weshalb sie sich oft beim Schmied, ihrem Nachbarn, etwas Feuer erbat. Dann trug sie ein paar glühende Kohlen in einem irdenen Napf, den sie unter ihrem Rock verbarg, zu sich nach Hause. Eines Tages nun, just in dem Augenblick, da sie ihre Ration Wärme auf diese Weise versteckte, bemerkte der Schmied, der ein leidenschaftlicher Mensch war, daß die Heilige hübsche Beine hatte. Zunächst glaubte er, eine Todsünde begangen zu haben, und machte sich wegen dieser Kühnheit Vorwürfe. Am nächsten Tag aber kam er nicht umhin, wieder hinzuschauen, und auch die folgenden Tage tat er desgleichen. Am Ende der Woche schließlich, da er es nicht länger aushielt, gestand er der Heiligen seine Entdeckung.

Das arme Mädchen bückte sich sogleich in aller Unschuld, um nachzusehen, ob der Schmied recht hatte; dabei stieß sie den Napf um, worauf ihr Kleid Feuer fing. Voll Wut und Trauer bat sie darauf den Himmel, Cullen auf immer die Schmiede zu entziehen, auf daß künftig die Röcke der jungen Mädchen nicht mehr anbrennen könnten. Und nie mehr sah man eine Schmiede in diesem Dorf.

Was mich angeht, so finde ich diese Geschichte doch recht seltsam, und das Feuer unter dem Rock halte ich ganz einfach für eine sittsame bildliche Einkleidung zur Verbrämung eines Abenteuers, das so sittsam nicht gewesen sein wird.

*

Als ob der Tod die allergrößte Freude speziell für diese Enterbten des Lebens wäre, haben die Iren seit urältesten Zeiten immer eine große Leidenschaft für Leichenfeiern gehegt. Bei diesen Gelegenheiten stößt man noch oft einen klagenden und jämmerlichen Schrei aus, der dem Geheul des Hundes ähnelt und *Ullaloo* heißt.

Wenn früher eine hochgestellte Persönlichkeit starb, feierte der oberste der Barden, am Kopfende der Bahre stehend, in elegischen Versen die Tugenden des Verstorbenen. Am Ende jeder Strophe stieß der am Fußende aufgestellte Chor das *Ullaloo* aus, das die ganze Trauergemeinde, die Freunde, Verwandten, Diener und Bauern, gemeinsam wiederholten, wie eine Meute kläffender Hunde.

Das *Ullaloo* hat in jeder Provinz seine eigene Färbung, so spezifisch, daß selbst das ungeübte Ohr es auf weite Strecken hin erkennen kann.

Noch heute, wenn ein Trauerzug durch die Straßen einer Stadt oder über eine Landstraße zieht, folgt ihm die Menge. Sie geht nicht nur hinter ihm her, sondern weint mit den Verwandten Tränen echter Rührung, bis zum Friedhof.

Diese Bereitschaft, sich rühren zu lassen, findet sich überall in diesem Land; und der Autor der ›Philosophischen Skizzen‹ behauptet, viele Leute um eine verzweifelt wirkende alte Frau herumstehen und schluchzen gesehen zu haben. Auf die Frage nach dem Grund für diese allgemeine Betrübtheit bekam er die Antwort, daß der alten Frau zwei Schillinge abhanden gekommen waren.

Heutzutage also gerät Irland aufs neue in Aufruhr. Dieses Volk, das der Engländer einst zum letzten der Völker und der Freiheit für unwürdig und zu ihrer Erlangung für unfähig erklärt hat, dieses Volk ist es wieder einmal leid, auf immer und ewig in so elendem Zustand leben zu sollen.

Schon oft hat es aufbegehrt, und immer ohne Erfolg, weil es den Aufstand ohne klare Linie, ohne ausreichende Zustimmung der Masse und ohne ein einheitliches Programm durchgeführt hat. Manchmal scharte eben ein Anführer wie Hugh O'Donnel – der Rote – einige Adelige, seine Nachbarn, um sich und kämpfte ohne Rast und Ruh bis zum Tode; aber danach wurde alles wieder ruhig, zumindest an der Oberfläche.

Zuletzt haben wir die Fenier erlebt, auch sie undisziplinierte Wirrköpfe. Heute hat sich das Blatt gewendet, und nun entspinnt sich so etwas wie ein *legaler Kampf.* Der Aufstand wird nach zeitgemäßen Prinzipien organisiert, mit einem klaren Konzept, so wie die Streiks der Arbeiter. Bedeutende Persönlichkeiten marschieren Hand in Hand mit dem Volk. Sollten sie dieses Mal noch scheitern, beim nächsten Versuch werden sie die Gewinner sein.

Letztes Jahr, mag sein, daß es die Leser vergessen haben, habe ich mich darangemacht, eine Reihe von Berichten über kleinere Reisen für jene zu erstellen, die ihre Wohnstätte nicht verlassen können. Sie sind zahlreich, leider, diejenigen, die ein tyrannischer Beruf an die Wohnung fesselt.

In der Schicht der Reichen oder Halbreichen kann es sich jeder leisten, während der Sommermonate wenigstens für eine oder zwei Wochen aus Paris wegzufahren; aber wie viele aus der Schicht der Armen, und ich denke hier vor allem an die, deren Armut man in der Öffentlichkeit gar nicht kennt, sind dazu verurteilt, in dem Gefängnis der heißen und stinkenden Straße zu bleiben! Ihr Beruf hält sie dort fest, läßt sie nicht los. Am Abend kann man sie auf einem Strohstuhl auf der Schwelle ihres Ladens sehen, am Bürgersteig aufgereiht, über den der zum kümmerlichen Rinnsal ausgetrocknete Bewässerungsbach fließt. Gelegentlich richten sie die Augen auf das Stückchen Himmel, das man zwischen den Dächern sehen kann, und sie schauen die purpurnen Fetzen an, die die große Sonne, während sie weit weg in den grünen Wiesen untergeht, auf das blasse Blau des Himmels wirft. Dann erlöscht auch dieser letzte Strahl des Tageslichts; nun sind die Sterne dran, die in dem schmalen schwarzen Band, das die Hausmauern frei lassen, ihr Licht werfen; das sieht aus wie eine goldbestickte Schärpe aus dem Orient. Die Gefangenen der Stadt blicken noch immer in die Höhe, als wollten sie ein wenig von der frischen Abendluft erhaschen, von dieser klaren und leichten Luft, die bei Einbruch der Dunkelheit auf das Laub der Bäume herniedergleitet.

Aber der Abfluß, der Abflußkanal an der Straßenecke verströmt seinen verpesteten Atem, verbreitet den intensiven Gestank der Abfallgruben, der sich mit dem faderen, aber nicht minder gräßlichen Geruch des Wassers vermischt, das sich aus den Wasserläufen der Straße und den Spüleimern in die Stadtbäche ergießt.

Paris entwickelt sich zu dem Infektionsherd, der es jeden Abend ohnehin schon ist. Und die armen Leute stehen angeekelt und mit Leidensmiene auf, tragen ihre Stühle ins Haus und gehen ins Bett, nachdem sie ihre Fenster sorgfältig verschlossen haben, um die Ausdünstungen der Stadt daran zu hindern, ihnen auch noch ihre Wohnräume vollzustinken.

Sie sind schon ein sonderbares Volk, das wegen einer unsinnigen Parole Revolutionen veranstaltet, das Leute verurteilt, verbannt, füsiliert, massakriert, nur weil sie eine Meinung, einen albernen und harmlosen Glauben haben, und das sich andererseits ohne ein Murren von einer Schar von Übeltätern vergiften läßt, die man, glaube ich, Stadtplaner nennt.

Die sind es aber doch, die man eigentlich an den Straßenlaternen und über den Abflußöffnungen aufhängen sollte, o ihr Bürger. Räuchert sie darüber, wie man die Schinken und Heringe in den Kaminen räuchert; laßt sie den Dampf der Jauchegruben inhalieren, so wie man über Benzoeharz Parfüm herstellt.

Ihr braucht Geiseln, Leute von Belleville und Montmartre. Hört damit auf, Unschuldige auf eure Listen zu schreiben; nehmt doch eure Stadträte, nehmt die Bauleiter, die Ingenieure. Ihre Namen stehen im Adreßbuch, mit ihren Adressen, o Bürger, sie sind leicht zu finden!

Überhaupt wäre ein Massaker unter den Ingenieuren eine öffentliche Wohltat. Immer, wenn es darum geht, eine Stadt, eine Landschaft, etwas Schönes und Großartiges zu verschandeln, da sind sie schon da; und beflügelt von einem besonderen Genius, den man den Geist des Häßlichen nennen könnte, verderben sie alles mit einem einzigen Federstrich.

Wir besitzen etwas auf der Welt Einmaliges, etwas so

Schönes, daß man es sich nicht vorstellen kann, wenn man es nicht gesehen hat: den Mont Saint-Michel. Ein Juwel aus Granit, ein aus Spitze gewebter Koloß, ein unvergleichliches Wunderwerk, das von einer unwahrscheinlich schönen Landschaft eingerahmt ist, in einem Golf aus gelbem Sand, so weit das Auge reicht.

Die Ingenieure sind gekommen und haben einen Deich errichtet. Der Deich stellt eine Gefahr für das Monument dar und läßt zwangsläufig im Meer aus Sand, das bei Sonnenuntergang wie ein Ozean aus Gold aussieht, Kohlköpfe sprießen.

Die verzweifelten Architekten haben protestiert, aber die Ingenieure kämpften eisern für die Rüben und den Fall des Klosters. Zur Klärung dieser Frage mußte eigens das Kabinett zusammentreten.

Am liebsten würden sie die Bordsteine der Trottoirs aus altem Marmor machen, die Rechentafeln aus Bildern aus dem Louvre, Fabrikschlote mit den Steinen der Türme von Notre-Dame, diese Herrschaften; ja, sie haben den Geist des Häßlichen in sich.

In der bezaubernden Stadt Ajaccio gab es eine wunderhübsche Uferstraße, die, von schattenspendenden Bäumen umrahmt, um den ganzen Golf herumführte. Das war die Promenade für die Abende, und alle Leute gingen dorthin, um den Anblick des Meeres zu genießen.

Die Ingenieure sind gekommen und haben eine Mauer gebaut, eine drei Kilometer lange Mauer, eine Mauer zwischen die Bucht und die Straße, zweimal so hoch wie ein Mensch.

Heutzutage bewegt man sich somit in einem Korridor. Und die Stadt hat keine Promenade mehr.

Und der Grund für diese Mauer? Es gibt keinen! Um die Aussicht zu versperren! Weil die Ingenieure es für richtig hielten, eine überaus teure Mauer zu bauen.

Der Unmut der Bevölkerung war so groß, heißt es, daß man nun doch erwägt, dieses Gemäuer wieder abzureißen. Nur los, um so besser. Noch besser wäre es freilich, die Ingenieure zu vernichten, inklusive die der Tabakindustrie, die Zigarren für uns herstellen, die unendlich viel schlechter sind als die, die die Negerfrauen da unten ohne große Mathematik auf ihren Schenkeln rollen. Gnade verdienen allenfalls die Bergwerksingenieure, weil deren häßliche Produkte sich wenigstens unserem Auge und unserer Nase entziehen.

Was die übrigen betrifft! Sobald sie in einem Dorf aufkreuzen, diese Zirkelfritzen, sind sie gefährlicher als die Cholera, mit der man uns angst macht, denn die Cholera zerstört nur Menschen, die die Natur immerhin wieder ersetzen kann, wohingegen die Ingenieure die Natur selbst kaputtmachen oder sie – wie sie es im Fall des Mont Saint-Michel vorhatten – auf so groteske Weise verunstalten oder – wie in Paris – so verändern, daß sie dem Menschen Schaden zufügt.

Wenn Sie also einen Ingenieur in der Nähe Ihres Besitzes entdecken, bringen Sie ihn um. Denn Sie können sich nicht vorstellen, was sein alles Schöngeformte zerstörender Geist an Schrecklichem hervorzubringen vermag!

Nun sind wir aber weit von unserem Thema abgekommen.

Ich sagte eingangs, daß ich letztes Jahr von einigen Ausflügen berichtete, von denen zwei in die Bretagne, einer nach Menton, einer nach Korsika geführt hatten. Dieses Jahr haben wir Cannes einen Besuch abgestattet, und neulich haben wir auf der Seine eine kleine Reise von Paris nach Rouen gemacht. Heute soll es durch die Auvergne gehen.

*

Die Auvergne ist das Land der Kranken. All ihre erloschenen Vulkane sehen aus wie geschlossene Dampfkessel, in denen, tief im Innern der Erde, noch Mineralwässer aller Art dampfen. Aus diesen großen verborgenen Kesseln kommen heiße Quellen heraus, die alle Medikamente zur

Behandlung aller Krankheiten enthalten. Da haben wir Vichy, wo man Störungen der Leber, der Blase, des Magens, der Nieren, des Rachens, der Milz usw. behandelt; da haben wir Royat, wo man die Krankheiten der Milz, des Rachens, der Nieren, des Magens, der Blase, der Leber usw. heilt. Da sind Mont-Dore, La Bourboule, Saint-Nectaire, Châtel-Guyon, und etliche andere Orte mit mineralisierten Wässern, die man in Form von Bädern, Flaschen oder Duschen von oben oder von unten verkauft, ganz nach den jeweiligen Bedürfnissen der Kundschaft.

Die große unterirdische Apotheke der Auvergne hat für alle Wünsche eine Antwort parat. Clermont-Ferrand, die Hauptstadt, liegt in einer großen Ebene, die von einem Gebirge umrahmt wird. Die Stadt macht einen tristen, recht leblosen Eindruck und scheint ausschließlich von Bauern bewohnt zu sein, denn man trifft fast nur Leute im Bauernkittel auf der Straße. Dem Auvergnaten mangelt es an natürlicher Eleganz. Er ist nicht stolz wie der Araber, arrogant wie der Spanier, elegant und farbenfroh wie der Italiener. Dafür hat er aber auch nicht die prahlerische Art des Südländers noch die Schlitzohrigkeit des Normannen. Er wirkt anständig, einfach und gutmütig. Man hat hier das Gefühl, bei einem rechtschaffenen Menschenschlag zu sein.

Ein großes Rund von Gipfeln umgibt Clermont-Ferrand, das vom gewichtigen und majestätischen Kegel des Puy de Dôme überragt wird, den die Überreste eines Merkurtempels krönen. Eine überdimensionale Statue dieses Gottes überragte einst die ganze Gegend.

Nicht ganz so hoch bilden der Puy de la Vache, der Puy Minchier, der Puy du Pariou, der Puy de la Vachère für ihren großen Bruder so etwas wie einen Stab von Bergspitzen. Und auf fast all diesen Gipfeln gibt es riesige Hohlbecken, die früher einmal Krater waren und heute Gebirgsseen sind. Die, die kein Wasser enthalten, wie der Puy du Pariou, dienen als Sturmnester. In diesem gewaltigen Trichter von hundert Metern Tiefe ballen sich die Wolken zusammen, türmen sich auf, und plötzlich grollt der Donner im Innern des Berges, wie wenn er sich selbst eine Gewitterschlacht lieferte.

Wenn Clermont-Ferrand auch nicht wie eine lustige Stadt aussieht, so besitzt es immerhin einen Bois de Boulogne, der ebenso elegant und vielbesucht ist wie der von Paris. Das ist Royat.

Ganz am Ende der Stadt, in einer Gebirgsfalte, da versammelt der zauberhafte Kurort seine großen Hotels am steilen Abhang eines Hügels.

Gegen Norden zu verläuft eine Straße, der wir nun folgen wollen. Sie steigt und steigt, und auf einmal fällt der Blick auf eine grenzenlose, üppige und bewaldete Ebene, die mit Dörfern und Städten besetzt ist, die Limagne. Je höher man kommt, um so weiter reicht der Blick, bis hin zu anderen Kuppen in der Ferne, den Bergen von Forez. Dieser gesamte, maßlos wirkende Horizont ist mit einem leichten und hellen milchigen Dampfschleier bedeckt. In der Auvergne strahlen die Dinge in der Entfernung mit ihrem durchsichtigen Dunst eine unendliche Anmut aus.

Die Straße wird von übergroßen Nußbäumen gesäumt, die sie fast immer vor der Sonne schützen. Die Bergabhänge sind mit blühenden Kastanien überzogen, deren Blütentrauben, die bleicher als das Laub sind, in dem matten Grün aussehen, als ob sie grau wären. Auf den Gipfeln sieht man überall Burgruinen. Diese Landschaft muß einst vor befestigten Anwesen nur so gestarrt haben. Übrigens sehen sie alle gleich aus.

Oberhalb eines geräumigen rechteckigen Gebäudes, das von Zinnen abgeschlossen wird, ragt ein Turm gen Himmel. Die Mauern haben keine Fenster, nichts als kaum erkennbare Öffnungen. Man hat den Eindruck, als seien diese Festungen wie Bergpilze gewachsen. Gebaut sind sie aus grauem Stein, aus nichts anderem als der Lava der einstigen Vulkane, die mit den Jahrhunderten immer schwärzer geworden ist.

Und entlang der Wege stößt man immer wieder auf Kuhgespanne, die mächtig mit Heu beladen sind. Die zwei Tiere bewegen sich langsamen Schrittes vorwärts, ob es nun abwärts oder steil aufwärts geht, indem sie einmal ihre gewaltige Last ziehen, dann wieder bremsen. Voraus geht ein Mann und bestimmt mit einem langen Stab, mit dem er sie gelegentlich berührt, ihr Tempo. Dabei schlägt er niemals auf sie ein, vielmehr scheint er sie mit den Stabbewegungen wie ein Kapellmeister zu dirigieren. Er gibt mit ernster Miene seine Anweisungen, und er dreht sich oft um, um ihnen seine Wünsche kundzutun. Pferde sind keine zu sehen, außer bei Post- und Leihkutschen, und wenn es heiß ist und Windböen den Staub aufwirbeln, verströmt dieser einen süßlichen Duft, der ein wenig nach Vanille riecht und der einen an die Atmosphäre der Ställe erinnert.

Überhaupt ist das ganze Land vom Aroma wohlriechender Bäume durchzogen. Von den Rebstöcken geht, kaum daß die Blüte vorbei ist, ein kaum spürbarer und doch köstlicher Duft aus. Die Kastanien, die Akazien, die Linden, die Tannen, das Heu und die wilden in den Straßengräben wachsenden Blumen erfüllen die Luft mit leichten, doch beständigen Aromen.

Man fährt immer den Berg entlang. Zur Rechten erstreckt sich die riesige Ebene der Limagne. So kommt man schließlich nach Volvic, einer Kleinstadt, in der man die Lava verarbeitet und die von einer überdimensionalen Statue der Jungfrau Maria überragt wird, die ihren Platz auf dem höchsten Punkt der Anhöhe hat.

Bald taucht eine zerfallene Ritterburg auf, Tournoël, dann ein Dorf, hinter dem sich eine grandiose Schlucht auftut, der man den Namen ›Das Ende der Welt‹ gegeben hat.

Man hat tatsächlich den Eindruck, daß hier die Erde aufhört. Das sonst so sanfte Bergland der Auvergne gibt sich hier ganz wild und treibt ein Spiel mit den Abgründen. Man landet in einem Engpaß aus kahlen Felsen, aus dem ein reißender Gebirgsbach entspringt. Man steigt den Berg hinauf, man klettert den Felspfad entlang, und oben gelangt man plötzlich in ein kleines Tal, das einem englischen Garten ähnelt, in dem der ungestüme Bach nur noch ein klarer Wasserlauf ist, der unter den Bäumen zwischen zwei von Wäldchen gesäumten Wiesen dahinfließt.

Die Straße biegt in eine schattige Kurve, und schon kommt Châtel-Guyon in den Blick.

Das Besondere an dieser Stadt, in der man wie in ihren Rivalinnen in der Auvergne und auch anderswo die üblichen Krankheiten kuriert, besteht darin, daß man dort jeden Tag eine der schlimmsten Folteraktionen, die die Inquisition ersann, vollzieht, die Folter mit Wasser. Nachdem in der letzten Zeit viel von dieser heiklen Prozedur, die die Ärzte auch am Grafen von Chambord ausprobieren wollten, die Rede war, soll es mir die Mühe wert sein, sie hier einmal ausführlich zu beschreiben.

Drei Männer sind im Saal des Leidens eingesperrt. Einer von ihnen, groß und stark, mit harten Zügen, der eine griechische Mütze auf dem Kopf hat und mit einer weißen Schürze bekleidet ist, hält eine Art Zwangsjacke aus Kautschuk in den Händen. Das ist der Folterknecht, der Gehilfe des Henkers. Dieser inspiziert im Gehrock und mit dem Hut auf dem bärtigen Haupte ruhigen Auges die Marterinstrumente. Überall Leitungen aus Blei und Hähne aus Kupfer. Ein gerades und bedrohlich aussehendes Rohr führt direkt von der Zimmerdecke nach unten, und an seinem unteren Ende befindet sich eine Art Schnabel, so wie ihn auch die Gaslichter haben.

Ein bleicher Mann, dessen Gesicht von Zuckungen gezeichnet ist, sitzt auf einem Stuhl in der Mitte des Raums und blickt erschreckt um sich.

Der Gehilfe geht auf den armen Sünder zu, packt ihn, steckt seine Arme in die Kautschukrüstung, die ihn umhüllt und festhält. Noch dazu umschließt ein Handtuch fest seinen Hals. Nun ist es soweit.

Auf dem Boden stehen zwei Glasbehälter von der Art, in denen man Zierfische hält. In einem von ihnen schwimmt und treibt eine Art rote Schlange, die drei Köpfe zu haben scheint. Sie ist lang, dünn und dreht sich um sich selbst. Diese Schlange nimmt nun der Henker in die Hand. Das ist ein Schlauch mit drei Öffnungen.

Eine davon wird an das Ende des Eisenrohrs angeschlossen, das vom Plafond herabkommt. Eine zweite wird in einen der Glasbehälter gesteckt. Der Henker nimmt nun die letzte. Der arme Sünder öffnet totenbleich den Mund.

Nun tritt der Henker direkt vor ihn hin und führt ihm diesen dritten Schlangenkopf ganz weit in seinen Rachen hinein. Der Mann zuckt zusammen, er hustet, er bekommt einen Würgeanfall, er windet sich. Der Folterer drückt aber weiter, schiebt, rammt das Folterwerkzeug bis zum tiefsten Grund hinab.

Das Opferlamm hebt flehend die Hände, röchelt, schäumt wie ein tollwütiger Hund, und geschüttelt von einem Schluckauf, wie ihn Seekranke haben, versucht es, den fürchterlichen Schlauch, der ihm bis auf den Boden seines Magens reicht, wieder loszuwerden. Da, auf einmal, dreht der Gehilfe einen Hahn auf, und das Wasser läuft in den Delinquenten hinein, schwemmt ihn auf, so wie die Kamele, die in den Zisternen für einen Monat im voraus trinken.

Sein Körper spannt sich an, sein Gesicht färbt sich violett. Man befürchtet schon, daß es mit ihm zu Ende geht! Aber, oh Wunder, plötzlich sprudelt ein Wasserstrahl aus der Öffnung, die im Glasbehälter mündet, ein Wasserlauf, der zwar nicht klar ist, der aber Linderung bringt. Aber ja! Aber ja!

Und auf diese Weise gelangt die Heilquelle in den Körper des Kranken, wäscht ihm sein Inneres, spült es bis in die unbekannten Winkel des Magens! Das Wasser läuft, läuft weiter, läuft immer noch, bis zu dem Augenblick, da der Gehilfe den Hahn wieder zudreht. Daraufhin zieht der Henker sachte den Schlauch aus dem Patienten wieder heraus und läßt ihn dann noch lange abtropfen, nicht ohne Grund.

Das ist es, was man eine Magenspülung nennt.

Im Grund könnte Châtel-Guyon auch nichts anderes sein als eine Aïssauas-Akademie, wo man ganz einfach lernt, Schlangen, Säbel und andere seltsame feste Körper zu verschlingen, und es würde mich nicht im geringsten überraschen, wenn im kommenden Winter die Truppe der Kranken, die derzeit ihre Lehrzeit absolviert, ihr Debüt in den Folies-Bergères gäbe. Die in der Auvergne praktizierten Kuren nehmen bisweilen einen wundersamen Verlauf, und die Ärzte werden auf vorteilhafte Weise von Gendarmen vertreten. In einem Dorf, das nicht allzuweit von hier liegt, gibt es eine begnadete Jungfrau, die die unfruchtbaren Frauen schwängern kann. Es handelt sich um eine Jungfrau aus Stein.

Das Wirken, das man dem Heiligen Geist zuschreibt, spielte sich früher nach folgendem Muster ab: Jede Bittstellerin mußte ihr Hemd gegen die Maria reiben. Aber nachdem es zu skandalösen Vorgängen gekommen war, mußte man die Berührung mit der Jungfrau verbieten.

Da nun aber die Vorschrift nicht befolgt wurde, rief man eine Abteilung von Gendarmen herbei, die in Kampfbereitschaft um die Statue Stellung bezogen, um den Kontakt mit ihr zu unterbinden. Was machten die Frauen? Sie baten die Gendarmen, das Reiben der Hemden an ihrer Stelle zu übernehmen, und eine jede reichte den Bewachern ein Stück Wäsche. Der Franzose ist ein galanter Mensch. So nahmen die Männer denn, was man ihnen darbot, und wischten damit gewissenhaft die mildtätige Jungfrau ab, von morgens bis abends.

Nun war das Wunder komplett. Alle diese Frauen wurden schwanger ... mit Hilfe der Gendarmen.

In den Mauern von Châtel-Guyon, das über keine solche Fruchtbarkeit spendende Jungfrau verfügt, wohnte letztes Jahr ein Pfarrer, den die Leute los sein wollten. Die Geschichte ist es wert, berichtet zu werden.

Eine Abordnung von Einwohnern suchte den Erzbischof auf, der sich aber weigerte, den Priester durch einen anderen auszuwechseln.

Daraufhin berief der Bürgermeister seinen Gemeinderat ein, der den massenhaften Übertritt der Gemeinde zum Protestantismus beschloß.

Ein Pastor wurde herbeigeholt. Er kam, eröffnete eine Kirche, und die ganze Bevölkerung kam, um seine Predigten zu hören. Fachzeitschriften in London berichteten von dieser Konversion und wagten die Prognose, daß ganz Frankreich diesem Beispiel folgen würde.

Der Pastor beschloß in seiner Begeisterung, sich fest in diesem vom Himmel gesegneten Orte niederzulassen und reiste ab, um seine Möbel herbeizuschaffen.

Eben diesen Moment nutzte der geprellte, aber schlaue Erzbischof aus, um einen neuen Pfarrer zu schicken.

Als nun der Pastor wiederkam, hielt der den Ort für verlassen. Er ging von Tür zu Tür und rief seine vormaligen Zuhörer beim Namen. Sie aber hatten sich im Keller versteckt und gaben keine Antwort. Nach Ablauf eines Monats Warten zog er ab, und noch heute, heißt es, spricht er über diese tückische List des bösen Dämons.

*

Auf einem Hügel steht ein kleines Kasino, ein Tempel anderer Art, in dem ein Kapellmeister aus Paris namens Bertringer, ein leidenschaftlicher Musiker, Konzerte veranstaltet, denen man vielleicht mehr Aufmerksamkeit widmen würde, wären sie weniger bemerkenswert. In dieser Bergeshöhle fern jeder Stadt wird große und wahre Musik gemacht.

Fräulein Gentil, ein junges Mädchen, das einmal als Pianistin zu großer Berühmtheit gelangen wird, gehört zu dieser kleinen, ausgezeichneten Truppe.

Auch Theater wird gespielt . . . Die Schauspieler gehören zum jungen Ensemble des Odeon. Die Schauspielerin – es ist die einzige –, Fräulein Pinson, ist zauberhaft.

Und von der Terrasse kann man auch noch unten in der Ferne die Limagne, die große Ebene der Auvergne, sehen, mit der Stadt Thiers ganz am Rande des Horizonts.

Den Kritikern von ›Bel-Ami‹

Eine Antwort

Von unserem Mitarbeiter Guy de Maupassant erreicht uns folgender Brief, den wir unserer Leserschaft unverzüglich zur Kenntnis bringen wollen:

Rom, 1. Juni 1885

Lieber Herr Chefredakteur,

bei der Rückkehr von einem sehr langen Ausflug, durch den ich gegenüber dem ›Gil Blas‹ erheblich in Verzug geraten bin, finde ich in Rom eine größere Anzahl von Zeitungen vor, deren kritische Würdigungen meines Romans ›Bel-Ami‹ mich ebenso überraschen wie betrüben.

Schon in Catania hatte ich einen Artikel von Montjoyeux erhalten, dem ich sogleich geschrieben habe. Es scheint mir geboten, in der gleichen Zeitung, in der ›Bel-Ami‹ als Fortsetzungsroman gedruckt wurde, einige Erklärungen abzugeben. Eigentlich hatte ich mir nicht vorgestellt, muß ich zugeben, in die Verlegenheit zu geraten, meine Absichten erläutern zu müssen, die ja schließlich von einigen weniger empfindlichen Kollegen, als es jene sind, ganz richtig verstanden worden sind.

Die Journalisten also, die man wie einstmals die Dichter als *irritabile genus* bezeichnen darf, nehmen an, daß ich die gesamte Presse unserer Zeit abschildern und so stark verallgemeinern wollte, daß alle Blätter in ›La Vie Française‹ aufgegangen seien sowie alle Redakteure in den drei oder vier Figuren, denen ich Leben verliehen habe. Ich meine aber schon, daß im Grunde hier, wenn man nur ein wenig mitdachte, keine Verwechslung möglich war.

Meine Absicht war ganz einfach, das Leben eines Abenteurers zu erzählen, der allen jenen ähnlich sieht, die uns tagtäglich über den Weg laufen und auf die man in allen derzeit bestehenden Berufen trifft.

Ist er denn überhaupt ein Journalist? Nein. Mein Zugriff auf ihn erfolgt in dem Augenblick, wo er Pferdeknecht in einem Reitstall werden will. Eine innere Berufung ist es also nicht, die ihn zu diesem Beruf geführt hat. Ich lege Wert auf die Feststellung, daß er keine Ahnung hat, daß er nichts weiter als geldgierig und bar jeden Gewissens ist. Von den ersten Zeilen an mache ich deutlich, daß man den Samen eines Lumpen vor sich hat, der auf dem Boden aufgeht, wo er gerade hinfällt. Dieser Boden ist eine Zeitung. Weshalb ausgerechnet eine Zeitung, mag man fragen? Warum? Weil dieses Milieu für mich mehr Vorteile als jedes andere mitbrachte, um die Etappen meiner Figur zu demonstrieren; und auch noch deshalb, weil, wie man oft wiederholt hat, die Presse viele Wege eröffnet. In einem anderen Beruf bedarf es spezifischer Fachkenntnisse, längerer Vorbereitungen. Die Eingangstore sind nicht so leicht zu überwinden, die Ausgänge weniger zahlreich. Die Presse ist eine Art riesige Republik, die sich nach allen Richtungen hin ausbreitet, wo man alles findet, wo man alles machen kann, wo es ebenso leichtfällt, ein höchst rechtschaffener Mensch wie ein Gauner zu sein. Mein Mann konnte also, indem er in den Journalismus eintrat, problemlos die besonderen Mittel anwenden, deren es bedurfte, um Karriere zu machen.

Talent hat er überhaupt keines. Seinen Erfolg verdankt er allein den Frauen. Wird er wenigstens Journalist? Nein. Er wandert durch alle Abteilungen der Zeitung, ohne längere Zeit dort zu verweilen, denn er steigt die Erfolgsleiter hoch, ohne auf den Stufen stehenzubleiben. Er fängt als Reporter an, und schon ist er wieder woanders. Normalerweise verschanzt man sich in der Presse, wie in anderen Berufen auch, in einer bestimmten Ecke, und die Reporter, denen diese Neigung in die Wiege gelegt wurde, bleiben oft ihr ganzes Leben lang Reporter. Es ließen sich etliche aufzählen, die dabei berühmt geworden sind. Viele sind anständige Leute, verheiratet, die ihrem Beruf nachgehen, wie wenn sie Beamte in einem Ministerium wären. Duroy wird Chef der Lokalredaktion: eine weitere recht heikle Abteilung, die ebenfalls ihre Leute nicht mehr losläßt, wenn sie es einmal darin zum Könner gebracht haben. Die Lokalredaktion ist oft das eigentliche Ruhmesblatt einer Zeitung, und man kennt in Paris einige solcher Redakteure, um deren Feder man das Blatt genauso beneidet wie um jene prominenter Schriftsteller. Von da gelangt Bel-Ami geschwind in die politische Redaktion. Ich will doch hoffen, daß man mir wenigstens nicht auch noch in die Schuhe schiebt, ich hätte es auf J.-J. Weiss oder John Lemoinne abgesehen gehabt? Aber mit welchem Recht verdächtigt man mich überhaupt, irgend jemand Bestimmten im Auge gehabt zu haben?

Die politischen Redakteure sind vielleicht mehr als alle anderen ernsthafte Leute mit viel Sitzfleisch, die weder den Beruf noch die Zeitung wechseln. Sie fabrizieren ihr Leben lang den gleichen Artikel, entsprechend ihrer Einstellung, mit mehr oder weniger Einfallsreichtum, Abwechslung und Talent hinsichtlich der äußeren Präsentation. Und wenn sie ihre Anschauung ändern, so wechseln sie nur die Zeitung. Nun ist es ganz offensichtlich, daß mein Abenteurer auf die aktive Politik hinsteuert, hin auf das Abgeordnetenmandat, hin zu einem anderen Leben und anderen Aktivitäten. Und wenn er dank der Praxis es zu einer gewissen journalistischen Geschmeidigkeit gebracht hat, so wird er deshalb noch lange kein Schriftsteller, noch nicht einmal ein richtiger Journalist. Seine Zukunft verdankt er den Frauen. Zeigt es der Titel ›Bel-Ami‹ denn nicht bereits hinlänglich an?

Aus Zufall im Journalismus gelandet, aufgrund einer zufälligen Begegnung, in dem Augenblick, wo er eigentlich Stallknecht werden sollte, hat er sich also der Presse bedient, so wie sich ein Dieb einer Leiter bedient. Folgt daraus, daß rechtschaffene Leute die gleiche Leiter nicht verwenden dürfen? Damit komme ich zu einem anderen Vorwurf: Man scheint zu glauben, ich hätte in der von mir erfundenen Zeitung ›La Vie Française‹ die gesamte Pariser Presse der Kritik unterworfen bzw. ihr gar den Prozeß gemacht. Hätte ich mir als Rahmen eine große Zeitung, eine echte Zeitung ausgesucht, so wären all die, die sich ärgern, mir gegenüber voll im Recht; ich aber habe, ganz im Gegenteil, sehr darauf geachtet, eines dieser anrüchigen Blätter, eine Art Agentur einer Bande von politischen Hasardeuren und Börsenspekulanten zu nehmen, von denen es ja leider mehr als eines gibt. An seiner Beschaffenheit habe ich an keiner Stelle den leisesten Zweifel gelassen und dafür gesorgt, daß in Wirklichkeit nur zwei Journalisten, Norbert de Varenne und Jacques Rival, darin mitwirken, die auch nur ihren Text abliefern und ansonsten fernab von allen Spekulationen des Hauses bleiben.

Insofern es mir darum ging, die Analyse eines Lumpen vorzulegen, habe ich ihn in einem ihm würdigen Milieu angesiedelt, um dieser Figur noch stärkeres Profil zu verleihen. Dazu war ich ebenso befugt wie dazu, die seriöseste Zeitung als Hintergrund zu nehmen, wenn ich das arbeitsreiche und ruhige Leben eines hochanständigen Menschen hätte zeigen wollen.

Wie konnte man also auch nur für eine Sekunde annehmen, mir hätte so etwas wie eine Synthese aller Pariser Zeitungen zu einer einzigen vorgeschwebt? Wo ist der Autor, der sich, berechtigt oder nicht, einbildet, über Beobachtungsgabe, Logik und Aufrichtigkeit zu verfügen, und der meint, er könnte einen Typ erschaffen, der gleichzeitig die ›Gazette de France‹, den ›Gil Blas‹, ›Le Temps‹, ›Le Figaro‹, ›Les Débats‹, Le Charivari‹, den ›Gaulois‹, die ›Vie parisienne‹, den ›Intransigeant‹ usw. usw. evoziert. Und da soll ich mir ›La Vie Française‹

ausgedacht haben, um beispielsweise eine Vorstellung von der ›Union‹ und von den ›Débats‹ zu geben! Das ist so lächerlich, daß ich wirklich nicht begreifen kann, welcher Bär da meine Zunftgenossen gebissen hat! Und es soll doch bitteschön jemand einmal versuchen, sich eine Zeitung auszudenken, die einerseits dem ›Univers‹ gleichsieht und andererseits auch den Schundblättern, die man abends öffentlich auf den Boulevards ausschreit! Nun gut, es gibt sie, diese schmierigen Blätter, nicht wahr? Es gibt auch andere, die in Wahrheit nichts anderes sind als Spelunken betrügerischer Finanziers, Fabriken der Erpressung und der Ausgabe fingierter Wertpapiere.

Eine von diesen letzteren habe ich mir ausgesucht.

Habe ich ihren Namen irgend jemandem preisgegeben? Nein. Die Öffentlichkeit kennt sie; und wie oft haben sich schon die Journalisten unter meinen Freunden mir gegenüber über die Machenschaften dieser Fabriken von Gaunereien aufgeregt!

Worüber beklagt man sich also? Darüber, daß am Ende das Böse siegt? Kommt denn das im Leben nicht auch vor, und könnte man nicht so manchen unter den mächtigen Geldleuten nennen, dessen Anfänge ähnlich anrüchig waren wie jene von Georges Duroy?

Kann sich irgend jemand in auch nur einer meiner Figuren wiedererkennen? Nein. – Kann man immerhin behaupten, daß ich dabei an irgend jemand Bestimmten gedacht hätte? Nein. – Denn die Wahrheit ist, daß ich es auf niemand Konkreten abgesehen habe.

Ich habe den halbseidenen Journalismus beschrieben, wie man die halbseidene Welt beschreibt. War denn das verboten?

Und wenn man mir vorwirft, zu schwarz zu sehen, nur auf anrüchige Leute zu schauen, so werde ich mit Fug und Recht darauf antworten, daß ich im Milieu meiner Figuren nicht allzu viele tugendhafte und lautere Menschen hätte finden können. Das Sprichwort ›Gleich und gleich gesellt sich gern‹ stammt nicht von mir.

Schließlich und als letztes Argument möchte ich die Unzufriedenen bitten, doch mal wieder den unsterblichen Roman zu lesen, der dieser Zeitung den Namen gegeben hat: ›Gil Blas‹, und mir anschließend eine Liste der sympathischen Leute zusammenzustellen, die Le Sage uns vorgeführt hat, obwohl er in seinem Werk in so gut wie allen Gesellschaftsbezirken herumgekommen ist.

Ich verlasse mich darauf, mein lieber Chefredakteur, daß Sie dieser Apologie Gastrecht gewähren werden und schüttle Ihnen sehr herzlich die Hand.

Gustave Flaubert

Unter den Schriftstellern, deren Namen dem Gedächtnis der Nachwelt erhalten bleiben, finden sich von Zeit zu Zeit einige, die aufgrund der Vollkommenheit und des Seltenheitswerts ihrer Werke einen ganz besonderen Platz einnehmen. Andere, die es daneben noch gibt, produzieren am laufenden Band, mischen das Besondere mit dem Banalen, mit Bedacht gewählte Dinge mit ganz gewöhnlichen, und nötigen so den Kritiker und den Leser dazu, in mühevoller Kleinarbeit das, was Bestand haben soll, von dem zu trennen, was untergehen darf. Die ersteren aber bringen dank eines kräfteraubenden und geduldigen Schaffensprozesses ein absolutes, im großen wie im kleinen vollkommenes Meisterwerk hervor. Und wenn auch nicht alle Werke dieser Autoren einen völlig gleichen Erfolg haben, so gibt es doch immer mindestens eines ihrer Bücher, das in die Literaturgeschichte mit dem Etikett Meisterwerk eingeht, wie diese Bilder der großen Meister, die man im Louvre im Salon Carré unterbringt.

Gustave Flaubert hat bislang nicht mehr als vier Bücher geschaffen, und alle werden über den Tag hinaus Bestand haben. Mag sein, daß nur eines den Ehrentitel Meisterwerk bekommen wird, gleichwohl werden ihn die anderen nicht weniger verdient haben als dieses eine.

Alle haben ›Madame Bovary‹, ›Salammbô‹, die ›Education sentimentale‹ und die ›Tentation de saint Antoine‹ gelesen; alle Zeitungen haben die Werke schon so oft besprochen, daß ich nicht die Absicht habe, nochmals damit anzufangen. Ich möchte hier in allgemeiner Weise über das Werk Flauberts sprechen und Dingen nachspüren, die das Publikum bisher vielleicht noch nicht entdeckt hat.

II

Die Leute, die zu allem ein Urteil bei der Hand haben, ohne von den Dingen eine Ahnung zu haben, und die, sobald ein Buch mit neuem und unbekanntem Zuschnitt erschienen ist, nichts Besseres zu tun haben, als sich sofort zu erdreisten, es plakativ mit ihrem, wie sie meinen, Urteil von Ewigkeitswert zu versehen, haben beim Erscheinen der ›Madame Bovary‹ lautstark erklärt, daß Flaubert ein Realist sei, was in ihren Augen soviel bedeutet wie Materialist.

In der Folgezeit hat er ›Salammbô‹, ein antikisierendes Gedicht, veröffentlicht sowie den ›Heiligen Antonius‹, eine Quintessenz aller Philosophien; das tut aber nichts zur Sache; fachkundige Journalisten hatten ihn nun einmal einen Materialisten getauft, und so ist er eben für die beschränkten Gehirne der gutgesinnten Leute ein Materialist geblieben.

Es ist hier nicht der Ort für eine Geschichte des modernen Romans und für eine Erklärung all der Gründe für die tiefe Gefühlsbewegung, die Flauberts erstes Buch bei seinem Erscheinen ausgelöst hat. Ich werde mich damit begnügen, den wichtigsten dieser Gründe etwas genauer herauszuarbeiten.

Von allem Anfang an sog das französische Lesepublikum mit Wonne den dicken Sirup jener Romane in sich ein, die allen Gesetzen der Wahrscheinlichkeit spotteten. Es hegte eine Vorliebe für solche Helden und Heldinnen und Stoffe, die man im Leben niemals zu sehen bekommt, aus dem einzigen Grund, daß sie schlicht unmöglich sind. Den Autoren dieser Bücher gab man den Namen Idealisten, einfach deshalb, weil sie stets so weit es ging auf Distanz zu den möglichen, lebensechten, konkreten Dingen blieben.

Was die Einfälle angeht, so hatten sie womöglich hiervon sogar noch weniger als ihre Leser. Dann kam Balzac, und anfangs hat man ihm kaum die gebührende

Aufmerksamkeit geschenkt. – Dabei war er doch ein ungewöhnlich kraftvoller und fruchtbarer Erneuerer und ein in die Zukunft weisender Meister, ein unvollkommener Schriftsteller, das mag schon sein, der mit dem Satzbau seine Probleme hatte, aber jedenfalls ein Erfinder unsterblicher Figuren, die er wie unter einem Vergrößerungsglas agieren läßt, wodurch er sie noch viel eindrucksvoller und in gewisser Weise wahrer als die Wirklichkeit macht! – ›Madame Bovary‹ erscheint, und schon sind alle ganz durcheinander. – Warum? Weil Flaubert ein Idealist, aber auch und vor allem ein Künstler ist, und weil sein Buch gleichwohl ein wahres Buch ist, weil der Leser, ohne sich dessen bewußt zu werden, ohne es zu wissen, ohne es zu durchschauen, ein Opfer des allmächtigen Einflusses des Stils wurde, der künstlerischen Leuchtkraft, die alle Seiten dieses Buchs durchstrahlt.

In der Tat, die allererste Eigenschaft Flauberts, die einem meines Erachtens ins Auge springt, sowie man eines seiner Werke aufschlägt, ist die Form, diese Sache, die bei den Schriftstellern so selten vorkommt und die vom Publikum so wenig wahrgenommen wird; ich sage bewußt wahrgenommen, aber ihre unwiderstehliche Kraft wirkt selbst auf jene und durchdringt die, die es am wenigsten für möglich halten, so wie die Heizkraft der Sonne einen Blinden wärmt, der doch gar kein Licht sehen kann.

Unter ›Form‹ versteht die Leserschaft im allgemeinen einen gewissen Wohlklang als Folge schöngebauter Perioden, mit markigen Satzanfängen und melodischen Abschlüssen. Deshalb ist dem Publikum fast nie die schier unendliche Kunstfertigkeit aufgegangen, die in Flauberts Büchern steckt.

Bei ihm ist die Form das Werk selbst; sie ist eine Art Serie verschiedener Gußformen, die der Idee, dem Stoff, aus dem die Bücher geformt sind, die äußeren Konturen verleihen. Sie liefert ihm die Anmut, die Kraft, die Größe, all diese Qualitäten, die sozusagen im Gedanken selbst versteckt sind und nur mit Hilfe des Ausdrucks zum Vorschein kommen. Unendlich vielfältig wie die Empfindungen, die Eindrücke und die verschiedenen Gefühle, legt sie sich wie eine unlösbare Klebmasse auf sie alle. Sie gibt all ihren Erscheinungsformen nach, verhilft ihnen immer zum treffenden und einzig richtigen Wort, zum Ebenmaß, zum für jeden Umstand und Effekt gerade passenden Rhythmus und schafft für diese unauflösliche Union das, was die Literaten den Stil nennen, der erheblich von dem abweicht, der in den Genuß der offiziellen Bewunderung kommt.

In der Tat, mit Stil bezeichnet man üblicherweise eine spezifische Form der Satzgebung, die jedem Schriftsteller eigentümlich ist, so wie eine immergleiche Gußform, in die hinein er sämtliche Gegenstände gießt, die er ausdrücken will. Auf diese Weise gibt es den Stil von Peter, den Stil von Paul und den Stil von Jakob.

Flaubert hat nun eben nicht seinen Stil, sondern er hat *den* Stil; das heißt die Ausdrucksweisen und die Kompositionsprinzipien, die er zur Gestaltung irgendeines Gedankens verwendet, sind immer diejenigen, die diesem Gedanken *absolut zukommen,* weil sein künstlerisches Naturell in der Genauigkeit und nicht in einer Suche nach dem originellen Wort liegt.

III

›Außerhalb des Stils gibt es kein Buch‹, so könnte seine Devise lauten. Er ist tatsächlich der Auffassung, daß es die vordringlichste Aufgabe des Künstlers ist, etwas Schönes herzustellen; denn, gemäß dem Grundsatz, daß die Schönheit eine Wahrheit aus sich selbst ist, ist alles Schöne immer auch wahr, während das Wahre nicht immer schön sein muß. Und unter schön verstehe ich nicht das moralisch Schöne, die edlen Gefühle, sondern das physisch wahrnehmbare Schöne, das einzige, das die

Künstler kennen. Eine sehr häßliche und abstoßende Sache vermag, dank einem künstlerischen Sachwalter, eine von ihr unabhängige Schönheit anzunehmen, wogegen der wahrste und schönste Gedanke unglücklicherweise hinter der Häßlichkeit eines schlecht gefügten Satzes verschwindet. Dem muß hinzugefügt werden, daß ein Teil des Publikums alles Formale bis hin zum Wort selbst haßt, so wie man stets das haßt, das zu begreifen man nicht in der Lage ist.

Flaubert ist also vor allen Dingen ein Künstler, das heißt ein unpersönlicher Autor. Ich würde jede Wette mit wem auch immer, der alle Werke Flauberts gelesen hat, eingehen, daß er nicht erraten kann, was für ein Mensch Flaubert im Privatleben ist, was er denkt und was er im alltäglichen Gespräch so sagt. Man weiß, welche Auffassungen ein Dickens oder ein Balzac haben mußten. Jeden Augenblick zeigen sie sich in ihren Büchern; aber können Sie sich ein Bild von La Bruyère machen oder können Sie sich vorstellen, was der große Cervantes im wirklichen Leben wohl sagte? Flaubert hat niemals das Wort *Ich* geschrieben. Niemals läßt er sich im Lauf eines Buches auf ein Gespräch mit dem Leser ein oder auf eine Anrede zum Abschluß eines Buches, so wie es Schauspieler auf der Bühne tun, und er schreibt auch keine Vorworte. Er ist der Vorführer der menschlichen Marionetten, die zwangsläufig durch seinen Mund sprechen, während er sich nicht das Recht herausnimmt, durch den ihrigen seine Gedanken zu äußern; und man soll auch gar nicht die Fäden sehen, die Stimme erkennen.

Als Abkömmling von Apuleius, Sohn Rabelais', La Bruyères, Cervantes', als Bruder Gautiers ist er viel weniger mit Balzac verwandt, was man darüber auch gesagt haben mag, und noch weniger mit dem Philosophen Stendhal.

Flaubert ist der Schriftsteller der schwierigen Kunst, die einfach und kompliziert zugleich ist, kompliziert aufgrund ihrer gelehrten, ausgetüftelten Kompositionsweise, die seinen Werken einen verblüffenden Einschlag von Unwandelbarkeit gibt, einfach an der Oberfläche, die so simpel und natürlich anmutet, daß ein bürgerlicher Leser mit der Vorstellung, die er sich vom Stil macht, sich niemals zu dem Ausruf hinreißen lassen wird: »Ach, was sind das für herrlich gebaute Sätze!«

Er hat die gleiche visionäre Gabe wie Balzac, und er hat das gleiche scharfe Auge wie Stendhal und viele andere: aber er hat den genaueren, besseren und einfacheren Ausdruck als sie, auch wenn Stendhal sich einbildete, einen Stil der Einfachheit zu pflegen, der im Grunde doch nur trocken war, und trotz Balzacs Streben nach stilistischem Feinschliff, Anstrengungen, die allzuoft in diesem Überborden von falschen Bildern, unnützen Periphrasen, von Relativsätzen, von ›der‹ und ›die‹ enden, in diesem Durcheinander dessen, der über hundertmal mehr Material verfügt als er braucht, um ein Haus zu bauen, und der alles hernimmt, weil er es nicht versteht, die rechte Auswahl zu treffen, und der nichtsdestoweniger ein riesiges Gebäude errichtet, das freilich schöner und dauerhafter ausgefallen wäre, wenn er mehr von einem Architekten und weniger von einem Maurer gehabt hätte, wenn er mehr auf Belange der Kunst und weniger auf die Interessen seiner Person geachtet hätte.

Der riesige Unterschied, der sich zwischen ihnen auftut, liegt genau da: eben in dem Umstand, daß Flaubert ein großer Künstler ist und daß die meisten anderen es nicht sind. Er steht unbeteiligt über den Leidenschaften, die er in Wallung bringt. Anstelle mitten in der Menge zu bleiben, zieht er sich auf einen Turm zurück, um zu betrachten, was sich auf der Erde tut, und da ihm der Blick nicht länger von den Köpfen der übrigen Menschen verstellt ist, erfaßt er die Großstrukturen besser, erkennt er die Proportionen genauer, den Vordergrund zuverlässiger und die Hintergründe schärfer.

Auch er baut sich ein Haus, doch kennt er die Materialien, die er dabei verwenden muß, und so verwirft er die anderen ohne langes Zaudern. Deshalb hat sein Werk einen so absoluten Charakter, und deshalb könnte man nicht das kleinste Teilchen daraus entfernen, ohne die Harmonie des Ganzen zu zerstören, während man bei Balzac oder Stendhal und soundsovielen anderen durchaus etwas wegschneiden kann, und nur ein ganz geschultes Auge würde es bemerken.

IV

Er glaubt nicht, wie so manche, daß Intelligenz und Inspiration, daß Zufall und Begabung schon ein Buch ergeben, daß das Recherchieren unnütz und das lange Forschen zu verachten sei, denn er gehört der alten Sippe derer an, die viel wissen. Statt die Tatsache zu ignorieren, daß die Welt auch schon vor 1793 existierte und daß man auch schon vor 1830 zu schreiben verstand, hat er wie Pantagruel lange über alle Gelehrten von anno dazumal nachgedacht. Er kennt die Geschichte besser als ein Professor, weil er sie aus vielen Büchern gelernt hat, in denen diese sie überhaupt nicht suchen würden; und er hat für seine Werke die üblicherweise nur den Spezialisten zugänglichen Wissenschaften in ihrer gesamten Bandbreite studiert. Besser als alle Gelehrten mit krummem Rückgrat kennt er die Stammbäume der toten Städte und der untergegangenen Völker, mit ihren Gebräuchen, ihren Sitten, ihren Stoffen, mit denen sie sich bedeckten, und die eigenartigen Gerichte, die sie am liebsten zu sich nahmen. Er beherrscht den Talmud wie ein Rabbiner, die Evangelien wie ein Priester, die Bibel wie ein Protestant, den Koran wie ein Derwisch. Er kennt die gegenseitigen Verzahnungen zwischen den Glaubensrichtungen, den Philosophien, den Religionen und den Häresien. Er hat die gesamten Literaturen durchgekämmt, indem er sich aus vielen unbekannten Büchern

Notizen herausschrieb; von diesen Büchern sind die einen unbekannt, weil sie eben selten zu finden sind, und die anderen, weil sie keiner mehr liest. Er kennt die genialen, doch kaum mehr bekannten Schriftsteller, das Produkt des Niedergangs der Völker, die Kommentatoren und die Bibliographen, die weltlichen wie die geistlichen Bücher, die Heiligenviten, die Kirchenväter und die Verfasser der Schriften, deren Namen die Leute mit ausgeprägtem Schamgefühl nicht in den Mund zu nehmen wagen. Um uns Mitteilung davon zu geben, hat er an einem Tag, da er von Ärger und Zorn heimgesucht war, einen ganzen Band mit den Fehlern von Autoren ohne Stilgefühl zusammengestellt, die Barbarismen der Grammatiker, die Irrtümer der falschen Gelehrten, all die eitlen und lächerlichen Dinge, die unbemerkt geblieben waren und die er der literarischen Welt um die Ohren hauen wird.

V

Die Journalisten kennen sein Gesicht nicht.

Er findet, es reicht, wenn man dem Publikum seine Schriften überläßt, und er hat seine Person von der breiten Öffentlichkeit ferngehalten, voll der Verachtung für die geräuschvolle Publizität der tonangebenden Zeitungen, für die gefälligen Reklameaktionen und die Ausstellung von Fotografien in den Schaufenstern der Tabakgeschäfte, Seite an Seite mit einem berüchtigten Verbrecher, irgendeinem Fürsten und einer stadtbekannten Dame der Halbwelt.

Zutritt gewährt er nur einem kleinen Kreis von Freunden, Literaten, die ihn lieben, wie man sonst keinen Kollegen, und auch einen Verwandten nur selten ins Herz schließt, denn er löst um sich herum tiefe Gefühle der Zuneigung aus. Aber da er seine Person nicht der Neugier der Massen ausliefert, die danach gieren, Prominente in Schaufenstern zu begaffen wie ein sonderbares Tier hinter dem Gitter eines Käfigs, zirkulieren Legenden um sein Haus herum, und es kann sein, daß einige seiner Mitbürger ihn ernsthaft im Verdacht haben, daß er Menschenfleisch verspeist hat, was jedenfalls genauso wahr wäre wie die berüchtigten kalten Platten, die es eines Karfreitagabends bei Sainte-Beuve gegeben haben soll, ein Abendessen, das in der Feder von gutinformierten, vor allem aber wohlinspirierten Journalisten schließlich ein unerträglicher ›Scherz‹ geworden ist.

Um die Leute, die immer auf ganz besondere Einzelheiten aus sind, zufriedenzustellen, möchte ich zu guter Letzt sagen, daß er absolut genauso trinkt, ißt und raucht wie sie auch, daß er hochgewachsen ist und daß, wenn er mit seinem Freund Iwan Turgenjew spazierengeht, die beiden aussehen wie zwei Riesen.

Die Subtilen

So viele Menschen, so viele Arten, das Leben zu begreifen und zu betrachten.

Die einen beschränken sich aufs Schauen, nach der Art der Tiere. Die Fakten, die Dinge, die Gesichter, die Ereignisse scheinen sich nur in ihren Augen zu spiegeln, ohne irgendwelche Rückwirkungen im Verstand zu hinterlassen, ohne diese unendliche Folge von Überlegungen, von ineinander verketteten Vorstellungen, von Reflexionen, Folgerungen auszulösen, die sich wie die Schallwellen eines Tons oder wie die Wellenbewegungen in einem Wasser, in das ein Stein gefallen ist, bis ins Unendliche fortsetzen.

Die anderen hingegen versuchen immer mit größter Hingabe, in den geheimnisvollen Mechanismus der Motive und Ratschlüsse einzudringen.

Wenn der Verstand sich einmal daranmacht, das Geheimnis der Ursachen zu erforschen, bricht er ein, verläuft sich, verliert sich im dunklen und unentwirrbaren Labyrinth der psychologischen und physiologischen Gegebenheiten.

In den vielen, vielen Jahrhunderten, seit denen die Welt besteht und Gegenstand der Betrachtung ist, ist es selbst den scharfsinnigsten Geistern nicht gelungen, mit viel Mühe mehr als ein paar der Geheimnisse zu ergründen, die im Menschen und um ihn herum verborgen sind. Diejenigen, die uns umgeben, werden uns übrigens immer zum großen Teil unzugänglich bleiben, denn – wie es Gustave Flaubert in ›Bouvard und Pécuchet‹ ausgedrückt hat: »Die Wissenschaft ist entsprechend den Daten organisiert, die ein Zipfel der Unendlichkeit bereitstellt. Möglicherweise steht es ihr gar nicht zu, den ganzen unbekannten übrigen Bereich, der viel größer ist und den man bislang nicht entdeckte, zu durchschauen.«

Aber die Erforschung der rein psychologischen Phänomene hat die kritischen Geister zu allen Zeiten herausgefordert. Früher hatten die Philosophen das Monopol auf diese Untersuchungen, die sie in hochgelahrten Büchern darlegten. Heutzutage sind es vor allem die wissenschaftlich interessierten Romanciers, die ihre Anstrengungen dareinlegen, das dunkle Funktionieren der Willensakte, das tiefe Geheimnis der Bewußtseinsströme, die mal stärker instinktgebundenen als vernunftgeleiteten, mal stärker vernunftgeleiteten als instinktgeprägten Beweggründe zu durchschauen und zu erklären, die schwer faßbare Grenze zu benennen, wo sich der bewußte Willensakt mit einer gewissermaßen sinnlichen, ja tierischen Willensmaterie vermengt, die Handlungen des einen gegenüber dem anderen präzis zu erfassen, usf. Einer der Autoren, auf die ich gleich noch näher eingehen werde, Paul Bourget, sagt auf der ersten Seite seiner bemerkenswerten Novelle ›Der Unverbesserliche‹: »Unterhalb der unserem Bewußtsein zugänglichen verstandes- und gefühlsmäßigen Seinsweise, für die wir die – möglicherweise trügerische – Verantwortung übernehmen, erstreckt sich ein dunkles und wechselvolles Reich, eben die Welt unseres Unbewußten.«

Diese mysteriöse Welt ist es, die heutzutage die Romanschriftsteller, mit sehr unterschiedlichen Methoden, erforschen.

Die einen, die rein *objektiv* verfahren, arbeiten die Psychologie der Figur nicht in Erklärungen und Kommentaren heraus, sondern bringen sie ganz einfach in ihren konkreten Handlungen zum Vorschein. Die Innenwelt wird solcherart über ihre äußeren Reflexe enthüllt, ohne irgendeine psychologische Beweisführung.

Die anderen, wie Paul Bourget, erstellen gleichsam die moralische Landkarte der Leute, die sie dem Leser vorsetzen, und dringen dabei bis zum Kern ihrer Seele vor, um die Beweggründe ihres Handelns aufzudecken. So könnte man diese Metaphysiker, jene Regisseure nennen.

Aber es gilt innerhalb der Romanautoren noch zwei weitere grundsätzliche Tendenzen auseinanderzuhalten. Nämlich die eine, die die Analytiker veranlaßt, die erforschte menschliche Seele zu vereinfachen, und zwar dadurch, daß sie die gleichartigen Nuancen bündeln, um so mit einem typischen Merkmal, mit einem einmaligen und spezifischen Charakterzug den Leser zu frappieren. Umgekehrt veranlaßt die andere Methode ihre Vertreter dazu, Schritt für Schritt die allerunbestimmtesten, die flüchtigsten Regungen des Gedankens und die dunkelsten Veränderungen des Willens zu erfassen und zu zeigen und dabei nicht das kleinste Detail, nicht die kleinste Nuance welcher Art auch immer außer acht zu lassen.

Diesen letzteren ist also im Gegensatz zu den Erstgenannten gewissermaßen ein Hang eigen, die Dinge zu verkomplizieren. Man könnte sie auch die Subtilen nennen.

In den Werken der ersteren erscheint das Leben in Bildern, wie in der Wirklichkeit auch. Die bildhaften Vorstellungen ziehen am geistigen Auge des Lesers vorüber und stoßen bei ihm auf mehr oder weniger Interesse und bringen ihn mehr oder weniger stark zum Nachdenken. Nach dem Grad seiner Intelligenz zieht er daraus mehr oder weniger tiefsinnige Schlüsse und allgemeine Folgerungen. Wenn er über gar keinen Scharfsinn verfügt, kann er sich auch sehr wohl damit begnügen, den Ablauf des Abenteuers zu verfolgen und den Figuren bei ihren Taten zuzuschauen, so wie er einen Unfall und Passanten auf der Straße betrachten würde. Die Subtilen hingegen zwingen die Leser zu einer intellektuellen Mitarbeit, die den einen zum Genuß, den andern zur Qual gereicht. Um alle Feinheiten ihrer Ansichten und die Spitzfindigkeiten ihrer Bemerkungen mitzubekommen, muß man ständig ganz bei der Sache und immer in höchstem Maße wachsam bleiben; unter ihrer Anleitung macht man eine Forschungsreise ins menschliche Gehirn; es bedarf ständiger Anstrengung bei genauem Hinsehen und Mitdenken, um in diesem Irrgarten, in dem sie dem Leser vorausgehen, den Faden nicht zu verlieren.

Unter den in unseren Tagen als Meister ihres Faches anerkannten Schriftstellern (ich spreche hier nur von jenen, in denen sich Künstlertum und wissenschaftliches Interesse paaren), repräsentiert Flaubert *par excellence* den Typus des durch und durch objektiven Romanciers, während die Brüder Goncourt zur Gruppe der Subtilen gehören.

Unter den im Augenblick im Zenit ihrer Arbeit und ihres Könnens stehenden Schriftstellern sind es vor allem zwei, die mit recht unterschiedlichen Eigenarten, mit überaus gegensätzlichen Seh- und Schreibweisen und auf absolut hohem literarischem Niveau zwei sehr konträre Typen dieser Ästhetik der Subtilität verkörpern.

Es sind Catulle Mendès und Paul Bourget.

Catulle Mendès

An ihm ist alles subtil, und alles ist bezaubernd. Das ist ein faszinierender Dichter, einer, der selbst in seiner Prosa immer Dichter bleibt.

Er hat nur ein begrenztes Interesse für die Wirklichkeit und begnügt sich damit, die Grenzen möglicher Vorgänge nicht zu sprengen, wohl aus der Gewißheit heraus, daß eben »Alles mögliche passiert«.

Damit will ich sagen, daß er, anstatt den Verstand mit der glänzenden, unwiderlegbaren Wahrscheinlichkeit der Charaktere und Handlungen beeindrucken zu wollen – was üblicherweise die Realisten anstreben und dabei die außergewöhnlichen Wahrheiten hintanstellen, um sich ausschließlich den gesicherten Wahrheiten zu widmen –, eine Neigung und Liebe für die Figuren mit einem Schuß Unnormalität und für die Stoffe hegt, in die sich ein Hauch Absonderlichkeit einschleicht. Seine bezaubernde, unvorhersehbare und bizarre Phantasie ergeht sich eben gern in Gefilden außerhalb der gängigen Regeln. Sie bringt launische, heikle, perverse, immer subtile, immer schillernde, immer aufgrund eines oft kriminellen Geheimnisses ihres Charakters interessante Gestalten hervor.

Er hat all die überraschenden Facetten seines außerordentlichen Talents in dieser Reihe eigenartiger Porträts spielen lassen, die er unter dem Titel ›Die Pariser Ungeheuer‹ veröffentlichte.

Soeben hat er nun zwei Bände herausgebracht, in denen er zwei neue Facetten seiner bewundernswerten Gabe zur eigenständigen und einfallsreichen Beobachtung demonstriert. Das eine dieser Bücher ist überaus gewagt, es heißt ›Die Boudoirs von Verre‹. Das andere, nicht weniger feinsinnig und raffiniert gemacht, doch ohne Verstöße gegen die guten Sitten, hat den Titel ›Die jungen Mädchen‹.

In dem einen wie dem anderen kommt die besagte wache, scharfsinnige und so kunstreiche, so persönliche Subtilität zum Vorschein, die Catulle Mendès auszeichnet, die aus ihm einen überaus eigenständigen und glanzvollen Autor macht, der keinem anderen ähnelt, in keine Schule einzureihen ist, der mit keinem anderen Schriftsteller zu vergleichen ist.

Sein feiner, leichtfüßiger, schelmischer und hinterlistiger Stil enthält unterschwellige Kühnheiten, jesuitische Kühnheiten, die sonst keiner riskieren würde. Seine hintergründige Denkweise, die auf wundersame Art von der unvergleichlichen Virtuosität dieser Sprachkraft getragen wird, scheut vor nichts zurück, und würde man die Schriftsteller gerichtlich verfolgen, so gelänge es keinem Staatsanwalt, diese Erzählungen, in denen eine unerhörte Verderbnis herrscht, die aber so raffiniert sprachlich verklausuliert wird, daß sie selbst den geschicktesten Inquisitoren standhalten würde, wegen Verstoßes gegen die guten Sitten zu belangen.

Unlängst hat er einen sehr bemerkenswerten Band veröffentlicht, ›Der Unverbesserliche‹, der überaus typisch für diesen Denker, für diesen tiefschürfenden und melancholischen Beobachter ist.

Er seinerseits ist vor allem ein Mensch mit viel Zartgefühl, einer, dem die Brutalitäten des Lebens angst machen, ein Leidenschaftlicher und ein Sonderling nach der Art der Engländer.

Ganz besonders auf die geheimnisvollen Seelenprozesse konzentriert, spürt er diesen mit einer ernsthaften Feinsinnigkeit nach und überführt sie in eine präzise, leicht philosophische Sprache, die all die dunklen Ströme des Bewußtseins und des Willens im menschlichen Wesen auf wundersame Weise zum Vorschein bringt.

Bevorzugter Gegenstand seiner scharfsinnigen und wohlwollenden Analysen sind die Frauen, denn man spürt, daß er die Frauen mit einer grenzenlosen und unvoreingenommenen Zuneigung liebt. Er kennt sie, schildert sie, zeigt sie mit einer staunenswerten Treffsicherheit, und die beinahe exzessive Feinfühligkeit seines Denkens macht sich in jedem Augenblick bemerkbar, ob er nun von Männern spricht, die Frauen nur *haben* wollen – welch brutales Verb, das die verborgene Brutalität dieser Art grausamer Beziehungen zwischen den Geschlechtern entlarvt, die man gleichwohl mit dem schönen Namen ›Liebe‹ belegt –, oder ob er eine seiner Figuren analysiert, die er von einer seltsamen, durchaus zeitgemäßen Krankheit befallen schildert, die er mit seltener Scharfsicht beobachtet und zum Ausdruck bringt: »Er litt an einem Übermaß an Subtilität, war immer auf der Suche nach der weit hergeholten Nuance, und obwohl mit hoher Intelligenz ausgestattet, sollte er nie jene weite und freizügige Konzeption der Kunst erlangen, die die wahrhaft genialen Werke zu schaffen erlaubt.«

An einer anderen Stelle sagt er (es ist eine Frau, die spricht): »Damals war ich noch jung, da war ich noch nicht in den Besitz jener Nachsicht gelangt, die das Gespür für die Unvollkommenheit des Lebens verleiht ...«

Lassen sich die Dinge treffender, ergreifender und schärfer wiedergeben als mit solchen Beobachtungen, die ihm im Laufe einer Erzählung, von einer Seite zur anderen, in die Feder fließen? Es hat den Anschein, als trage er eine Lampe vor sich her, eine kleine lebhafte und geheimnisvolle Lampe, wie sie die Grubenarbeiter haben, und daß er mit einem flüchtigen Lichtstrahl, für eine Zeile, für ein Wort, je nachdem, wie er eine Figur gerade agieren läßt, den geheimsten Grund ihres Denkens erhellt. Und gleichzeitig liefert er seinerseits, auf diskrete und etwas melancholische Weise, seine eigene Ansicht über die Dinge und die Menschen. Unaufhörlich läßt er seine Folgerungen zum Vorschein kommen, ohne dem Leser die Wahl und die Freiheit zu lassen, entweder in der einen oder anderen Richtung eine eigene Schlußfolgerung zu ziehen oder überhaupt keine Folgerung vorzunehmen.

Paul Bourget, der längst als Dichter und Kritiker einen hervorragenden Platz unter den Schriftstellern unserer Zeit innehat, hat sich nunmehr auch in die vorderste Reihe der Romanciers geschoben, die Forscher, Psychologe und Künstler zugleich sind.

So ganz allmählich ist, in den letzten zwanzig Jahren, das Übernatürliche aus unserem Innenleben geschwunden. Es hat sich gleichsam in Luft aufgelöst, so wie ein Parfüm verfliegt, nachdem man die Flasche einmal geöffnet hat. Führt man die Öffnung ganz nahe an die Nasenlöcher und atmet dabei lange, lange ein, findet man gerade noch einen schwachen Duft. Es ist vorbei.

Unsere Enkel werden sich über den naiven Glauben ihrer Väter an so lächerliche und unwahrscheinliche Dinge wundern. Niemals werden sie erfahren, was das früher einmal war, die Nacht, die Angst vor dem Geheimnisvollen, die Angst vor dem Übernatürlichen. Kaum daß sich noch einige hundert Menschen an den Glauben an Geistererscheinungen, an den Einfluß gewisser Wesen oder Sachen, an die Hellseherei und an den ganzen spiritistischen Scharlatanismus klammern. Es ist vorbei.

Unser armer unruhiger, ohnmächtiger, begrenzter Geist, der sich von jeder Wirkung, deren Ursache er nicht durchschaut, verwirren läßt, der sich vom unaufhörlichen und unverständlichen Schauspiel der Welt in Schrecken versetzen läßt, hat jahrhundertelang unter sonderbaren und kindlichen Formen der Gläubigkeit gezittert, die ihm dazu dienten, das Unbekannte zu erklären. Heutzutage errät er, daß er einer Täuschung aufgesessen ist, und nun versucht er, den Dingen auf den Grund zu kommen, ohne es indes schon geschafft zu haben. Der erste Schritt, der größte Schritt ist schon getan. Die Welt des Geheimnisvollen haben wir verworfen, sie ist für uns nur noch eine Welt des Unerforschten.

In zwanzig Jahren wird es die Furcht vor dem Irrealen nicht mehr geben, nicht einmal bei der Landbevölkerung. Es hat den Anschein, als habe die Schöpfung ein neues Gewand, ein neues Gesicht, eine andere Bedeutung als ehedem angenommen. Gewiß wird dies zum Tod der fantastischen Literatur führen.

Diese Literatur, sie hat recht unterschiedliche Epochen und Ausprägungen gehabt, vom Ritterroman, den Geschichten aus Tausendundeiner Nacht, den Epen bis hin zu den Märchen und den verstörenden Geschichten E.T.A. Hoffmanns und Edgar Allan Poes.

Als der Mensch noch ohne Zögern ein Glaubender war, da trafen die fantastischen Schriftsteller keine Vorkehrungen für den Ablauf ihrer überraschenden Geschichten. Mit einem Satz sprangen sie ins Reich des Unmöglichen hinein und blieben dort, wobei sie eine Vielfalt an unwahrscheinlichen Kombinationen, Erscheinungen entfalteten, eben die ganze Bandbreite der gräßlichen Tricks zur Erzeugung des Grauens.

Aber als sich der Zweifel schließlich in den Geistern eingenistet hatte, da ist die Kunst subtiler geworden. Der Schriftsteller hat nach feinen Abstufungen gesucht, er ist um das Übernatürliche eher herumgestreift, anstatt in seinen Kern einzudringen. Er hat schreckliche Effekte erzielt, indem er die Gemüter ins Ungewisse, in Verwirrung stürzte. Der hin- und hergerissene Leser wußte nicht mehr, woran er war, er drohte in einem Gewässer zu ertrinken, dessen Boden jeden Augenblick unter einem wegsinkt, er klammerte sich eilig an die Realität, um doch alsbald wieder einzubrechen und sich von neuem gegen eine schreckliche und fiebrige Verunsicherung zu wehren, die wie ein Alptraum auf ihm lastete.

Hoffmanns und Poes außergewöhnliche Macht, dem Leser Angst einzuflößen, kommt von dieser kunstvollen Geschicklichkeit, dieser besonderen Art, das Fantastische nur am Rande zu streifen und mit natürlichen Fakten, bei denen gleichwohl etwas unerklärt und fast unmöglich ist, den Leser zu verstören.

*

Der vor kurzem gestorbene große russische Schriftsteller Iwan Turgenjew war zu seinen Zeiten ein erstklassiger fantastischer Erzähler.

In seinen Büchern findet man da und dort einige dieser geheimnisumwitterten und packenden Erzählungen, die einem Schauer durch die Adern jagen. Aufs Ganze gesehen freilich bleibt das Übernatürliche bei ihm immer so vage, so verdeckt, daß man fast den Eindruck gewinnt, er habe es gar nicht in sein Werk einarbeiten wollen. Vielmehr berichtet er, was er erlebt hat und wie er es erlebt hat, und überläßt es dem Leser, seine innere Verstörung zu erraten, seine Angst vor dem, was er nicht begreifen konnte, und dieses packende Gefühl der unerklärlichen Angst, das wie ein fremder Luftzug aus einer anderen Welt über einen kommt.

In seinem Buch ›Sonderbare Geschichten‹ beschreibt er auf so eigenartige Weise, ohne jede Effekthascherei, ohne überraschende Wendungen, einen Besuch, den er in einer Kleinstadt bei einer Art von geistesgestörtem Nachtwandler macht, daß die Lektüre einem den Atem zum Stocken bringt.

In der Novelle mit dem Titel ›Tok Tok Tok‹ erzählt er den Tod eines Mannes, dessen Wesen eine Mischung aus Schwachsinn, Hochmut und Aufgeklärtheit darstellt, mit einer so verstörenden Suggestionskraft, daß man sich beim Umblättern krank, nervös und verängstigt fühlt.

In einem seiner Meisterwerke, ›Drei Begegnungen‹, erreicht diese subtile und schwer zu fassende Stimmung des Unerklärten, doch nicht unmöglichen Unbekannten einen Gipfel an Schönheit und literarischer Größe. Der Stoff selbst ist unbedeutend. Ein Mann hat dreimal, an ganz verschiedenen Stellen, in weit voneinander entfernten Gegenden, in drei ganz verschiedenen Situationen, zufällig, die Stimme einer singenden Frau gehört. Diese Stimme hat ihn wie ein Hexenzauber gefangengenommen. Wem sie gehört, weiß er nicht. Das ist alles. Aber all das herrliche Geheimnisvolle der Traumwelt, das Reich jenseits des Lebens, all die bestrickende Kunst des Mystischen durchweht diese tiefgründigen und klaren, so einfachen, so komplizierten Seiten.

So groß auch seine schriftstellerische Potenz war, am stärksten wirkte er aufs Gemüt, wenn er mit seiner etwas schwerfälligen und stockenden Stimme selbst erzählte.

Er war tief in seinem Sessel versunken, der Kopf ruhte gewichtig auf den Schultern, die Hände reglos auf den Lehnen des Sessels, die Knie exakt im rechten Winkel angezogen. Seine schlohweißen Haare fielen ihm vom Kopf bis auf den Hals herab und gingen in den weißen Bart über, der bis auf die Brust herabstand. Seine riesigen Augenbrauen formten einen Buschen über den naiv dreinblickenden, weit geöffneten und einnehmenden Augen. Seine kräftige Nase verlieh dem Gesicht einen Stich ins Grobschlächtige, den sein feines Lächeln und sein feiner Mund nur mühsam überdecken konnten. Er schaute einem fest ins Gesicht und sprach bedächtig, als ob er seine Worte suchen müßte; aber er fand immer das treffende oder vielmehr das einzig richtige Wort. Alles, was er sagte, geriet zum ergreifenden Bild, nahm einen gefangen, wie ein Raubvogel sein Opfer mit den Krallen packt. Und er steckte in seinen Erzählungen stets weite Horizonte ab, gab ihnen, was die Maler ›Luft‹ nennen, eine immense Weite des Denkens ebenso wie eine minuziöse Genauigkeit.

Bei Gustave Flaubert erzählte er uns eines Tages bei Einbruch der Dunkelheit die Geschichte eines Knaben, der seinen Vater nicht kannte und der ihm begegnete, der ihn wieder aus den Augen verlor und ihn wiederfand, ohne sicher zu sein, daß er es war, unter möglichen, aber unvorhergesehenen, beunruhigenden Umständen, bei denen womöglich Sinnestäuschung mit im Spiel war, und der ihn schließlich auf einem verlassenen und schier grenzenlosen Strand ertrunken auffand – dies erzählte er mit der Intensität so unerklärlicher Schaurigkeit, daß jedem von uns dieser bizarre Bericht im Traum vorkam.

Ganz einfache Dinge gewannen bisweilen in seinem Geist und auf seinen Lippen einen geheimnisvollen Charakter. Eines Tages nach dem Abendessen schilderte er uns seine Begegnung mit einem Mädchen in einem Hotel sowie die Faszination, die dieses Kind von der ersten Sekunde an auf ihn ausübte; er versuchte sogar, uns die Gründe dieser Ausstrahlung zu erläutern, und sprach von der Art, mit der sie die Augen aufschlug, ohne zunächst jemand anzuschauen, und erst allmählich ihren Blick auf die Personen um sie herum richtete. Er schilderte aus der Erinnerung das Aufschlagen ihrer Lider, die Schärfe ihrer Pupillen, die Geschwungenheit ihrer Augenbrauen mit einer so eigenartigen und faszinierenden Genauigkeit, daß wir dieses unbekannte Gesicht förmlich vor uns sahen. Und dieses einfache Detail gewann in seinem Mund eine größere Schaurigkeit, als wenn er irgendeine schreckliche Geschichte erzählt hätte.

Ganz besonders eindringlich wurde die herrliche Zauberkraft seiner Sprechweise in den Liebesgeschichten. Jene, die er uns einmal auf ganz anrührende Weise vortrug, hat er auch, glaube ich, schriftlich niedergelegt.

Er befand sich in Rußland auf der Jagd und hatte in einer Mühle gastliche Unterkunft bekommen. Und da ihm die Gegend zusagte, beschloß er, einige Zeit zu bleiben. Bald merkte er, daß die Müllersfrau ein Auge auf ihn geworfen hatte, und so wurde er, nachdem er ihr der ländlichen Situation entsprechend ein paar Tage brav den Hof gemacht hatte, ihr Liebhaber. Sie war ein hübsches blondes, properes und feingliedriges Geschöpf, das an einen derben Ehemann gekommen war. In ihrem Herzen hatte sie jenes instinktive Gespür, mit dem die Frauen intuitiv alle subtilen Gefühlsregungen erkennen können, ohne jemals auf eine Schule gegangen zu sein.

Er erzählte uns ihre Rendezvous im Heuschober, den

das unaufhörlich sich drehende große Mühlrad in einem fort rüttelte, ihre Küsse in der Küche, während sie über den Herd gebeugt das Essen für die Männer zubereitete, und den ersten flüchtigen Blick, mit dem sie ihn bei der Rückkehr von der Jagd, nachdem er den Tag in den hohen Gräsern herumgestreift war, begrüßte.

Einmal mußte er aber für eine Woche nach Moskau, und so fragte er seine Geliebte, was er ihr aus der Stadt mitbringen sollte. Sie wollte nichts. Er bot ihr ein Kleid an, Juwelen oder sonstigen Schmuck, einen Pelz, diesen großen Luxus der Russen.

Sie lehnte alles ab.

Da wurde er ganz traurig, weil ihm nichts mehr einfiel, was er ihr hätte vorschlagen können. Schließlich konnte er ihr aber doch klarmachen, daß sie ihm großen Kummer bereiten würde, wenn sie von ihm gar nichts annähme. Da sagte sie:

»Na gut! Dann bringen Sie mir eine Seife mit.«

»Wie, eine Seife! Was für eine Seife denn?«

»Eine feine Seife, eine Seife mit Blütenaroma, wie sie die feinen Damen aus der Stadt eben haben.«

Er war ganz überrascht und verstand nicht, wie sie auf diesen sonderbaren Wunsch verfallen war. So fragte er:

»Aber wieso willst du denn ausgerechnet eine Seife?«

»Na um mir die Hände zu waschen und damit sie gut riechen und damit Ihr sie mir küßt, wie Ihr es mit den feinen Damen macht.«

Das sagte er, dieser großartige, sanfte und gutmütige Mann, auf eine Weise, daß man am liebsten geweint hätte.

Ein herausragender englischer Philosoph, Herbert Spencer, hat in seinem Buch ›Einführung in die Gesellschaftswissenschaft‹ geschrieben, daß die Künstlerin ein Fehlgriff der Natur sei; und beim Vergleich der Fähigkeiten und Funktionen von Mann und Frau kam er zu dem Schluß, daß geistige Leistungsfähigkeit bei der Frau, dem zur Erhaltung der Gattung bestimmten Geschöpf, ebenso anormal sei wie die Fähigkeit zum Stillen bei einem Mann. Nichtsdestoweniger ist man gelegentlich auf diese beiden Phänomene gestoßen: den stillenden Mann und die kunstsinnige Frau. Aber regelhaften Charakter sollte man diesen seltenen Ausnahmen nicht zubilligen.

Anschließend untersucht und analysiert Herbert Spencer die Ursachen des grundsätzlichen und unverrückbaren Unvermögens des Geschlechts, dem wir George Sand verdanken, im Bereich der Kunst.

Ein anderer Philosoph, ein Deutscher, Schopenhauer, hat die gleiche These mit leidenschaftlicher Überzeugungskraft entwickelt und dabei als Beleg für diese prinzipielle Unfähigkeit zwei Künste angeführt, in denen die Frauen sich genauso üben wie wir Männer, wenn nicht noch mehr, die Malerei und die Musik. Gleichwohl gab es in der Geschichte unter den Frauen weder einen großen Maler noch einen großen Musiker, trotz ihrer Anstrengungen, ihrer Ausbildung und der Hartnäckigkeit, mit der die Pariser Hausmeister ihre Töchter aufs Konservatorium schickten.

Auch Schopenhauer liefert die Gründe für diesen anhaltenden Mißerfolg.

Dennoch gab und gibt es weibliche Schriftsteller, die Talent hatten oder haben, viel Talent. Ich habe bereits George Sand erwähnt. Woher kommt dieser Widerspruch der Natur und diese funktionale Absonderlichkeit?

Von daher: Man kann Literat oder Literatin sein, man kann sogar ein großer Schriftsteller sein, ohne Künstler zu sein, während die großen Musiker und die großen Maler – von dem Heer der Mittelmäßigen spreche ich hier nicht – ihrem eigentlichen Wesen nach zwangsläufig Künstler sind.

Die Unterscheidung ist subtil. Versuchen wir trotzdem, sie festzuhalten.

★

Um Künstler zu sein, genügt es für einen Schriftsteller nicht, kraftvoll, ja genial zu denken und seine Gedanken klar und intensiv auszudrücken.

Dies genügt freilich, um ein großer Mensch zu sein.

Der Künstler strebt danach, in sein Werk etwas anderes als nur Gedanklichkeit hineinzulegen; er will diese geheimnisvolle und unerklärliche Sache hineinbringen, die die literarische Kunsthaftigkeit ausmacht. Was ist es, das so vielen Romanciers unbekannt bleibt? Wie kann man es eigentlich erklären?

Ein klarer und in gewisser Hinsicht auch gut ausgedrückter Sachverhalt kann allerdings, wenn man den Satz nur ein klein wenig verändert, wenn man nur den Platz eines Wortes verschiebt, sogleich einen bezwingenden Reiz von Schönheit, von Lebensnähe auslösen, er bekommt Lebens- und Leuchtkraft, er kann anschaulich, ergreifend, bewundernswert werden.

Der Künstler verfolgt, sei es durch Ahnung oder erlernte Kunstfertigkeit, durch Instinkt oder Vernunft, unablässig diese Schönheit, diese Formbarkeit der Wörter, die zu zucken beginnen und in seiner Formulierkraft Leben annehmen. Er weiß, daß er hinter dem, was er sagen will, noch etwas anderes sagen kann, daß er manchen Lesern ein köstliches Gefühl vermitteln, ihre Seele bewegen, ihren Geist anregen, ihnen neue Horizonte eröffnen kann, durch nichts als im dunkeln gelassene, im Stil verborgene Absichten. Er legt die zarte Musik des Ausdrucks über das Lied des Gedankens. Er weiß, daß es ausreicht, hier und da ein Adjektiv zu setzen, um der Idee eine unwiderstehliche Gewalt beizulegen, um sie mit einer fast physischen Schönheit auszustatten; er weiß, daß er durch eine minimale Veränderung der Anlage eines Satzes seine innerste Bedeutung verwandeln kann. Er weiß, daß er mit Worten den Dingen sichtbare Gestalt verleihen kann wie mit Farben; er weiß, daß sie über Töne, helle und dunkle Lichteffekte, Noten, Bewegungen, Gerüche verfügen; daß sie in ihrer Bestimmung, alles Bestehende in Erzählung zu überführen, alles sind: Musik, Malerei, Gedanke, und daß sie gleichzeitig alles können; daß sie, die unter den Fingern literarischer Tölpel schwer und schlapp, schlichte sinntragende Silben bleiben, unter der Feder eines Künstlers lebendige, geistige und schöne Wesen werden. Indem er also allem, was er sagt, eine komplexe Sinnfülle verleihen möchte, die an allen Künsten teilhat, streut der Schriftsteller Zusatzbedeutungen in die Klangkombinationen der Wörter, bringt er durch die Wortstellung Nuancen des Sinns ins Spiel, läßt er über die Angleichung der grammatischen Formen Andeutungen einfließen, stattet er selbst Kommas mit stilistischen Wirkungen aus.

Bedarf es eines Beispiels? Thiers war ein klarer, präziser, methodisch strenger Historiker und in nichts Künstler. Er schrieb gut verständlich; sein Talent verdient alle Achtung.

Schlagen wir aber Michelet auf, sehen wir sofort die Menschen von ehedem so lebendig, als ob sie vor uns stünden, mit ihrem Aussehen, ihren Gesten, ihrem ganzen Auftreten, durch ein einziges Wort evoziert und ein für allemal in der Geschichte vor uns hingestellt.

Sobald er eine Epoche auch nur berührt, dieser große Wiedererwecker der Vergangenheit, bringt er sie auch schon vollständig zum Vorschein, durch nicht mehr als ein paar Adjektive. Durch die Kraft des gewählten

Worts, durch die Genauigkeit des Verbs, durch die Richtigkeit des Beiworts, durch die gelehrte und bizarre Anordnung seines Satzes erweckt er ein ganzes untergegangenes Volk zu neuem Leben.

Er war wirklich ein großer Künstler. Was er schrieb, das war Kunst.

Dennoch waren viele Männer große Historiker, ohne Künstler vom Schlage eines Michelet zu sein. Viele Romanciers sind keine Künstler, war doch nicht einmal Balzac, der größte von allen, einer, und auch nicht Stendhal.

Die Suche nach dieser Schönheit ist etwas anderes als die Aufrechterhaltung der Spannung oder die Sorge um die Wahrheit.

Die Frauen verfügen über Phantasie, Erfindungsgabe, Charme, Leidenschaftlichkeit und Sinn für Dramatik, aber niemals hatten sie, niemals werden sie den göttlichen Sinn für die eigentliche Kunst haben. Und eben dies ist der Grund, warum es niemals Lyrikerinnen gab und geben wird. Denn die Lyriker müssen wie die Musiker und die Maler zuallererst Künstler sein. Ohne das sind sie nichts. Man lese von Victor Hugo das Gedicht ›Der eingeschlafene Booz‹, oder ›Die Elefanten‹ von Leconte de Lisle, um nachvollziehen zu können, wozu der weibliche Geist eben nicht fähig ist.

*

Was an den intelligenten Frauen besonders bemerkenswert erscheint, ist ein Sinn für die Wirklichkeit, mit dem sie im allgemeinen den Männern überlegen sind; aus diesem Grund werden sie oft eindrucksvolle Politikerinnen. Mit einem ihnen angeborenen überraschenden Listenreichtum, einem fast untrüglichen Gespür, einer enormen Anpassungsfähigkeit und extremem Scharfsinn ausgestattet, haben sie eine Art und Weise, auf die Dinge zu sehen und sich gleichsam als illusionslose Traumtänzerinnen auf die Ereignisse einzulassen, die uns Männer oft genug in Erstaunen versetzt.

George Sand, deren Korrespondenz man gerade veröffentlicht, offenbart sich uns voll und ganz in ihren Briefen, mit ihrem großartigen Esprit, ihrer weitgefächerten Philosophie, einem erfrischenden Menschenverstand, einer totalen Unabhängigkeit und gleichzeitig auch einigen typisch weiblichen Schwächen. Was einem als erstes auffällt, ist, daß es ihr nie auch nur in den Sinn gekommen ist, Künstlerin sein zu wollen.

Sie spricht von ihrem Beruf ganz als Praktikerin, im beständigen Bewußtsein, damit Geld zu verdienen, auf anständige Weise Geld zu verdienen. Das Wort *Kunst* kommt ihr niemals unter die Feder, außer in einem Brief an Flaubert, und auch da nur in Form eines Echos. Niemals scheint sie den heiligen Schauder, die köstliche Empfindung, den göttlichen Rausch des künstlerischen Schöpfungsaktes verspürt zu haben. Niemals entzündet auch nur ein Hauch von Schaffensrausch ihre Adern, nie gerät ihr Geist an den Rand schöpferischer Tollheit. Sie gibt selbst zu, daß sie ihre Romane *hinschludert* – so leicht geht ihr die Arbeit von der Hand –, ohne sich eine Spur um all die mühevollen Verschleierungen und Zusatzbedeutungen zu kümmern, die den Schaffensprozeß Flauberts so heikel werden ließen.

Sie hat sogar einmal geschrieben: »Ich habe wenigstens das Glück, der Literatur wie eine Fremde gegenüberzustehen und sie wie einen Broterwerb zu behandeln.«

Es ist also die reine Notwendigkeit, die sie zur Schriftstellerin werden ließ, und nicht das übliche Erblühen eines Talents, das allen Hindernissen zum Trotz keimt und wächst, wenn das geheimnisvolle Samenkorn einem Menschenwesen eingepflanzt wurde.

Aber dafür hat sie auch die Gabe gehabt, niemals ein weiblicher *homme de lettres* zu werden. Und gerade das ist es, was sie uns so großartig, zauberhaft, lauter und gutherzig erscheinen läßt.

Wenn die Künstlerin grundsätzlich als Fehlgriff der Natur anzusehen ist, so ist der *homme de lettres* ebenfalls einer, und zwar aufgrund seiner starken Seiten ebensosehr wie aufgrund seiner schwachen; denn in ihm gibt es kein unverbildetes Gefühl mehr. Was er sieht, was er empfindet, was er fühlt, seine Freuden, seine Vergnügungen, seine Leiden, seine Phasen der Verzweiflung – alles wird ihm unverzüglich zum Gegenstand der Beobachtung. Allen inneren und äußeren Widerständen zum Trotz analysiert er unaufhörlich die Herzen, die Gesichter, die Gesten, die Motive. Sowie er etwas gesehen hat, was es auch sei, muß er dessen tieferen Grund erfahren. Keine seiner Anwandlungen, kein Schrei, kein Kuß ist unbeschwert; ihm unterläuft keine dieser spontanen Handlungen, die man eben nun einmal vollzieht, ohne darüber einen Gedanken zu verschwenden, ohne zu überlegen, ohne lange verstehen zu wollen, ohne sich im nachhinein darüber Rechenschaft abzulegen. Er lebt nicht, er schaut anderen und sich selbst beim Leben zu.

Wenn er leidet, macht er sich von seinem Schmerz Notizen und legt sie in seiner Skizzenmappe ab. Bei der Rückkehr vom Friedhof, wo er von der Person, die er auf der Welt am meisten liebte, Abschied genommen hat, sagt er sich: »Eigenartig, was ich da für ein Gefühl hatte«, usw. Und er geht in der Erinnerung alle Einzelheiten durch, die Haltungen der Umstehenden, die hohlen Gesten, die geheuchelten Trauerschmerzen, die Verstellung in den Gesichtern und tausend unbedeutende Kleinigkeiten, Gegenstände der Beobachtung des Künstlers, das Kreuzzeichen einer alten Frau, die ein Kind an der Hand hielt, ein Lichtstrahl auf einem Fenster, ein Hund, der dem Trauerzug über den Weg lief, der Anblick des Leichenwagens unter den großen Eiben des Friedhofs, der überraschende Kopf eines Sargträgers und die Verzerrung der Gesichtszüge, die Anstrengung der vier Männer, die den Sarg ins Grab hinabsenkten; kurzum tausend Dinge, die ein rechtschaffener Mensch, der mit seiner ganzen Seele, seinem ganzen Herzen, seiner ganzen Inbrunst litt, niemals bemerkt hätte.

Er hat alles gesehen, alles behalten, alles ohne sein Zutun notiert, weil er vor allem und trotz allem ein Ungeheuer ist, ein *homme de lettres,* und weil sein Geist so beschaffen ist, daß das Nachbeben bei ihm viel intensiver, sozusagen viel natürlicher ist als die eigentliche Erschütterung; bei ihm ist das Echo klangvoller als der ursprüngliche Ton. Er scheint zwei Seelen zu haben, eine zweite, die jedes Erlebnis ihrer Nachbarin, der allen Menschen gemeinsamen natürlichen Seele, aufnimmt und interpretiert; und sein Leben ist dazu verurteilt, immer und bei jeder Gelegenheit ein Spiegelbild seiner selbst und der anderen zu sein; er ist dazu verdammt, sich beim Fühlen, Handeln, Lieben, Denken, Leiden zuzusehen und niemals zu leiden, zu denken, zu lieben und zu fühlen wie alle Welt – innig, freimütig, schlicht, ohne sich selbst nach jeder Freude und jedem Schluchzer einer kritischen Prüfung zu unterziehen.

Und wenn er liebt, wenn er eine Frau liebt, so seziert er sie wie einen Leichnam in einem Krankenhaus. Alles, was sie sagt oder tut, wird unverzüglich auf dieser Goldwaage der Beobachtung gewogen und nach seinem Wert als Dokument eingeordnet. Ob sie sich ihm in einer unüberlegten Anwandlung an den Hals wirft, das wird er im Hinblick auf Anlaß, Richtigkeit und dramatische Wirkung kritisch prüfen und insgeheim verurteilen, wenn er es für falsch oder schlecht durchgeführt hält.

Als Schauspieler und Zuschauer seiner selbst und der anderen ist er nie nur ein Mitspieler wie die übrigen, die harmlos vor sich hin leben. Um ihn herum wird alles zu Glas, die Herzen, die Taten, die Motive, und er leidet an einer seltsamen Krankheit, an einer Art Desillusionierung seiner selbst, die aus ihm ein auf schreckliche Weise zuckendes, maschinenartiges, kompliziertes und anstrengendes Wesen macht.

An ihm ist nichts unbeschwert, nicht einmal die Güte,

nicht einmal der Schmerz. Sein Beobachtungsapparat dient ihm zusätzlich zur Information als Seele, nicht nur zum Nachdenken, sondern auch noch als Herz. Bei ihm tritt die Intelligenz an die Stelle der Natur.

Wie es George Sand selbst gesagt hat: »Sie sind *hommes de lettres,* und keine Menschen.«

★

Aber sie, was für eine typische Frau sie doch ist, gutherzig, voll Schwung, aufrichtig, von hohem und weitreichendem Verstand.

Sie erklärt sich selbst auf einer zauberhaften Seite:

»Wo ist das Vorbild? Ich habe keine Ahnung, ich habe keines bis ins letzte gekannt, das im Sonnenlicht nicht einen Fleck aufgewiesen hätte, das heißt irgendeine Eigenschaft, mit der der Künstler einen Zug ins Krämerhafte bekam. Sie haben diesen Zug vielleicht nicht, Sie sollten sich malen. Ich selbst, ich habe ihn. Ich habe eine Vorliebe für klare Einteilungen, so habe ich einen Zug ins Oberlehrerhafte. Mir macht es Spaß, zu nähen und die Kinder sauberzuwischen, ich habe einen Zug ins Dienstbotenhafte. Ich bin oft zerstreut und habe so auch einen Zug ins Stupide. Und zu guter Letzt, für die Vollkommenheit kann ich mich nicht sonderlich erwärmen. Ich habe sie im Gefühl, nach außen zur Darstellung bringen könnte ich sie nicht ...

... Ich hege ein kolossales Desinteresse für alles, was nicht zu meinem kleinen Ideal des beschaulichen Arbeitens, des Lebens auf dem Lande und der sanften und lauteren Freundschaft gehört. Mir scheint, daß ich nicht mehr lange leben werde, obwohl ich wieder ganz gesund und munter bin. Ich beziehe diese Annahme aus der großen und ständig wachsenden Ruhe, die sich in meiner früher so aufgewühlten Seele ausbreitet. Mein Gehirn verfährt bei seiner Arbeit nicht mehr anders als von der Synthese hin zur Analyse; früher war es genau umgekehrt. Jetzt, wenn ich aufwache, ist es die Erde, die sich mir darbietet; es fällt mir einigermaßen schwer, das *Ich* wiederzufinden, das mich einst interessierte und das ich allmählich *ihr* nenne. Sie ist bezaubernd, die Erde, sehr interessant, voller Reize, aber doch gehörig im Rückstand und noch recht unhandlich ...«

Und an einer anderen Stelle ruft sie aus:

»Es gehört schon ein besonderes Geschick dazu, die Ehre, die Pflicht und die Mühsal des Lebens voll für sich zu akzeptieren. Ich für meinen Teil gebe mich dem Ideal einer unendlichen Reise in amüsantere Welten hin. Das Leben, das man so sehr zu verlieren fürchtet, ist allemal zu lang für die, die geschwind das durchschauen, was sie zu sehen bekommen. Alles wiederholt sich und läuft sich bis zum Überdruß tot ...

... Das beste wäre es, mit einem guten und großen Herzen wie Dir zusammenzuleben. Aber dann würde man nicht mehr sterben wollen, und wenn man *alt* ist wie ich, muß man sich auf alles gefaßt machen ... Ich mag alles, was einem Milieu sein typisches Gepräge verleiht, das Rattern der Kutschen und den Lärm der Arbeiter in Paris, die Schreie der tausend Vögel auf dem Lande, die Bewegung der Kähne auf Flüssen. Ich mag auch die absolute, tiefe Stille, und schließlich und endlich mag ich alles, was sich um mich herum eben so tut, ganz gleich wo ich mich befinde. Es ist dies ein besonderes Gespür für akustische Eigentümlichkeiten, eine neue Marotte ... Das einzige, was mir in meinem eigenen Leben interessant scheint, sind die *anderen* ... Die Unpersönlichkeit, ein anderer mir eigener Tick, macht beträchtliche Fortschritte. Ginge es mir nicht so gut, müßte ich glauben, daß sie eine Krankheit ist. Würde mein altes Herz nicht jeden Tag an Liebesfähigkeit gewinnen, würde ich meinen, daß es sich hier um Egoismus handelt; kurzum, ich bin mir ganz unschlüssig, aber so ist es nun mal.«

All dies, ist es nicht im besten Sinn kindlich, wahr, weise, unverdorben, hinreißend und widerspruchsvoll?

Sie erzählt das Leben, das sie in Nohant führt, und kommt dabei auf die Marionetten zu sprechen, die ihr Sohn, Maurice Sand, so gekonnt zu bewegen versteht:

»Diese Stücke dauern bis um zwei Uhr morgens, und wenn sie aus sind, ist man ganz närrisch.

Ich bin sicher, daß auch Du Dich wahnsinnig amüsieren würdest, denn in diesen Improvisationen stecken herrlicher Schwung und Ausgelassenheit, und die von Maurice modellierten Figuren sehen aus, als ob sie ein zugleich wirkliches und unwirkliches burleskes Leben führten; das mutet an wie ein Traum.

Maurice verschafft mir diesen Zeitvertreib in meinen Erholungspausen, die mit den seinen zusammenfallen. Er legt soviel Begeisterung und Leidenschaft darein, als würde es sich um Wissenschaft handeln. Er ist wahrlich ein zauberhafter Bursche, und mit ihm wird einem nie langweilig. Auch seine Frau hat viel Charme, ganz rundlich, wie sie im Moment ist; immer aktiv, sich um alles kümmernd, legt sie sich zwanzigmal am Tag aufs Sofa, um gleich wieder hochzufahren, um nach ihrer Tochter, der Köchin, ihrem Mann zu laufen, der alles mögliche für sein Theater braucht, bis sie endlich zurückkommt und sich wieder hinlegt; dann schreit sie, daß sie Schmerzen hat und lacht über eine daherschwirrende Fliege; sie näht Babywäsche, liest wie eine Verrückte Zeitungen, Romane, die sie zum Weinen bringen, und weint auch beim Marionettenspiel, wenn es sentimental zugeht, was schon mal passiert. Was ist das für ein Unikum: Sie singt hinreißend, ist cholerisch und sanft, macht köstliche Leckereien, *um uns zu überraschen*; und jeder Tag unseres Urlaubs ist ein kleines Fest, das sie organisiert.

Die kleine Aurora scheint einen sanften und bedächtigen Charakter zu bekommen ...

Ach was bin ich wieder für eine Plaudertasche! Findest Du das überhaupt amüsant? Ich möchte es hoffen, so daß eine solche briefliche Plauderei Dir einen kleinen Ersatz für unsere gemeinsamen Abendessen bietet, die mir auch abgehen. Dabei wären sie hier alle so gut zu Dir, wenn Du nicht so an Deinem Sessel kleben würdest und Dich *zum wahren Leben für das Leben* verlocken ließest. Ach! wenn man in Ferien ist, wie albern nehmen sich da Dinge wie die Arbeit, die Logik oder die Vernunft aus.

*

Und überall, von einer Seite zur nächsten, stößt man auf Ideen, die hell aufblitzen wie Lichter, kühne Einsichten, wunderbare, wahrhaftige und bezaubernde Landschaften. Und man kann gar nicht anders, als diese großartige Frau, die so schlicht, so genial und so bescheiden ist, zu lieben.

An den Beginn seines neuen Buchs mit dem Titel ›Vier kleine Romane‹ hat unser verehrter Kollege Jean Richepin ein interessantes Vorwort gestellt, das die Leser des ›Gil Blas‹ ja bereits kennen.

Dieses Vorwort stellt eine Art Analyse des Buchs dar, die im unernsten Ton eines Marktschreiers gehalten ist.

Darin stehen viele meines Erachtens sehr richtige Dinge, aber es findet sich auch der folgende Satz: »Die schöne Unsitte, die darin besteht, daß ich das Inventar einer Wohnung mit der Präzision eines Gerichtsvollziehers aufzeichne. Die große Mühe, mit der ich aufschreibe, was für eine krumme Nase Herr Dingsbums hat, wie schief der Rücken von Frau Sowieso ist, wie x-beliebige Leute gestikulieren, spucken, essen und ihre stinknormalen Körperfunktionen verrichten!«

Tja, dieser Satz beunruhigt mich. In ihm sind nämlich alle kritischen Einwände gegen jene Schulen gebündelt, die man Realisten, Naturalisten usw. genannt hat und die man, wie ich glaube, unter den gemeinsamen Nenner ›Schulen der Wahrscheinlichkeit‹ zusammenfassen könnte.

Oh! Ich leugne nicht, daß man oft mit der Beschreibung Schindluder getrieben hat; ich bestreite nicht, daß man oft aus der Zutat die Hauptsache gemacht hat; ich bezweifle nicht, daß die Psychologie das Wesentliche des Gegenwartsromans ist; aber ich glaube, ein Weglassen der Beschreibung in diesen Werken käme einer Abschaffung der unverzichtbaren Inszenierungsfaktoren gleich, hieße deren greifbare Wahrscheinlichkeitselemente zu zerstören, den Figuren ihr konkretes Profil, ihre spezifische Physiognomie zu rauben und freiwillig auf die vielgerühmte Handschrift des Künstlers zu verzichten. Mit einem Wort, das hieße, die eigentliche künstlerische Leistung zu unterdrücken, um nur noch das Werk des Psychologen übrigzulassen.

In jedem bedeutenden Roman gibt es eine insgeheim wirkende Kraft: die besondere *Atmosphäre,* die bei keinem Buch fehlen darf. Die Atmosphäre eines Romans zu erzeugen, das Milieu, in dem sich die Menschen bewegen, spürbar zu machen, das verhilft überhaupt erst dem Buch zum Leben. Hierauf muß die Kunst der Beschreibung sich beschränken; aber ohne sie taugt der Rest auch nichts.

Schauen Sie nur, mit welcher Sorgfalt Dickens die Örtlichkeiten anzudeuten versteht, in denen die Handlung spielt. Und er tut mehr, als sie nur anzudeuten, er macht sie einem sichtbar und bringt sie einem nahe, und auf diese Weise läßt er die Peripetien des Dramas wahrscheinlich, ja zwingend erscheinen, das, in einen anderen Rahmen hineingestellt, seine ganze Prallheit und Gefühlstiefe verlöre.

Wenn er uns eine Figur vorstellt, beschreibt er sie bis in ihre Marotten hinein, bis in die kleinsten Angewohnheiten ihres Körpers, bis in die ganz normalen Bewegungen hinein; und er kommt immer wieder darauf zurück, er wiederholt sich.

Ich habe Dickens als Beispiel genommen, weil seine Könnerschaft von niemandem angezweifelt wird, weil er kein Franzose ist und weil dieser Romancier die Kunst, seinen Figuren eine äußere Erscheinung zu geben, sie als Figuren mit Fleisch und Blut zu schildern, so weit wie nur irgend möglich getrieben hat, indem er diese notwendige körperliche Detailzeichnung bis an den Rand der Übertreibung führte.

Die psychologische Seite des Romans, die ganz sicher die allerwichtigste ist, gewinnt nur mit Hilfe der Komponente der Beschreibung ihre Wirkungsmacht. Das innere Drama einer Seele kann mir nur dann das Herz umdrehen, wenn ich die äußere Erscheinung klar sehe, hinter der sich diese Seele verbirgt.

Es scheint, als könne man die Romane in zwei deutlich voneinander unterschiedene Kategorien einteilen: in die klaren und in die verschwommenen. Die ersteren sind Romane mit konkreter Ausstattung des dramatischen Geschehens, die letzteren erschöpfen sich in psychologischen Erläuterungen. So verdienstvoll diese letzteren auch sein mögen, aus meiner Sicht bleiben sie immer konfus und schwerfällig, eben schwerverdauliche dicke Brocken. Ihr Prototyp sind die bemerkenswerten psychologischen Werke Stendhals, deren Wert sich einem nur bei langem Nachdenken erschließt, deren Qualitäten vergraben scheinen, wo sie besser hell leuchtend, farbig, von *Künstlerhand* hingesetzt dem Leser ins Auge springen sollten.

Das Innenleben der Figuren bedarf eines äußeren Reflexes in Form von Gesten.

Sind die Handlungen nicht die direkten Umsetzungen der Gefühle und Willensakte? Ist es nicht viel schwieriger, die Seele mittels der rigorosen Logik der Taten zu erklären, als einfach zu sagen: »Herr X. dachte dies, dann das, er überlegte in dieser Richtung und dann in jener«, usw. usw.? Wenn man das Milieu, in dem das Abenteuer stattfinden wird, so klar beschreibt, daß dieses Abenteuer förmlich in einer natürlichen Umgebung abläuft; wenn man die Figuren so eindrucksvoll darstellt, daß man beim bloßen Hinschauen ihre Psyche erkennen kann; wenn man sie in einer Weise agieren läßt, daß man dem Leser über nichts als ihre Taten den gesamten Mechanismus ihrer Motive enthüllt, ohne auf der Landkarte der Begierden und Gefühle eine lange Reise in ihrer Seele zu unternehmen; entstünde so nicht der wahre Roman, in der engen und gleichzeitig großartigsten Bedeutung des Wortes?

Ich gehe noch einen Schritt weiter. Ich bin der Ansicht, daß der Romanautor unter keinen Umständen das Recht hat, eine seiner Figuren zu erklären, ihren Charakter mit Hilfe expliziter Beweggründe zu bestimmen. Er soll mir diesen Menschen zeigen, nicht mir sagen, wie er ist. Ich brauche keine psychologischen Details. Ich will Fakten, nichts als Fakten, die nötigen Folgerungen hieraus ziehe ich selbst.

Wenn man mir sagt: »Raoul war ein elender Kerl«, so kann mich das nicht erschüttern, aber ich gerate ganz durcheinander, wenn ich sehe, wie dieser Raoul sich wie ein elender Bursche aufführt.

Der Philosoph im Romancier muß stets im Hintergrund bleiben.

Der Romanautor hat weder Partei zu ergreifen noch sich in Plaudereien oder in Erklärungen zu ergehen. Die Taten und die Figuren sollen sprechen, und sonst nichts. Und der Romancier hat auch keine Schlüsse zu ziehen; dieses Geschäft obliegt dem Leser.

In diesem ästhetischen Problem, dem viele Geister einigermaßen hilflos gegenüberstehen, steckt möglicherweise die Erklärung für mannigfache literarische Antipathien. Es gibt eben Leute, die nur dann mitkommen, wenn man ihnen sagt: »Die arme Frau war überaus unglücklich.« Diese Leute werden niemals in die großen Künstler eindringen, deren Geheimnistuerei und deren Verzicht auf Erläuterungen tieferen Absichten entspringt. Deren Werk trägt ihren unverwechselbaren Stempel – aufgrund seiner Materie und aufgrund seiner Kompositionsweise; niemals aber wird man an ihrer Oberfläche ihre eigene Meinung oder einen Kommentar zur Erläuterung ihrer tieferen Absichten finden. Und wenn sie etwas beschreiben, hat man den Eindruck, als stünden die Tatsachen, die Gegenstände, die Landschaften vor einem als würden sie sprechen und sich gleichsam selbst erzählen; denn man muß schon auf geniale und ganz originelle Weise unpersönlich schreiben, um ein wahrhaft persönlicher und großer Romancier zu sein.

⋆

Nun, lassen wir diese Frage, die für sich allein schon einen ganzen Band an Reflexionen erfordern würde, auf sich beruhen. Ich bin an einem Satz hängengeblieben, anstatt – was eigentlich mein Ziel war – ausschließlich von dem höchst bemerkenswerten Buch Jean Richepins zu sprechen. Das erste Werk, ›Schwester Doctrouvé‹, ist die einfache und ergreifende Geschichte eines armen Mädchens aus adeligem Hause, die sich für ihre Familie opfert, ihrem Bruder den ihr zustehenden Anteil am Erbe überläßt, und in jenem Alter, da sich die Sinne zu regen beginnen, ins Kloster geht. Zur Liebe geboren, wird sie alsbald eine Art Verzückte, mit Hang zur Schwärmerei, voll wilder Religiosität; doch dann erfährt sie plötzlich die Heirat ihres Bruders mit einer zwei Millionen schweren Tochter eines jüdischen Bankiers; und mit einem Schlag bricht in ihr alles zusammen, alles bis hin zu ihrem Glauben an Gott; und als Opfer ihres heldenhaften und unnützen Verzichts stirbt sie voller Verzweiflung. Diese nüchterne und kraftvolle Novelle läßt einem in ihrer unverhüllten Wahrheit kalt ums Herz werden.

Die zweite Erzählung, ›Herr Destremeaux‹, ist die merkwürdige Geschichte von einem armen Clown, der es zu Reichtum gebracht hat und sich in ein Mädchen verliebt. Als er unmittelbar vor der Hochzeit sein Vermögen verliert, bittet er um einen Aufschub von drei Jahren, um sich sein Vermögen wieder neu zu erarbeiten.

Das gelingt ihm auch. Von der Liebe blind gemacht, hatte er allerdings dem Vater seiner Braut den wenig rühmlichen Beruf, dem er sein Geld verdankte, verschwiegen.

Just als er nun dabei ist, in den Besitz seines Glücks zu gelangen, beichtet er in einem langen und recht schönen Brief, voll Selbstbewußtsein und Bescheidenheit, alles, doch die entrüstete Familie stößt ihn zurück.

Als in der Folgezeit das mittlerweile verheiratete Mädchen eines Abends einer Zirkusvorstellung beiwohnt, erkennt sie ihn in dem Augenblick, als er einen Salto mortale ausführt. Sie stößt einen Schrei aus; er sieht sie, wirft ihr eine Kußhand zu, und mit einem Sprung ins Leere landet er mit zerschmettertem Kopf zu ihren Füßen.

Die dritte Erzählung sagt mir weniger zu: ›Eine Geschichte aus der Anderen Welt‹. Aber hier liegt der Fehler bei mir, denn es muß ein Fehler sein, wenn man mit außergewöhnlichen Abenteuern nichts anfangen kann, die – jedenfalls mir – angesichts so unwahrscheinlicher Dinge nur eben nicht mehr als ein Staunen verursachen.

Das Buch schließt mit einem bemerkenswerten historischen Roman, dessen inhaltlicher Kern, auch wenn dies überraschen mag, authentisch ist, denn die Mitwirkenden heißen Borgia.

Es ist der Bericht von den Anfängen des berüchtigten Cesare Borgia, dieses Papstsohns, der als Liebhaber seiner Schwester Lucrezia der Rivale seines Vaters und der Mörder seines Bruders und noch so manches andere war.

Diese fürchterliche Geschichte, wie sie da ganz im ruhigen Tonfall des Historikers und Romanciers, der diese sonderbaren Wesen mit Interesse betrachtet, wiedergegeben wird, gewinnt über die bloßen Fakten eine gleichsam natürliche Intensität. Und hierin liegt, nach meiner unmaßgeblichen Meinung, der größte Pluspunkt des neuen Buches von Jean Richepin.

Emile Zola

Es gibt Namen, die zur Berühmtheit bestimmt scheinen, die gut klingen und sich dem Gedächtnis gut einprägen. Kann man Balzac, kann man Hugo vergessen, sobald man auch nur einmal diese kurzen und glänzenden Silben hat sagen hören? Aber unter all den Namen der Literatur gibt es vielleicht keinen, der stärker in die Augen springt und der sich noch stärker im Gedächtnis festsetzt als der von Zola. Er strahlt wie zwei Fanfarenstöße, heftig, lautstark, er dringt ins Ohr, füllt es mit seiner unerwarteten und klangvollen Heiterkeit. Zola, was für ein Anruf ans Publikum! Was für ein Weckruf! Und was für ein Glück für einen talentierten Schriftsteller, ein solches Element unter seinen Personalien zu haben!

Und hat jemals ein Name besser zu seinem Träger gepaßt? Er wirkt wie eine Herausforderung zum Kampf, wie eine Drohung zum Angriff, wie eine Siegeshymne. Nun, wer hat denn auch unter den Schriftstellern von heute mit größerer Vehemenz für seine Ideen gekämpft; wer ist denn mit größerer Schärfe auf all das losgegangen, was er für ungerecht und falsch hielt; wer hat denn schneller und geräuschvoller erst über die Gleichgültigkeit und dann über den hinhaltenden Widerstand des großen Publikums triumphiert?

Auch seine äußere Erscheinung steht mit seinem Talent im Einklang. Etwas über vierzig Jahre alt, ist er von mittlerer Größe, etwas rundlich, und vermittelt den Eindruck eines gutmütigen und starrsinnigen Menschen. Sein Kopf, der jenen ähnlich sieht, die man auf vielen italienischen Bildern des 16. Jahrhunderts sehen kann, verweist, ohne schön zu sein, auf eine große, starke und intelligente Persönlichkeit. Seine kurzen Haare stehen aufrecht auf einer sehr entwickelten Stirn, und die wie mit einem allzu scharfen Schnitt klar geformte Nase endet, von einem recht buschigen schwarzen Schnurrbart verdunkelt, über der Oberlippe. Die ganze untere Hälfte dieses fleischigen, aber energischen Gesichtes wird von einem kurz gehaltenen Bart bedeckt. Der schwarze, kurzsichtige, bohrende Blick prüft, lächelt, während eine eigentümliche Falte die Oberlippe kräuselt, mal verächtlich, mal ironisch auf eine zugleich lustige und spöttische Weise. Sein ganzer rundlicher und kräftiger Körper vermittelt die Vorstellung von einer Kanonenkugel; er trägt keck seinen ungeschlachten Namen mit den zwei hüpfenden Silben, die lautstark auf zwei Vokale enden.

⋆

Was hat man nicht schon über sein Werk gesagt? Was soll ich darüber noch sagen? Auch dieses Werk ist ungeschlacht; es hat die Konventionen des literarischen Anstands zerrissen und zerfetzt, indem es durch sie hindurchstieß wie ein muskulöser Clown durch einen Papierreifen. Was diesen Schriftsteller ganz besonders auszeichnet, das ist die Kühnheit, mit der er die Dinge beim Namen nennt (ich sehe hier die feinsinnigen Leute lächeln) und eine Verachtung für Umschreibungen. Mehr als irgend jemand könnte er die Formel Boileaus für sich in Anspruch nehmen:

Ich nenne eine Katze eine Katze . . .

Bisweilen scheint er diese Liebe für die nackte Wahrheit bis zur Provokation zu treiben. Sein üppiger, bilderreicher Stil ist nicht nüchtern und präzise wie der Flauberts, auch nicht ziseliert und verfeinert wie der von Théophile Gautier, und auch nicht subtil gebrochen, erfindungsreich, kompliziert und zart verführerisch wie jener der Goncourts. Er ist prallvoll und stürmisch wie ein überschwemmter Fluß, der alles niederwalzt.

Als Sohn der Romantik und in seinem künstlerischen Verfahren unfreiwilliger Romantiker (er räumt dies mißmutig ein) macht er bewundernswürdige Bücher, die, ohne es zu wollen, daherkommen wie Gedichte, wie Gedichte jenseits der Regeln der Lyrik, ohne vorgefaßtes Konzept, in denen die Dinge, welcher Art auch immer, gleichmäßig in ihrer wahren Beschaffenheit auftauchen und sich in aller Breite, doch niemals in abstoßender oder für sie einnehmender Weise, gleichviel ob sie nun häßlich oder schön sind, in diesem vergrößernden, aber immer zuverlässigen und rechtschaffenen Brennglas der Wahrheit spiegeln, das der Schriftsteller in sich trägt. ›Der Bauch von Paris‹, ist das nicht das Gedicht der Nahrungsmittel? ›Der Totschläger‹, ist das nicht das Gedicht des Besaufens? Ist ›Nana‹ nicht das Gedicht des Lasters?

Was ist dies anderes als hohe Lyrik, anderes als eine herrliche Vergrößerung des Elends – »sie stand aufrecht inmitten der angehäuften Schätze ihres Hauses, mit einem Heer von Männern, die zu ihren Füßen niedergestürzt waren. Gleich jenen antiken Ungeheuern, deren gefürchteter Herrschaftsbereich von Gebeinen übersät war, setzte sie ihre Füße auf Schädel; und sie war umgeben von Katastrophen, der wilde Flammentod Vandeuvres, die Schwermut des in den Meeren Chinas verschollenen Foucarmont, das Desaster Steiners, der zur Existenz eines ehrbaren Bürgers verdammt wurde, der befriedigte Schwachsinn La Faloises und der tragische Zusammenbruch der Muffats und der weiße Leichnam von Georges, an dem Philippe, der erst am Vortag aus dem Gefängnis gekommen war, die Totenwache hielt. Ihr Werk der Zerstörung und des Todes war vollbracht; die mit dem Gärstoff der gesellschaftlichen Fäulnis versehene, aus dem Unrat der Vorstädte aufgestiegene Fliege hatte alle diese Männer vergiftet, durch nichts anderes, als daß sie sich auf sie setzte. Das war gut so, das war gerecht; sie hatte ihre Welt, die Bettler und die Ausgestoßenen, gerächt. Und während ihr Geschlecht in all seiner Glorie, wie eine aufgehende Sonne, die die Stätte eines Blutbads erleuchtet, über diesen Opfern aufstieg und strahlte, bewahrte sie ihre Ahnungslosigkeit eines Tiers, das immer gutmütig ist und nicht weiß, was es da alles angerichtet hat.«

*

Wieviel Hohn hat man nicht über diesem Mann ausgeschüttet, wieviel billigen und immer gleichen Spott. Es ist wahrlich leicht, Literaturkritik so zu betreiben, daß man für immer und alle Zeiten einen Schriftsteller mit einem Jaucheentleerer im Dienst, seine Freunde mit dessen Helfern und seine Bücher mit Jauchegruben gleichsetzt. Diese Art von Lustigkeit kann im übrigen einen von seiner Sache selbstbewußt Überzeugten nur wenig erschüttern.

Es liegt mir fern, hier den Eindruck zu erwecken, ich wollte für Zola *Lanzen brechen* – er ist im übrigen selbst Manns genug, sich zu verteidigen, und hat dies oft bewiesen –, aber die Tatsache, daß diese Theorie der Scheinheiligkeit, derzufolge man einen Romancier auf widerwärtige Weise beschimpft, weil er sich energisch die Freiheit nimmt, alles zu sagen und das zu erzählen, was jeder tut, so verwurzelt bei uns ist, versetzt mich nun einmal in höchste Verwunderung. Wir spielen uns fürwahr eine staunenswerte Komödie vor. Bringen wir es wirklich fertig, mit Hilfe einiger großer Wörter, Ehre, Tugend, Rechtschaffenheit usw. uns einzureden, so ganz anders zu sein, als wir sind? Warum so lügen? Wir können ja doch niemand hinters Licht führen! Alle Gesichter, auf die man hinter all diesen Masken stößt, sind wohlbekannt! Wenn wir uns über den Weg laufen, setzen wir dem andern gegenüber ein feines Lächeln auf, das ungefähr soviel heißt wie: »Ich weiß Bescheid«; wir flüstern uns gegenseitig die Skandale, die pikanten Histörchen, die wahren Hintergründe des Lebens ins Ohr; wenn aber einer sich erdreistet, laut zu sprechen, in aller Ruhe, mit lauter und gleichmütiger Stimme all diese öffentlichen Geheimnisse der Gesellschaft zu erzählen, dann erhebt sich lauter Protest, dann werden geheuchelte Entrüstung, schamhaftes Getue nach Art der Messalina und Empfindlichkeiten, die eines Robert Macaire würdig wären, geäußert.

Niemand im Reich der Literatur hat womöglich mehr Haß auf sich gezogen als Emile Zola. Ihm gebührt der Ruhm, die meisten blindwütigen Feinde zu besitzen, die bei jeder Gelegenheit wie die Wilden über ihn herfallen, sich dabei sämtlicher Waffen bedienen, während er selbst mit dem Zartgefühl eines Ebers ihre Attacken erwartet. Seine groben Ausfälle sind sprichwörtlich. Und wenn ihn trotz seiner Dickfelligkeit die Fausthiebe, die er erhielt, mitunter ein wenig mitgenommen haben, was hat er nicht alles, um sich zu trösten? Kein Schriftsteller ist bekannter, hat wie er Leser in allen vier Erdteilen, ist selbst unter seinen Gegnern ob seines Ranges unbestritten, keiner genießt einen größeren Ruhm.

Im übrigen ist er ein arbeitsames Exemplar seiner Spezies. Frühaufsteher, der er ist, arbeitet er ohne Unterbrechung von acht Uhr morgens bis ein Uhr mittags und kehrt im Laufe des Tages an seinen Schreibtisch zurück, und am Abend beginnt er nochmals. Als Feind des Gesellschaftslebens und des Tratsches verläßt er Médan, wo er neun von zwölf Monaten in häuslicher Zurückgezogenheit verbringt, nur noch selten.

Für diejenigen, die im Leben der Menschen und in den Dingen, mit denen sie sich umgeben, den Schlüssel zu den Geheimnissen ihres Denkens suchen, stellt Zola vielleicht einen interessanten *Fall* dar. Dieser leidenschaftliche Feind der Romantiker hat sich, auf dem Land genauso wie in Paris, höchst romantische Wohnungen geschaffen. In Paris ist sein Zimmer mit alten Wandteppichen bespannt; ein Bett im Stil von Heinrich II. ragt in die Mitte des geräumigen Zimmers hinein, das von ehemaligen Kirchenfenstern erhellt wird; buntschillerndes Licht fällt auf tausend verspielte Nippessachen, mit denen man an diesem Ort nicht rechnet. Überall sehr alte Stoffe,

Seidenstickereien aus Großmutters Tagen, mehrere Jahrhunderte alter Altarschmuck. In Médan geht es nicht sonderbarer zu. Das Anwesen, das aus einem quadratischen Turm und einem winzigen Häuschen besteht, das zu dessen Füßen kauert wie ein Zwerg, der neben einem Riesen marschiert, verfügt weder über einen Park noch über einen Laubengang noch über schattige Alleen oder dicke Rabatten mit majestätischen Blumen. Vor dem Haus befindet sich nicht mehr als ein kleiner Gemüsegarten, so ein kleiner Pfarrergarten, wo man ein gläsernes Gewächshaus sucht. Eine Hecke trennt dieses bescheidene Anwesen von der Eisenbahnlinie. Wenn man aber in das *Allerheiligste* vordringt, dann kommt man aus dem Staunen nicht mehr heraus.

Zolas Arbeitsplatz steht mitten in einem überdimensional großen und hohen Raum, den ein zur Ebene hin angebrachtes und die ganze Zimmerbreite einnehmendes Fenster mit Licht versorgt. Und dieses riesige Arbeitszimmer ist ebenfalls mit riesigen Teppichen bespannt, mit Möbeln aus allen Epochen und allen Ländern vollgestopft. Mittelalterliche Rüstungen, echte oder unechte, stehen neben eindrucksvollen japanischen Möbeln und graziösen Gegenständen aus dem 18. Jahrhundert. Der von zwei mannshohen Figuren aus Stein flankierte Kamin ist so groß, daß man im Lauf eines Tages eine ganze Eiche darin verbrennen könnte; und das Gesims ist üppig vergoldet und jedes Möbelstück mit Nippes überladen. Dabei ist Zola überhaupt kein Sammler: Er scheint nur um des Kaufens willen zu kaufen, mal von diesem, mal von jenem, ganz so, wie es seine stets wache Phantasie gerade will, gemäß den Launen seines Auges, das sich von Formen oder Farben verführen läßt, wobei er sich nicht, wie Goncourt, lange um die Echtheit und den wahren Wert des fraglichen Objekts schert.

Gustave Flaubert dagegen hegte einen Haß auf den Nippes; er hielt diese *Manie* für etwas Albernes und Kindisches. Bei ihm fand man keinen dieser Gegenstände, die unter die Bezeichnung ›Raritäten‹ bzw. ›Antiquitäten‹ oder ›Kunstgegenstände‹ fallen. Seinem mit alten Persern ausgeschlagenen Arbeitszimmer in Paris mangelte dieser einnehmende Charme, der von den Wohnungen ausgeht, die ihre Besitzer mit Hingabe bewohnen und die sie mit Leidenschaft schön herrichten. In seinem Landhaus in Croisset ist das große Zimmer dieses Arbeitstieres überhaupt nur mit Büchern tapeziert. Darüber hinaus gibt es noch, da und dort, ein paar Reisesouvenirs oder persönliche Andenken von Freunden, mehr nicht.

Hätten die Psychologen da nicht eine interessante Materie zur wissenschaftlichen Erforschung?

⋆

Ich bin nicht so vermessen, mit diesem kleinen Aufsatz so etwas wie eine Untersuchung über Zola, *den Menschen, sein Leben, sein Werk* vorlegen zu wollen. Im übrigen ist eine solche bereits geschrieben und wird in der allernächsten Zukunft erscheinen. Einer seiner engsten Freunde, Paul Alexis, hat in einem schmalen Band alles zusammengetragen, was er über den großen naturalistischen Schriftsteller weiß (und er weiß alles). Mir selbst ging es nur darum, in einigen Zeilen das Profil dieses so großen und so eigentümlichen Autors zu skizzieren, und das in einem Augenblick, da der ›Gaulois‹ gerade sein neues Werk herausbringt, ›Pot-Bouille‹, den Roman, an dem er am längsten gearbeitet hat und der innerhalb des Kontrastprinzips, das er sich anscheinend von einem Buch zum nächsten zurechtgelegt hat, nach dem aufwühlenden Roman ›Nana‹ wieder ein ruhiger Roman sein müßte.

Die Abende von Médan

Wie dieses Buch entstand.

An den Direktor des ›Gaulois‹.

Ihre Zeitung war die erste, die das Erscheinen der ›Abende von Médan‹ ankündigte, und heute bitten Sie mich um einige nähere Einzelheiten über die Ursprünge dieses Buches. Es wäre interessant zu erfahren, welche Absicht wir mit dem Buch verfolgten, ob wir damit das Programm einer Schule propagieren und ein Manifest lancieren wollten.

Auf diese paar Fragen will ich gern antworten.

Wir haben nicht den Anspruch, eine Schule zu sein. Wir sind ganz einfach einige Freunde, die eine gemeinsame Bewunderung für Zola bei jenem zusammengeführt hat und die in der Folgezeit eine Verwandtschaft der Temperamente, der in allem ähnlichen Gefühle und eine einheitliche philosophische Einstellung immer mehr verbunden hat.

Was mich selbst betrifft, der ich als Literat noch völlig unbedeutend bin, wie sollte ich mir anmaßen, einer Schule anzugehören? Ich hege eine vage Bewunderung für alles, was mir, unabhängig von der Epoche und der Gattung, bedeutsam erscheint.

Es hat sich nun allerdings bei uns eine unbewußte, schicksalhafte Abneigung gegen den Geist der Romantik eingestellt, aus dem einzigen Grund, daß die literarischen Generationen aufeinander folgen und sich nicht ähneln.

Was uns im übrigen aber an der Romantik, die unvergängliche Kunstwerke hervorgebracht hat, irritiert, ist einzig und allein ihr Ergebnis in philosophischer Hinsicht. Wir beklagen uns darüber, daß das Œuvre Hugos das Werk Voltaires und Diderots zum Teil zerstört hat.

Aufgrund der salbungsvollen Sentimentalität der Romantiker, aufgrund ihrer dogmatischen Verleugnung von Recht und Logik sind der alte gute Menschenverstand und die alte Weisheit von Montaigne und Rabelais aus unserem Land fast verschwunden. Sie haben die Idee der Gerechtigkeit durch jene des Verzeihens ersetzt, indem sie bei uns einen Kult der Barmherzigkeit und Gefühlsduselei aussäten, der an die Stelle der Vernunft getreten ist.

Ihre Schuld ist es, daß die mit zweifelhaften Herren und Mädchen gefüllten Theatersäle den Anblick eines einfachen Ganoven auf der Bühne nicht mehr ertragen können. Es ist die romantische Moral des Pöbels, die die Gerichte oftmals dazu nötigt, durchtriebene Individuuen und leichte Frauenzimmer, die ihre Taten rührselig genug vorbringen, freizusprechen.

Ich habe für die großen Meister dieser Schule (hier trifft der Ausdruck Schule zu) eine grenzenlose, freilich oft mit einem Aufbegehren meiner Vernunft gepaarte Bewunderung; denn ich finde, daß Schopenhauer und Herbert Spencer viele treffendere Ideen haben als der illustre Verfasser der ›Elenden‹. Dies ist aber auch schon die einzige Kritik, die ich mir erlauben würde, und hier geht es auch gar nicht um literarische Aspekte. Was uns in literarischer Hinsicht hassenswert erscheint, sind die alten Drehorgeln der Wehleidigkeit, deren Mechanismen Jean-Jacques Rousseau erfunden hat und deren Kurbel eine Reihe von Romanschriftstellern, deren letzter – so hoffe ich – Feuillet ist, hartnäckig gedreht haben, um die immer gleichen schmachtenden und falschen Weisen zu wiederholen.

Was die Streitereien um die Wörter angeht, Realismus und Idealismus, diese kann ich nicht nachvollziehen.

Ein unerbittliches Gesetz der Philosophie lehrt uns, daß wir jenseits dessen, was unsere Sinne erfassen, keinerlei Vorstellungen gewinnen können; und der Beweis für dieses Unvermögen liegt in der Unsinnigkeit der

Konzepte, von denen man sagt, sie existieren allein in der Vorstellung, sowie der von allen Religionen erfundenen Paradiese. Wir haben somit diesen einzigen Gegenstand, den es nach künstlerischen Kriterien zu durchschauen und zu deuten gilt, das Sein und das Leben. Wenn man dafür nicht einen zugleich genauen und künstlerisch überhöhten Ausdruck findet, so ist mangelndes Talent daran schuld.

Wenn ein als Realist eingestufter Herr sich darum bemüht, so gut wie möglich zu schreiben, wenn er unablässig von künstlerischen Problemen gequält ist, so ist er nach meinem Verständnis ein Idealist. Was nun den betrifft, der plakativ den Anspruch vor sich her trägt, das Leben schöner zu machen, als es seiner Natur nach ist, als ob man es ganz anders konzipieren könnte, als es nun einmal ist, wer also den Himmel in seine Bücher bringt und in der Rolle des ›Romanciers für die Frauenwelt‹ schreibt, der ist wenigstens nach meiner Meinung nur ein Scharlatan oder ein Schwachkopf. Ich verehre die Märchen über alles und füge hinzu, daß diese Arten von Erfindung in ihrem spezifischen Bereich viel wahrscheinlicher sein müssen als irgendein Roman über die Sitten des zeitgenössischen Lebens.

Nun möchte ich noch einige Bemerkungen über unseren Band machen.

Wir waren im Sommer bei Zola zusammengekommen, in seinem Anwesen von Médan.

Die langen Verdauungsstunden nach den langen Mahlzeiten (denn wir sind allesamt Schlemmer und Feinschmecker, und Zola allein ißt soviel wie drei normale Romanciers) brachten wir mit Plaudern zu. Zola erzählte uns von seinen Romanprojekten, seinen literarischen Ideen und seinen Meinungen über alles mögliche. Manchmal nahm er ein Gewehr, mit dem er wie ein Kurzsichtiger umging, und schoß mitten im Reden auf Grasbüschel, von denen wir ihm weismachten, es seien Vögel, wobei er sich wunderte, keinen Kadaver zu finden.

An manchen Tagen wurde geangelt. Dabei tat sich Hennique hervor, zur großen Verzweiflung Zolas, der nichts Besseres als alte Schuhe an Land zog.

Ich selbst lag ausgestreckt in dem Boot mit dem Namen »Nana« oder ging stundenlang ins Wasser, während Paul Alexis mit lustigen Einfällen herumstreifte, Huysmans Zigaretten rauchte und Céard, den das Land anödete, sich der Langeweile hingab.

So vergingen die Nachmittage; aber da die Nächte herrlich, warm, voller Düfte von Blättern waren, fuhren wir jeden Abend auf die gegenüberliegende ›große Insel‹.

Ich setzte die ganze Gesellschaft mit der »Nana« über.

Einmal, in einer Vollmondnacht, sprachen wir über Mérimée, von dem die Damen sagten: »Welch zauberhafter Erzähler!« Darauf versetzte Huysmans in etwa folgendes: »Ein Erzähler ist ein Mensch, der, da er sich aufs Schreiben nicht versteht, Banalitäten von sich gibt.«

So verfielen wir darauf, alle berühmten Erzählautoren durchzugehen und jene zu preisen, die gut mündlich erzählen können, und der herrlichste von ihnen allen ist der große Russe Turgenjew, dieser Beinahe-Franzose. Paul Alexis behauptete, eine geschriebene Erzählung sei eine schwierige Angelegenheit. Céard, ein Skeptiker, murmelte beim Anblick des Mondes: »Da haben wir eine schöne romantische Dekoration; daraus müßte man etwas machen ...« Huysmans fügte hinzu: »... indem man gefühlvolle Geschichten erzählt.« Aber Zola fand, daß an der Idee etwas dran sei, daß man sich tatsächlich gegenseitig Geschichten vortragen sollte. Der Einfall brachte uns zum Lachen, und um die Sache noch zu komplizieren, kam man überein, daß der vom ersten gewählte Rahmen von den anderen beibehalten würde, die in ihm unterschiedliche Abenteuer unterbringen müßten.

Wir ließen uns nieder, und in der großen Ruhe der schlummernden Felder trug uns Zola unter dem gleißenden Mondschein diese schreckliche Seite aus der unseligen Geschichte der Kriege vor, die ›Der Sturm auf die Mühle‹ heißt.

Als er geendet hatte, rief jeder: »Das gehört schnell aufgeschrieben.«

Da fing er an zu lachen: »Schon geschehen.«

Am nächsten Tag war ich an der Reihe.

Tags darauf amüsierte uns Huysmans sehr mit dem Bericht von den traurigen Erlebnissen eines Mobilgardisten ohne jede Kriegsbegeisterung.

Céard schilderte uns noch einmal mit neuen Erklärungen die Belagerung von Paris, ließ eine Geschichte voller Philosophie abrollen, stets wahrscheinlich, wo nicht wahr, jedenfalls immer wirklichkeitsbezogen im Sinne von Homers altem Gedicht. Denn wenn die Frau seit ewigen Zeiten die Männer zu Dummheiten verleitet, dann leiden die Krieger, die sie ganz besonders mit ihrer Huld begünstigt, darunter zwangsläufig stärker als andere.

Hennique demonstrierte ein neuerliches Mal, daß die Menschen, die oft intelligent und vernünftig sind, solange sie für sich allein sind, unweigerlich zu Tieren werden, wenn sie in Gruppen auftreten. Es ist das, was man den Rausch der Menge nennen könnte. Ich kenne nichts, was lustiger und gleichzeitig schrecklicher wäre als die Belagerung dieses Bordells und das Massaker an den armen Freudenmädchen.

Paul Alexis jedoch ließ uns vier Tage warten, weil er kein Thema fand. Er wollte uns Geschichten von Preußen erzählen, die Leichen besudeln. Unser harscher Unwille brachte ihn davon wieder ab, und schließlich kam er auf die unterhaltsame Anekdote von einer vornehmen Frau, die auszieht, ihren toten Ehemann vom Schlachtfeld heimzuholen und sich dabei von einem verwundeten Soldaten ›erweichen‹ läßt. Und dieser Soldat war ein Priester.

Zola fand diese Erzählungen reizvoll und schlug vor, daraus ein Buch zu machen.

Das, verehrter Herr Direktor, wären einige Bemerkungen; schnell hingeschrieben, enthalten sie doch – wie ich meine – alle Details, die Sie interessieren können.

Mit bestem Dank für ihr Wohlwollen verbleibe ich als
Ihr sehr ergebener
Guy de Maupassant.

NACHWORT

Ein gutaussehender junger Mann, aus der Normandie stammend, trifft beim Flanieren im abendlichen Paris zufällig auf einen alten Kameraden aus der in Nordafrika verbrachten Militärzeit. Dieser, nunmehr erfolgreicher Redakteur einer Tageszeitung, lädt den beruflich noch unentschlossenen Provinzler zu einem Essen mit Journalistenkollegen am folgenden Abend, und nach anfänglicher schüchterner Zurückhaltung zieht der junge Mann mit ein paar originellen Bemerkungen zur Lage im von Frankreich kolonialisierten Algerien überraschend die Aufmerksamkeit der Tischgesellschaft auf sich. Der ebenfalls anwesende Eigentümer des Blattes ermuntert ihn daraufhin spontan, für seine Zeitung doch eine Artikelserie zu diesem aktuellen Thema zu verfassen, was den ehrgeizigen Neuling in der prominenten Runde der schreibenden Zunft in einen Freudenrausch versetzt. Der Versuch, diesen Auftrag in die Tat umzusetzen, führt freilich bei dem schriftstellernden Novizen zu alsbaldiger Ernüchterung. Hilfe findet der Unerfahrene am nächsten Morgen bei der Frau des Gastgebers. Sie läßt sich von ihm die wichtigsten Umstände und Personen seiner Erlebnisse berichten und, sowie sie genug gehört hat, unterbricht sie ihn mit den Worten:

> Nun können wir anfangen. Als erstes tun wir so, als richteten Sie Ihre Eindrücke an einen Freund, was es Ihnen erlaubt, einen Haufen Unsinn zu sagen, Bemerkungen aller Art zu machen, ungezwungen und lustig drauflos zu reden, wo wir es einrichten können. Schreiben Sie also: »Mein lieber Henry, Du willst etwas über Algerien erfahren, von mir aus. Ich werde Dir, nachdem ich in der Hütte aus getrocknetem Lehm, die mir als Unterkunft dient, sonst gerade nichts zu tun habe, eine Art Tagebuch über mein Leben hier schreiben, wie es Tag für Tag, Stunde um Stunde so abläuft.«

Der Text, der auf diese Weise langsam Gestalt annimmt, beginnt mit der Ankunft des Berichterstatters im fremden Afrika und vermischt im folgenden Informationen über die politische Erdkunde des Landes mit frei erfundenen erotischen Abenteuern, in denen er im Mittelpunkt steht. In der Tat, tags darauf erscheint der fertige Artikel in der Zeitung ›La Vie Française‹: die Journalistenkarriere des jungen Mannes kann ihren Lauf nehmen.

★

So fing alles an. Freilich nur im Roman. Eine Zeitung dieses Namens hat es nie gegeben. Und auch der schriftstellernde Lehrling ist, wie könnte es anders sein, allen biographischen Ähnlichkeiten zum Trotz – die Abstammung aus der Normandie, der tastende Beginn des Schreibens unter den Augen eines wohlmeinenden Mentors, Militärdienst, Afrikareise ... – nicht Guy de Maupassant (1850–1893), sondern ein gewisser Georges Duroy, der zwielichtige Held seines berühmten Romans ›Bel-Ami‹. Und die fragliche Episode zu Beginn dieses Romans soll ja nicht zuletzt das krasse Mißverhältnis zwischen der erotischen Ausstrahlung Duroys und seiner journalistischen Begabung verdeutlichen. In seiner Anbindung an authentische Erlebnisse des Artikelschreibers, in der lockeren Anordnung und geistreichen Darbietung dieser Impressionen mit dem Ziel, einen mit dem Gegenstand wenig vertrauten Leser kurzweilig zu informieren, stellt Duroys Bericht gleichwohl, wenn auch in spöttischer Überdrehtheit, so etwas wie eine fiktiv verpackte Ästhetik einer Gattung dar, mit der sich Maupassant selbst seine gesamte ja nur ein gutes Jahrzehnt währende literarische Karriere hindurch Brot und Ansehen erwarb, nämlich der *chronique* – so wird dieser Artikel denn auch wenig später im Roman bezeichnet.

Chronique – so wird im französischen Kulturraum ein Zeitungsartikel genannt, in dem beliebige Vorkommnisse der Tagesaktualität berichtet und ungezwungen, in sprunghafter Weise, besprochen werden; es ist also ein bald ernstes, bald heiteres Genre zwischen Reisebericht und Satire, zwischen Essay und Feuilleton. Dieser Typ von Artikel erfreute sich in der französischen Presselandschaft des Fin de siècle außerordentlicher Beliebtheit, und so hielt sich fast jede größere Zeitung, unter Aufwendung beträchtlicher Honorare, einen oder mehrere solcher Kolumnisten, *chroniqueur* genannt. Das literarische Abbild Maupassants im ›Bel-Ami‹ ist also, wenn überhaupt, mitnichten der literarisch unbedarfte Frauenheld, sondern eher Jacques Rival, der *chroniqueur* der ›Vie Française‹. Dieser ist bezeichnenderweise einer der ersten, auf die Duroys Blick beim Betreten des Zeitungsgebäudes fällt, und sein Begleiter klärt ihn bereitwillig über dessen Identität und Rang auf:

> Das ist Jacques Rival, der berühmte Kolumnist. (...) Er verdient dreitausend Francs im Jahr dafür, daß er pro Woche zwei Artikel abliefert.

Maupassants Ruhm gründet sich bis auf den heutigen Tag, nicht zu Unrecht, vor allem auf Romane wie eben ›Bel-Ami‹ oder Novellen wie ›Boule de Suif‹ (›Fettklößchen‹). Weniger bekannt ist, daß Maupassant neben diesem eindrucksvollen Erzählwerk – ebenso regelmäßig wie der fiktive Doppelgänger Rival – für diverse Zeitungen unterschiedlicher Couleur, für den liberal-mondänen ›Gil Blas‹ ebenso wie für den eher konservativen ›Gaulois‹ oder den ›Figaro‹, Kolumnen schrieb, anfangs wohl mehr aus pekuniären Motiven. Aber der Umstand, daß er, längst vermögend, bis 1891, als ihm sein angegriffener Gesundheitszustand jegliche schriftstellerische Tätigkeit verbot, diesem Genre die Treue hielt, macht diese gar nicht so kleine Abteilung in Maupassants Œuvre – sie umfaßt immerhin über zweihundert Titel – auch für den heutigen Leser noch interessant.

*

Diese durchweg nur wenige Seiten langen Essays wären mehrheitlich hinsichtlich ihres Stellenwerts in Maupassants ästhetischem Rahmenkonzept jedenfalls nur recht unzureichend erfaßt, wollte man in ihnen nicht mehr sehen als unbehauene Rohmaterialien für die eigentlichen belletristischen Arbeiten, obwohl sich durchaus zum Teil auffällige Parallelen zwischen den Kolumnen und den erzählerischen Werken finden lassen.

Dies leitet sich allein schon aus der Tatsache ab, daß ja manche Artikel im nachhinein auf schon fertige Novellen oder Romane Bezug nehmen, was einer mechanischen Vorstellung von den *chroniques* als bloßen Etüden für die eigentliche literarische Komposition ohnehin von vornherein die Grundlage entzieht. Als auf den ersten Blick retrospektiv konzipierter Text muß beispielsweise jener Aufsatz eingestuft werden, in dem Maupassant schildert, wie die Novellensammlung ›Die Abende von Médan‹ – sie enthält auch seine ›Boule de Suif‹ – entstand. Die Antwort auf diese im Untertitel gestellte Frage erfolgt nicht in Form einer trockenen Vorlesung. Vielmehr liefert der Autor nach einigen aufschlußreichen poetologischen Klarstellungen zu diesem ›naturalistischen‹ Zirkel ein ebenso unprätentiöses (was seine Person angeht) wie stimmungsvolles Kurzporträt seiner damals noch berühmteren Kollegen, das zu guter Letzt in eine Art kleine Novelle über Novellisten mündet. Analoges gilt für seinen Brief ›Den Kritikern von *Bel-Ami*‹, in dem er sich eloquent gegen aufgebauschte Mißverständnisse hinsichtlich des aufsehenerregenden Romans zur Wehr setzt.

Daß aber auch im umgekehrten Fall der Zeitungsartikel nicht als bloßes Gedankenspiel oder als Stilübung angesehen werden muß, sondern sich als autonomer Text präsentiert, lehrt das vielleicht auffälligste einschlägige Beispiel überhaupt: der im Februar 1884 im ›Gaulois‹ erschienene Essay ›Traurige Plauderei‹, dessen philosophische Botschaft in den im Herbst des nämlichen Jahres fertiggestellten Roman ›Bel-Ami‹ Eingang gefunden hat.

Im 6. Kapitel des ersten Teils von ›Bel-Ami‹ begleitet Duroy den greisen Dichter Norbert de Varenne nach einem Diner ein Stück Weges durch das nächtlich-verlassene Paris. Der Dichter – er fungiert hier als so etwas wie das Sprachrohr des Autors – benützt dieses Gespräch dazu, dem jungen Ehrgeizling ein melancholisches, bitteres Bild vom Leben zu entwerfen. Das Leben besteht für ihn aus nichts anderem als einer Kette illusionärer Anläufe des Menschen, den kurzen Weg hin zum unausweichlichen Tod mit allerlei eitlen Aktivitäten zu überdecken:

> Leben, das heißt im Grund nichts anderes als sterben!
>
> Oh! Sie werden es schon noch erfahren! Würden Sie auch nur eine Viertelstunde darüber nachdenken, so sähen Sie es selbst.
>
> Was erwarten Sie sich? Liebe? Noch ein paar Küsse, und schon sind Sie impotent.
>
> Und dann, danach? Geld? Wofür? Um damit Frauen zu bezahlen? Ein schönes Glück! Um sich den Bauch vollzuschlagen, dick und fett zu werden und dann nächtelang unter der Gicht, die einen zwickt, zu jammern?
>
> Und was dann noch? Ruhm? Wozu dient denn das, wenn er einem die Liebe nicht zurückgeben kann?
>
> Und was dann? Am Ende steht immer der Tod.

Bereits diese wenigen Auszüge aus dem Roman demonstrieren zur Genüge, daß die Verwendung des Textmaterials aus der ›Traurigen Plauderei‹ gleichsam bis in einzelne Formulierungen hineinreicht. Es hat den Anschein, als habe Maupassant den im Essay zuletzt erwähnten Flaubert, seinen literarischen Lehrmeister, in dem für die Romanhandlung ziemlich belanglosen Außenseiter in dieser korrupten Journaille, Varenne, literarische Gestalt annehmen lassen. Und so konnte er über den Umweg des fiktiven nächtlichen Zuhörers, des Bel-Ami, dem

Romanleser eine ›Moral‹ seines philosophischen Lehrmeisters Schopenhauer mit auf den weiteren Lese- und Lebensweg geben:

> Versuchen Sie also, sich von allem loszulösen, was Sie gefangenhält; nehmen Sie die schier übermenschliche Anstrengung auf sich, gleichsam bei lebendigem Leibe aus Ihrer Haut zu schlüpfen, all Ihre Interessen, Ihre und der ganzen Menschheit Gedanken hinter sich zu lassen, um den Blick auf anderes zu richten.

Der Romanheld Duroy wird zwar auf seinem Heimweg alsbald von einem intensiven Frauenparfum wieder aus der Nachdenklichkeit, die Varennes Aufruf zur Askese bei ihm ausgelöst hatte, herausgerissen; daß aber Varennes Worte ihn im weiteren Verlauf seiner Karriere noch mehrfach heimsuchen, macht sinnfällig, daß Maupassant mit dieser verkappten Moralpredigt in dem Roman eine Meßlatte auflegt, an der sich alles weitere Tun und Lassen (nicht nur) des Helden kritisch beurteilen läßt.

Während man dieser nächtlich-schwarzen Rede des Dichterphilosophen Varenne anmerkt (und wohl auch anmerken soll), daß sie – dem Chorlied einer antiken Tragödie gleich – als didaktischer Fremdkörper in den Handlungsverlauf eingeschoben wurde, wirkt auf der anderen Seite, wie man sich leicht überzeugen kann, die ›Traurige Plauderei‹ als gänzlich eigenständiger Text mit eigenem Anlaß, eben der aufgesetzten Karnevalsheiterkeit in den ›tollen Tagen‹. Und an Texten wie diesem läßt sich somit noch besser als an dem eingangs referierten Beispiel aus ›Bel-Ami‹ Maupassants spezifisches Konzept der *chronique,* ihres Wirklichkeits- und Publikumsbezuges erfassen.

★

Wie schon sein erklärtes Vorbild Flaubert schrieb auch Maupassant – und er hat es zum Beispiel in dem Aufsatz

›Über das niedere Volk‹ unmißverständlich zum Ausdruck gebracht – für die geistige Elite seines Zeitalters. Die breite Masse, soweit sie überhaupt schon Teil des Lesepublikums war, interessierte ihn als Zielgruppe nicht. Aber so entschieden er in seinen Novellen und Romanen Flauberts Idealen erzähltechnischer Unpersönlichkeit und stilistischer Präzision verpflichtet blieb, in den Elfenbeinturm weltferner Abgeschiedenheit wollte er ihm nicht folgen. Deshalb machte er sich auch Flauberts Warnung vor der Presse *(»S'écarter des journaux!«)* nicht zu eigen. Vor irgendwelchen Berührungsängsten mit den damaligen ›Breitenmedien‹ bewahrte ihn schon sein unverkennbares aufklärerisches Erbe. Wie schon Voltaire visierte er eine immer schon partiell aufgeklärte Leserschicht an; gleich seinem berühmten Vorläufer aus dem 18. Jahrhundert setzte er sich bei diesem elitären Lesepublikum aber stets für die Belange der unterprivilegierten »bescheidenen Helden« ein.

Zeitlebens reizte ihn deshalb neben der ›wissenschaftlichen‹ Aufgabe, als Romancier und Novellist unpersönlich-neutral der menschlichen Natur auf den Grund zu gehen, auch die Herausforderung, ein und dasselbe Publikum – und viele Novellen wurden ja in genau den gleichen Zeitschriften erstmals publiziert – über die rhetorische Gattung des Zeitungsessays für die gleichen philosophischen, ästhetischen und sonstigen Vorstellungen zu gewinnen. Und aus dem Bewußtsein heraus, sich hiermit in eine allzeit prekäre Abhängigkeit von der buntgewürfelten Leserschaft begeben zu haben, betrachtete er diesbezüglichen Erfolg auch nicht im geringsten als anstößig. Ganz im Gegenteil: Angesichts der Schwierigkeiten, diesen Drahtseilakt zwischen eigener Programmatik und fremder Gunst über längere Zeit hinweg zu meistern, stufte er die Essayistik als wenn schon nicht der Belletristik handwerklich völlig ebenbürtig, so doch zumindest als auf ihre Art ähnlich anspruchsvoll ein. »Die wahren Kolumnisten«, schrieb er einmal, »sind genauso selten und genauso kostbar *(aussi rares et aussi précieux)* wie die wahren Romanciers.«

Was Flaubert dem Roman so nachhaltig ausgetrieben hatte, den noch bei Balzac allgegenwärtigen Erzähler und Kommentator, blieb in dieser journalistischen Essayistik weiterhin als gattungskonstitutives Gebot in Kraft: die Beglaubigung der Beschreibungen und Gedankengänge über das Rollenspiel eines im Text faßbaren und für alle Beobachtungen verantwortlichen Zeugen. In der Figur dieses Skeptikers guten Willens trifft sich sozusagen das von Maupassant verinnerlichte erkenntnistheoretische Prinzip Kants und Schopenhauers, wonach jegliche Welterfassung in Abhängigkeit von einem Subjekt erfolge, mit der Tradition der französischen Essayistik Montaigneschen Angedenkens.

Die mal nachdenklich, mal ironisch, bald witzig, bald melancholisch daherkommende Rhetorik dieses Zuschauers beim bürgerlichen Welttheater, der den Leser respektvoll als gleichberechtigten ›Gesprächspartner‹ einsetzt, um mit ihm die Mediokritäten, Albernheiten und Absonderlichkeiten der irrationalen tierischen Urnatur des Menschen zu diskutieren, findet sich wiederum in der ›Traurigen Plauderei‹ beispielhaft verwirklicht. Zunächst einmal stellt sich der Schreiber mit seinen vernünftigen Lesern auf eine Stufe. Auf dieser Plattform rationalistischen Einvernehmens kann er sodann gegen die sich kollektiv austobende Triebhaftigkeit der menschlichen ›Rasse‹, ihre animalische Aggressivität ausgiebig polemisieren. Insofern der Autor der erste ist, der sich über die Redeform des ›Wir alle‹ in die von ihm beschriebene universale *conditio humana* hineinnimmt, muß sich keiner der Leser persönlich getroffen fühlen, und doch wissen alle, Schreiber wie Leser, daß sie ausnahmslos von der aufgeworfenen Problematik betroffen sind.

Aber daß diese pessimistische Plauderei mit einem gleichberechtigten Partner dann doch nur in der These vom Leben als einer sinnlosen Bewegung hin zum Tod gipfelt, macht das eigentlich ›Traurige‹ dieses Essays aus, verleiht ihm seinen anhaltend verstörenden Charakter. Mit solchen Einübungen ins Absurde weist Maupassant unübersehbar auf unser Jahrhundert voraus; und daß viele dieser Texte auch von ihrer Struktur her zu solcher provokativer Reflexionsstiftung gut geeignet sind, verdeutlicht die ›Traurige Plauderei‹ ebenfalls. Wohl erscheint die ganze Reflexion von einem partikulären Ereignis, dem Karneval von Nizza, ausgelöst, wie die entsprechende Datumsangabe signalisiert bzw. bestätigt; aber der Fasching entpuppt sich bei der Lektüre sehr schnell als rein vordergründiger Anlaß für eine in Wahrheit grundsätzliche Meditation über existentielle Fragen jenseits von Jahr und Tag.

*

Natürlich war Maupassant keiner, der große Theorien oder Systeme entwerfen konnte oder wollte. Nichtsdestoweniger sind bestimmte Konstanten seines Räsonierens ganz unverkennbar, zum Beispiel sein wissenschaftliches Interesse im allgemeinen wie sein luzider Blick für Prozesse der menschlichen Psyche im besonderen. Sein Mut, gegen mächtige Fetische der Zeit wie den gleichsam gesellschaftlich verordneten Optimismus oder die Widerwärtigkeit des Krieges zu Felde zu ziehen, ist bewundernswert und bleibt vorbildlich. Seine teils bissigen, teils humorigen, teils verständnisinnigen Sittenbilder vom klein- und großbürgerlichen Leben dieser Jahrzehnte machen uns immer wieder aufs neue bewußt, wie kurios und wie brüchig diese Welt des Fin de siècle war und ... wieviel hiervon sich gleichwohl bis in unsere Gegenwart herein retten konnte. Mögen sich auch manche der geschilderten Syndrome verschoben haben, wie etwa die Bedeutung des Pferdes (›Das Mitleid‹) – das hieran aufscheinende Problem, der rechte Umgang mit der Kreatur, ist aktueller denn je. Und ihr Interesse behalten in unserer motorisierten Freizeitgestaltung auch Maupassants Reisebilder, dies nicht nur ob seines wachen Sinns für das farbige Detail und einer ethisch-intellektuellen Offenheit für alles Fremde, sondern auch und erst recht wegen der darin immer wieder aufblitzenden Neigung des geborenen Erzählers Maupassant, diese Impressionen unversehens in kleine Szenen, Mininovellen sozusagen, umkippen zu lassen. Sichtbar wird selbstverständlich Maupassants hoher Kunstverstand und sein am 18. Jahrhundert orientierter Geschmack. Zutage treten auch seine Marotten und Obsessionen, unter denen etwa seine Stilisierung des Beamtendaseins (›Die Beamten‹) – er kannte es bestens aus eigener Erfahrung – zu fast tragischer Leidensgröße noch eine der harmlosesten ist. Gewiß alles andere als harmlos ist dagegen das Bild, das er vom weiblichen Geschlecht malt. Die Frau erscheint bei ihm auf ein großes Kind reduziert, das zu politischer Mündigkeit und, vielmehr noch, zu wahrer künstlerischer Genialität von Natur aus unfähig sei. Hier wird der ansonsten so nüchterne Adept von Schopenhauers Philosophie ein bereitwilliges Opfer von dessen Misogynie. Aber selbst hier wähnt er noch, auf wissenschaftlich gesichertem Terrain zu wandeln, wie man der Einleitung von ›Die Literatin‹ entnehmen kann. Derselbe Essay belegt freilich auch die intellektuelle Redlichkeit, mit der er den Zwiespalt, in den ihn seine Bekanntschaft mit künstlerisch hervorragenden Frauen seiner Generation stürzte, auszutragen versuchte.

Der Reiz, den diese Essayistik auf den heutigen Leser ausübt, liegt also neben dem stilistischen Rang darin, daß Maupassant nicht nur seine bürgerliche Welt mit dem skeptischen Blick des Aufklärers sezierte und dabei zu Diagnosen kam, die in nuce manche künftigen philosophischen Ansätze und wissenschaftlichen Erkenntnisse vorwegnahmen, sondern daß er eben oft genug auch in Vorurteilen befangen blieb bzw. zeitgenössische Wissensstände reproduzierte, wo er solche zu analysieren glaubte. Als repräsentativer Vertreter der französischen Erzählkunst des ausgehenden 19. Jahrhunderts braucht Maupassant hundert Jahre nach seinem Tode in Deutschland nicht mehr vorgestellt zu werden. Den brillanten Essayisten, den hellsichtigen Zeugen der Belle Epoque und dazu das bisweilen kurzsichtige Kind seiner Zeit, das er auch war, gilt es noch zu entdecken.

Hermann Lindner

VERZEICHNIS DER ERSTVERÖFFENTLICHUNGEN

Die Liebe zu dritt: Vorwort zu Paul Ginisty, *L'Amour à Trois*, Paris 1884.
Die Nachzügler: *Gil Blas*, 16. September 1884.
Vermischte Nachrichten: *Le Gaulois*, 14. Juni 1882.
Eine unveröffentlichte Seite ...: *Le Gaulois*, 27. Oktober 1880.
Um nichts und wieder nichts: *Gil Blas*, 30. März 1886.
Der Krieg: *Gil Blas*, 11. Dezember 1883.
Die Höflichkeit: *Le Gaulois*, 11. Oktober 1881.
Über das niedere Volk: *Le Gaulois*, 19. November 1883.
Die Gleichheit: *Le Gaulois*, 25. Juni 1883.
Menschenmengen: *Le Gaulois*, 23. März 1882.
Unterwegs aufgeschnappt: *Le Gaulois*, 14. Februar 1883.
Traurige Plauderei: *Le Gaulois*, 25. Februar 1884.
Das Exil: *Le Gaulois*, 8. Februar 1883.
Das Mitleid: *Le Gaulois*, 22. Dezember 1881.
Im Seebad: *Gil Blas*, 6. September 1887.
Unsere Optimisten: *Le Figaro*, 10. Februar 1886.
Das Vermögen: *Gil Blas*, 9. August 1887.
Konflikte zum Lachen: *Gil Blas*, 1. Mai 1882.
Die Ehrfurcht: *Le Gaulois*, 22. April 1881.
Besitzer und Flieder: *Le Gaulois*, 29. April 1881.
Die Redseligen: *Le Gaulois*, 20. Januar 1882.
Die bescheidenen Helden: *Le Gaulois*, 1. März 1882.
Die Frauen: *Gil Blas*, 29. Oktober 1881.
Die Beamten: *Le Gaulois*, 4. Januar 1882.
Erdbeben: *Gil Blas*, 1. März 1887.
Venedig: *Gil Blas*, 5. Mai 1885.
Notizen eines Reisenden: *Le Gaulois*, 4. Februar 1884.
Das grüne Erin: *Le Gaulois*, 23. Januar 1881.
Kleine Reisen – In der Auvergne: *Gil Blas*, 7. Juni 1883.
Den Kritikern von Bel-Ami: *Gil Blas*, 7. Juni 1885.
Gustave Flaubert: *La République des Lettres*, 22. Oktober 1876.
Die Subtilen: *Gil Blas*, 3. Juni 1884.
Das Fantastische: *Le Gaulois*, 7. Oktober 1883.
Die Literatin: *Le Figaro*, 3. Juli 1884.
Romane: *Gil Blas*, 26. April 1882.
Emile Zola: *Le Gaulois*, 14. Januar 1882.
Die Abende von Médan: *Le Gaulois*, 17. April 1880.

ANMERKUNGEN

DIE LIEBE ZU DRITT. *Naquet:* Alfred Naquet (1834–1916), Politiker, der in den Jahren 1876–1884 als Abgeordneter und Senator maßgeblichen Anteil an der Durchsetzung des ersten französischen Gesetzes zur Ehescheidung hatte. *Ginisty:* Paul Ginisty (1855–1932), Theaterdirektor, Journalist und Schriftsteller; Verfasser zahlreicher Werke teils humoristischen, teils gesellschaftskritischen Charakters.

VERMISCHTE NACHRICHTEN. Zum Beginn: Hintergrund dieses Berichts von einer Nordafrikareise, die Maupassant im Sommer 1881 im Auftrag der Zeitung ›Le Gaulois‹ unternommen hatte, war eine Art Rachefeldzug der Araber unter dem listenreichen Anführer *Bou-Amama* gegen die spanischen Siedler, die sich der Wohn- und Weideflächen der Ureinwohner rücksichtslos bemächtigt hatten. Da auch französische Soldaten hierbei umkamen und da das Prinzip der kolonialen Landnahme auf dem Spiel stand, kam die französische Regierung nicht umhin, auf die Forderungen der Spanier einzugehen. *Le Pecq.* Kleinstadt in der westlichen Peripherie von Paris.

DER KRIEG. *Krieg mit China:* Anspielung auf die von Jules Ferry 1883 veranlaßte Eroberung Tonkins (Nordvietnam). Dabei wurde 1884 die Stadt Bac Ninh eingenommen. *Grévy:* Jules Grévy (1807–1891), französischer Staatspräsident von 1879 bis 1887.

DIE HÖFLICHKEIT. *Cambronne:* Pierre Cambronne (1770–1842), napoleonischer General, dessen derb-lapidare Art, mit der er sich bei der Schlacht von Waterloo weigerte, sich zu ergeben, sprichwörtlich wurde (»mot de Cambronne«). *Weiss:* Jean-Jacques Weiss (1827–1891), Historiker und Publizist, Mitbegründer des liberalen ›Journal de Paris‹ und zeitweise Mitarbeiter des ›Journal des Débats‹. *John Lemoinne:* (1815–1892), prominenter und wegen seines Stils berühmter Journalist.

ÜBER DAS NIEDERE VOLK. *Jules Vallès:* (1832–1895), antibürgerlicher Journalist und Autor; sein Agitieren für den Sozialismus brachte ihm Gefängnis und Exil ein. Vallès hatte Maupassant in seiner Zeitung ›Le Cri du peuple‹ angegriffen. *Volkseigene Back-*

stuben: Anspielung auf die diversen Sozialisierungsforderungen, wie sie damals diskutiert und von der Kommune auch ansatzweise praktiziert wurden. *Paul und Virginie:* Hauptfiguren eines Romans gleichen Titels von Bernardin de Saint-Pierre (1788).

Die Gleichheit. *Clairin:* Georges Clairin (1843–1920), Maler mit starkem Hang zum Dekorativen; Garnier beteiligte ihn an der Innenausgestaltung der Pariser Oper. *Gervex:* Henri Gervex (1852–1929), erfolgreicher Salonmaler; mit seinem Aktgemälde ›Rolla‹ löste er einen Skandal aus. *Oberst Ramollot:* auf Charles Leroys ›Le Colonel Ramollot‹ zurückgehender Spitzname für verknöcherte Offiziere.

Traurige Plauderei. *Edmond Hauraucourt* (1857–1941): in allen literarischen Gattungen aktiver, streng formbewußter Dichter mit Hang zu elegischen Stimmungen.

Im Seebad. *Pranzini:* Anspielung auf einen zeitgenössischen Kriminalfall. *Cumberland:* nach dem englischen Spiritisten Saint Cumberland benanntes Gedankenlesen, das sich auf Erscheinungen stützt, die dem Bereich der sinnlichen Wahrnehmungsfähigkeit zugerechnet werden müssen.

Unsere Optimisten. *Musset:* Die Invektive gegen Voltaire entstammt Mussets Gedicht ›Rolla‹ von 1833. *Ludovic Halévy* (1834–1908): erfolgreicher Librettist, u. a. für J. Offenbach (›La belle Hélène‹), und Autor populärer Romane wie ›La famille Cardinal‹ (1883). *Decazeville:* Kleinstadt in Südfrankreich mit damals wichtigem Kohlebergbau; ein Streik der Bergleute im Frühjahr 1886 machte die Stadt in ganz Frankreich bekannt. *Germinal:* ebenfalls im Milieu des Bergbaus spielender Roman von Emile Zola (1884).

Konflikte zum Lachen. *Henri Rochefort* (1830–1913): politischer Journalist und Gründer der gesellschaftskritischen Zeitung ›La Laterne‹. *Pinard:* Pierre Pinard (1822–1909), Rechtsanwalt und Politiker (v. a. während des 2. Kaiserreichs). Als Innenminister ging er gegen verschiedene Zeitschriften vor und brachte dabei die öffentliche Meinung so sehr gegen sich auf, daß er 1868 von seinem Posten zurücktreten mußte. *Bétolaud:* Jacques Bétolaud (1828–1915) war jahrzehntelang einer der erfolgreichsten Rechtsanwälte von Paris und für seine Sittenstrenge berühmt.

A la Rambuteau: Anspielung auf die unter dem Pariser Präfekten Rambuteau eingeführten öffentlichen Urinoirs.

DIE EHRFURCHT. *Lied von Pandore:* Anspielung auf einen »Pandore« genannten Gendarmen in einem Lied von Gustave Nadaud (1820–1893). *Victor Noir* (1848–1870): oppositioneller Journalist während des 2. Kaiserreichs. *Freppel:* Charles Freppel (1827–1891), aus dem Elsaß stammender Bischof und Parlamentsabgeordneter. *Jean Dacier:* fünfaktiges Versdrama (1877) von Charles Lomon (1852–1923). *Rome vaincue:* traditionell gebaute Verstragödie von Alexandre Parodi (1876). *Michelet:* Jules Michelet (1798–1874), einer der führenden Historiker des 19. Jhs., der wissenschaftliches Interesse mit demokratischem Engagement eng verband. Vom breiten Publikum wegen seiner bilderreichen Prosa geschätzt, wurden seine Arbeiten von der Fachwelt wegen ihres subjektivistischen Einschlags kritisiert.

DIE BEAMTEN. *Jules Vallès:* vgl. ›Über das niedere Volk‹, die Widmung befindet sich am Beginn des »Le Bachelier« (Der Abiturient) betitelten 2. Teils des autobiographischen Romans ›Jacques Vingtras‹.

ERDBEBEN. *Léon Hennique* (1851–1935): naturalistischer Erzähler, der zum Kreis um Zola gehörte (vgl. ›Die Abende von Médan‹); der Roman ›Poeuf‹ erschien 1887.

NOTIZEN EINES REISENDEN. *Harpignies:* Henri Harpignies (1819–1916), autodidaktischer Landschaftsmaler in der Nachfolge Corots. *Guillemet:* Antoine Guillemet (1842–1918), zweitklassiger Landschaftsmaler unter dem Einfluß von Corot, Daubigny und Courbet. *Le Poittevin:* Edmond Le Poidevin gen. Le Poittevin (1806–1870), zweitklassiger Maler und Radierer in der Tradition von Le Prince. *Courtois:* Gustave Courtois (1852–1923) war auch als Historien- und Genremaler aktiv, erlangte mit seinen sorgfältig gearbeiteten Portraits bereits in jungen Jahren Berühmtheit. *Béraud:* Jean Béraud (1849–1935), Genre- und Portraitmaler der Pariser Gesellschaft.

DAS GRÜNE ERIN. *Korrigane:* Zwerge in der bretonischen Sagenwelt. *Autor der ›Philosophischen Skizzen‹:* höchstwahrscheinlich Washington Irving, der in seinem ›Sketch Book‹ (1820) humorvoll-einfühlsam Szenen des Lebens in England und anderen Ländern einfing. *Hugh O' Donnel* (1571–1602): Anführer eines irischen Clans, der zur Zeit Elisabeths I. erfolglos einen Aufstand gegen die Engländer organisierte.

Kleine Reisen – In der Auvergne. *Aïssauas-Akademie:* mohammedanische Bruderschaft in Nordafrika, die fakirähnliche Bräuche pflegt.

Den Kritikern von Bel-Ami. *Gil-Blas:* 1879 gegründete Zeitung, die den Sittenwächtern wegen ihrer dezidierten Freizügigkeit ein steter Dorn im Auge war. Maupassant publizierte darin nicht nur zahlreiche Artikel, sondern auch etliche seiner Novellen. *Weiss* und *Lemoinne:* vgl. ›Die Höflichkeit‹. *Gazette de France:* erste französische Zeitung überhaupt (Gründung 1631), war während der Restauration das führende royalistische Blatt und hielt an dieser Tendenz auch später fest. *Le Temps:* fortschrittliche überparteiliche Tageszeitung mit hohem politischem und kulturellem Niveau (gegründet 1861). *Les Débats* (= Le Journal des Débats): 1789 gegründete, ursprünglich politische Zeitung, später führende Literaturzeitung Frankreichs. *Le Charivari:* 1832 gegründete satirische Zeitung mit vielen Karikaturen (von Daumier u. a.). *Le Gaulois:* 1867 gegründete Tageszeitung royalistischer bis rechtsmilitaristischer Grundeinstellung. *La Vie parisienne:* eine der ersten französischen Wochenillustrierten (1863 gegründet) mit Blütezeit während des 2. Kaiserreichs. *L'Intransigeant:* ursprünglich ein Oppositionsblatt, das mit der Zeit immer stärker zum antirepublikanischen Lager (um die Boulangisme-Bewegung) tendierte. *L'Univers:* 1853 gegründete katholische Tageszeitung.

Gustave Flaubert. *Pantagruel:* Humanistisch-gelehrte Titelfigur des großen Werks von François Rabelais (1494–1553).

Die Subtilen. *Catulle Mendès* (1841–1909): Romancier, Dramatiker und vor allem Lyriker des l'art pour l'art; Mitbegründer der antiromantischen Anthologie ›Le Parnasse contemporain‹, die einer Strömung der 2. Jh.hälfte den Namen gab.

Die Literatin. *Michelet:* vgl. ›Die Ehrfurcht‹. *Leconte de Lisle:* Charles-Marie Leconte de Lisle (1818–1894), wichtiger antiromantischer Lyriker, der für eine Verwissenschaftlichung und Objektivierung der Lyrik eintrat. *Briefe der George Sand:* der

Adressat ist Gustave Flaubert, mit dem die Autorin von 1863 bis zu ihrem Tode 1876 regelmäßig korrespondierte. *Nohant:* kleine Ortschaft im Département Indre (südlich der Loire), in der sich George Sands Schloß befand.

ROMANE. *Jean Richepin* (1849–1926): Verfasser von Gedichten, Romanen und Dramen, der sich stofflich vorwiegend auf die Welt des Häßlichen, Asozialen und Phantastischen bezog, womit er in seiner Zeit immer wieder Anstoß erregte.

EMILE ZOLA. *Robert Macaire:* Im Anschluß an ein Bild Daumiers (von 1851) wurde diese aus der Literatur stammende Banditenfigur im 19. Jh. zum Inbegriff des gerissenen Geschäftsmanns. *Paul Alexis:* vgl. den nächsten Text.

DIE ABENDE VON MÉDAN – WIE DIESES BUCH ENTSTAND. Unter dem Titel ›Die Abende von Médan‹ erschienen 1880 sechs Novellen von Emile Zola, Guy de Maupassant, Joris-Karl Huysmans, Paul Alexis, Henry Céard und Léon Hennique, die alle inhaltlich um den deutsch-französischen Krieg von 1870/1871 kreisen. Mit seinem Beitrag ›Boule de suif‹ (›Fettklößchen‹) wurde Maupassant auf einen Schlag berühmt. *Verfasser der Elenden:* Victor Hugo (1802–1885). *Feuillet:* Octave Feuillet (1821–1890), Modeschriftsteller des 2. Kaiserreichs, dessen idealisierende Trivialromane auch noch nach 1870 großen Anklang beim bürgerlichen Publikum fanden.

Klassiker der französischen Literatur im dtv

Charles Baudelaire
Les Fleurs du Mal
Die Blumen des Bösen
Zweisprachige Ausgabe
dtv 12349

Herzstiche
Die Briefe des Cyrano de Bergerac
Übers. und hrsg. von Wolfgang Tschöke
dtv 20013

Alexandre Dumas
Die Kameliendame
dtv 12479

Gustave Flaubert
Madame Bovary
Roman
dtv 12398

Théophile Gautier
Reise in Andalusien
dtv 2333

André Gide
Die Falschmünzer
Roman
dtv 12208

Die Verliese des Vatikans
Roman
dtv 12285

Der Immoralist
Roman
dtv 12345

Victor Hugo
Der Glöckner von Notre-Dame
Roman
dtv 2329

Die Elenden
Les Misérables
Roman
dtv 12719

Joris-Karl Huysmans
Gegen den Strich
Roman
dtv 2352

Jean de La Fontaine
Sämtliche Fabeln
Mit 255 Illustrationen von Grandville
dtv 2353

Stéphane Mallarmé
Sämtliche Dichtungen
Zweisprachige Ausgabe
dtv 2374

Arthur Rimbaud
Sämtliche Dichtungen
Zweisprachige Ausgabe
dtv 2399